I0831759

Carl Ludwig Schleich

Vom Schaltwerk der Gedanken

Salzwasser

Carl Ludwig Schleich

Vom Schaltwerk der Gedanken

1. Auflage | ISBN: 978-3-84609-723-6

Erscheinungsort: Paderborn, Deutschland

Erscheinungsjahr: 2014

Salzwasser Verlag GmbH, Paderborn.

Nachdruck des Originals von 1922.

VOM SCHALTWERK DER GEDANKEN

Neue Einsichten und Betrachtungen über die Seele

von

CARL LUDWIG SCHLEICH

1 9 2 2

S. FISCHER · VERLAG · BERLIN

33. bis 37. Auflage

Meiner Frau Hedwig gewidmet

Auf den feinsten Nervensaiten
Spielt ein Spielmann sein Gedicht,
Wohl fühlst du die Finger gleiten,
Doch den Spielmann siehst du nicht.

INHALT

VORWORT

Was ich mit der Wünschelrute der Gedanken hier aus dürrem Boden ungelöster Fragen zutage gefördert habe — ich kann es nicht wissen, ob es reiner, erfrischender Quell ist oder noch unklarer Strom. Ich glaube es hell und einfach genug, um manchen Wissensdurstigen zu erquicken. Die Zeit muß lehren, wie es darum steht.

Als ich die ersten leitenden Ideen zu dieser Arbeit voll erfaßte, war mir zumute, als schaute ich von einem Hochplateau ins Tal, das von Nebeln und Dünsten tief verhüllt lag. Neue Gedanken, dünkten mich, sind wie die Morgensonne, sie hellen langsam Kuppel um Kuppel, die Matten, die Täler auf, und alsbald liegt das ganze Panorama in hellem Sonnenglanz. Das sind frohe Stunden eines werdenden Tagewerkes. Aber ein anderes ist es, nun auch den Genossen im Tal das Geschaute recht zu schildern. Wie sehr fühlt man dann die Mängel und die Grenzen seiner eigenen Darstellungskraft. Trotz der ungeheuren Spannung dieses seelischen Erdbebens, das der blutigste Krieg in unseren Seelen erzittern läßt, habe ich eine kurze Ruhezeit, die mir als Pause chirurgischer Arbeit im Dienst des Vaterlandes gewährt wurde, benutzt, um die Resultate meiner Ausblicke festzulegen. Ich habe des öfteren in Gesprächen und in Vorträgen erfahren, daß diese Art, die seelischen Dinge zu schauen, lebhaftes Interesse erregte, und gefunden, daß hochgebildete Laien und selbst Mediziner keine rechte Vorstellung vom Mechanismus unseres geistigen Innenlebens besitzen und hoffe daher, manchem an der Hand einer wenigstens geschlossenen Anschauung Hilfen zu besserem Verstehen zu bieten.

Daß ein Mediziner einen idealistischen Mechanismus vertritt, mag als eine kleine Sühne gelten dafür, daß gerade wir Ärzte früher soviel dazu beigetragen haben, dem abgetretenen, krassen Materialismus die Sohlen zu beflicken.

Wenn ich in diesem Buche manches wiederholen mußte, was schon in meinem Buche „Von der Seele“, wenn auch anders gefaßt, enthalten war, so bitte ich zu bedenken, daß ich auch dieser Arbeit eine gewisse, geschlossene Selbständigkeit zu geben bestrebt war, wobei natürlich Wiederholungen nötig wurden. Ich habe mir alle Mühe gegeben, sie wenigstens in ein völlig neues Licht zu setzen.

Möge dies Werk dazu beitragen, neben der Bereicherung des Wissens jene Ehrfurcht zu schüren, ohne welche man gerade an den herrlichsten Wundern der Natur vorbeigeht, genau so wie der nur auf den Weg achtende Wanderer die schönsten Ausblicke rechts und links von der Heerstraße des Lebens versäumt.

Berlin, im August 1915

Carl Ludwig Schleich

DAS GEHIRN UND SEINE APPARATE

I

Welch wunderbarer Anblick für den Anatomen und noch mehr für den Laien: ein Schädel! Dieses knöcherne Gehäuse aus starrem Kalk und trockenem Leim, diese beinerne Kapsel für eins der merkwürdigsten Gebilde der gesamten Natur: ein menschliches Gehirn! Aus diesen Höhlen unter der Stirn brach das Feuer der Gedanken und Leidenschaften, und hier sog die Sehnsucht das himmlische Licht der Außenwelt, das Gaukelspiel der Farben und Formen in sich hinein, durch jene Doppelspalten in der Mitte über dem fletschenden Kiefer strömte der Odem des Lebens, der Feuerhauch der Wärme und Arbeit spendenden Gase ein und aus, durch diesen zahnbereihten Schlitz ging das Wort, das Lied, der Strom der Erhaltung und der bacchantischer Tränke; durch jene seitlichen, gepaarten Löchelchen hinter den steil abfallenden Schläfen rauschten die Worte von Haß und Lieben, von Befehl und Bitte und vielleicht die bebenden Klänge des hohen Liedes von der Freude. Und wohin? In die Gewölbe hinter diesen Knochenschalen, in die jetzt Katakomben und Ruinen gleichenden Höhlen, in denen einst die große Einsame, die nie Gesehene, wie man so sagt: die Seele wohnte. Wo ist sie jetzt? — Denken wir uns neben dem schön elfenbeinweiß präparierten Schädel vor uns das dazugehörige Gehirn ausgebreitet. Da liegt ein Gebilde einer schwappenden, gelatinösen, zart umäderten, gefurchten und gedoppelten Kugelellipse, aus der sicher all das Leben und Leid, das es ertrug und schuf, entflohen, verweht, verdampft ist. Was war es, als noch der rätselhafte Hauch der Zugehörigkeit zum Allgedanken, das Rauschen des lebendigen Rhythmus aller Bewegung, vom Planetensausen bis zum Tasten des Fingers über eine Saite, in ihm am Werke war? Ist es nicht, als sei nur ein einziger unsichtbarer goldener Faden, der die Persönlichkeit seines Trägers mit dem Geistgefüge der Welt verknüpfte, abgerissen und hätte es für immer erblassend, zur bleichenden zerfallenden Materie abgestoßen, vom Lichtkreis jeder geistigen Gemeinsamkeit liegen lassen, wie einen in sich selbst zerschmelzenden gleichgültigen Brei?

Dieses Gebilde, das sich von außen ausnimmt wie ein Gewirr von ineinander verschobenen, schlaffen Gummischläuchen oder ein Konvolut von Gedärmen und doch ein Haupt- und Charakterstück des Lebens war, der Sitz einer geistigen Zentralgewalt, eine Kommandobrücke, eine Turmleuchte über der Brandung des Daseins, die Sternwarte einer Orientierung in Um- und Innenwelt, welch ein Zaubergarten, welche kaleidoskopische Spiegelung der Welt, welche prometheische Sehnsuchten und Entschlüsse lebten vielleicht in ihm bis vor kurzer Zeit, und nun? Dahin und verflogen Persönlichkeit. Wesenheit, Genie, Talent,

Können und Wollen, Sprache und Lied! Und wenn ich nun in tausend und abertausend Schnitten diesen Brei der Wunder zerlege und unter dem Mikroskope bis in sein innerstes Gefüge, bis in seine Zellen und Fasern jenseits von Spinnengewebe und Mückenstachel vordringe mit dem immer suchenden Auge des Gelehrten — was bedeuten dann alle diese Einzelheiten? Was kann ich schauen am toten Netz der Zellen?

Wie anders, wenn ich einen mikroskopischen Blick hätte bei Lebzeiten tun dürfen in dies Webeschiffleinspiel der Faserelemente her und hin, in diesen Tausch von goldenen Strahlen und leuchtenden Spindeln phosphorischer Strahlungen der Zellen, wenn ich sie hätte vorüberrauschen sehen können, diese feinsten Feuerbäche des Blutes und der Säfte, was sie trieben, was sie hemmten an den winzigen Mühlrädern der Gedanken, — wenn man einmal als Liliputforscher mit beseeltem Auge in dieses Spieldosentelephon des Hochsitzes der Nerven hätte schauen können, wie würden diese jetzt im Tode erstarrten Massen sich dehnen, zucken und auftauen, wie die gefrorenen Waldhornklänge in Münchhausens Trompete!

Da das wohl noch lange Zeit währen dürfte, bis die Wissenschaft, dieser Detektiv hinter den Wundern der Natur — ihr immer auf den Fersen und doch so weit zurück und so oft verirrt und verstiegen —, uns die Mittel gibt, hinter dem Altar der Stirn in ein lebendes Hirn einmal hinein zu blicken wie in das Innere eines aufgeklappten Klaviers, um alle die Hämmerchen und Glöckchen Aug in Auge zu beschauen, so müssen wir uns anderweitig helfen. Selbstbeobachtung und Hineindenken des Beobachteten in die toten, aber sichtbaren Apparate des Gehirns, das ist der einzig übrigbleibende Weg. Betrachtung und Phantasie, Erkennen und Verknüpfen, die Einheit schauen im Wirrsal der Erscheinungen, das ist ja auch hier die einzige Möglichkeit der Erkenntnis.

Dem Gehirn und seinem mikroskopischen Wunderbau gegenüber sind wir in der Lage eines Wanderers, der in eine ausgestorbene, seit tausend Jahren tote Stadt hineingeriete aus einer ganz anderen Weltgegend, mit anderen Sitten- und Lebensgebräuchen, anderen Kulturgewohnheiten und Verkehrsformen. Wie in einem ausgegrabenen Pompeji müßte ein solcher Forschergeist alles von neuem aus seiner eigenen Phantasie Leben und Bewegung gewinnen lassen. Denken wir uns durch irgendein katastrophales Mißgeschick, sagen wir durch die Cyangase eines geplatzten Kometen, erlösche mit einem Schlage alles Lebendige dieses Planeten, die Menschen sänken tot um oder erstickten in ihren Wohnungen, die Betriebe ständen still, die elektrischen Zentralen ließen noch eine Weile ihre Ströme zucken durch die künstlichen Nerven, mit denen der Menschengeist und die Technik die Erde zu einem gehirnartigen Wesen umgebildet hat, — dann stände alles still. Die

Lampen verlöschten, die Kabelleitungen hörten auf, die Blechplatten und die Antennen der Telefunkapparate plapperten nicht mehr, alle Telephonleitungen schliefen. Und nun landete nach langer Frist ein Expeditionskorps vom Mars auf unserm Planeten unter einem Führer und Entdecker. Er fände, wie der Anatom vor dem toten Gehirn und Rückenmark, alles — die Schienenstränge, die Säulen des Bogenlichts, die Drähte, die Zentralen, die Apparate zum Ein- und Ausschalten, die Telephone, die Marconiplatten, die Kabel, die Scheinwerfer usw. Da er es soweit gebracht hat, ein Schiff zu konstruieren, welches ihn bis zu uns führte — so dürfen wir ihn uns im Besitze mancher wissenschaftlichen Methoden denken und wohl befähigt, viele Zusammenhänge zu rekonstruieren. So, meine ich, steht der rechte Forscher vor der Frage nach dem Verhältnis von Gehirn und Seele, Nerv und Geist.

Das ist wissenschaftlich von prinzipieller Bedeutung, weil über diesen Punkt bisher Geisteswissenschaft und Naturwissenschaft keine rechte Einigkeit erzielen konnten. Unser Standpunkt, von dem aus ich diese Einblicke in das Gefüge des seelischen Geschehens zu beurteilen bitte, ist der, daß gerade so wenig, wie jener Marsforscher die Elektrizität weder mit Händen greifen, noch in ihrer Wesenheit erkennen kann als wirksam an dem großen vielfältigen Apparat unserer elektrischen Kultur, ebensowenig kann irgendein Forscher, und sei er das größte Genie, an dem Gehirn die Seele selbst erkennen oder über ihr Wesen etwas sagen. Das, was wir Seele nennen, ist uns, wie übrigens jede andere Kraft, ein schlechterdings unerfaßbares Etwas. Sie ist vielleicht eine besondere Form von Kraft oder die Summe aller Kräfte oder eine über allen Kräften stehende göttliche, metaphysische Macht, ein himmlisches Ding an sich, ein Teil von einem das All umspannenden goldenen Netze, von dem in jedes Wesen ein unsichtbares güldenes Fädchen hineingelassen ist. Sie kann, was kaum zu glauben ist, das Destillat allen physischen Geschehens sein, das Irrlichtflämmchen, welches aus den Körpern durch die Nerven ausstrahlt, wie ein Phosphorschein auf einer Weide oder wie der aufleuchtende Geisterschleier, den ein Heer von Leuchtkäfern im Grase entzündet über dem Nebelhauch des Waldbodens — sie kann, wie ich meine, ein Teil oder das Ganze einer Idee sein, die in unaussprechbarer Fülle alles Körperliche, alle Form, alles Nervöse und Gehirnmäßige sich erst geschaffen hat, so daß eine Linie von Milliarden seelischer Vorbildungen erst zu mir geführt hat und mich demgemäß auch über den Tod hinaus noch weiter führen wird oder zur Allseele Gott zurück — genug, man kann über die Seele vom Standpunkte des Anatomen und Mikroskopikers eigentlich überhaupt nicht reden. Für seine Wissenschaft und die nackte Beschreibung vom Bau des Gehirns und des Rückenmarks macht er sich um die Seele keine Sorge. Anders aber der Psycho-Physiologe; er möchte die Rolle des Marsforschers spielen und in den toten Apparaten die hineingedachten Feuerzungen, Triebräderchen, Spannungskräfte aufzucken lassen kraft seiner auf Selbstbeobachtung gestützten Phantasie und kraft seiner eigenen Seele, die Apparate des Toten wieder lebendig werden lassen, auf denen doch so etwas Ähnliches, wie seine eigene, in ihm schwebende seelische Kraft gemeistert haben muß. Mit anderen Worten: uns treibt es, von den Apparaten des Gehirns und der Nerven möglichst Präzises auszusagen, die Bedingungen festzustellen, unter denen sie sich verknüpfen oder anschließen, dem Rahmen der Gedanken, des Wollens, der Phantasie, dem Traum nicht weniger zu folgen, als denen des sittlichen oder verbrecherischen Handelns, die Stoffe zu studieren, welche einen sichtlichen Einfluß auf das Seelenleben ausüben, sobald sie ins Blut geraten, oder festzustellen, welche Erscheinungen am Seelenleben bedingt sind gerade durch einen Ausfall bestimmter Beimischungen zum Blut oder durch Überfüllung desselben mit Produkten an sich normaler Mischungsanteile — kurz, wir denken nicht vergeblich, gleich den Danaiden, die Arbeitskraft zu erschöpfen an der Frage, die Menschengeist unmöglich ist zu lösen, vielleicht weil sie falsch gestellt ist: Was ist Seele? — sondern wir lassen dies Gebiet dem Glauben und der Philosophie, unsere Fragestellung ist eine gehirnmechanische (gleichfern von Naturalismus, wie von Rationalismus): was bedeuten diese Myriaden feinster Apparate des Gehirns, des Rückenmarks, der Nerven, wie treten sie miteinander in Kontakt usw., getrieben vom ewigen Strom seelischer, unsichtbarer, unfaßbarer Macht, der seinen goldenen Bach auch in die Millionen Mühlrädchen zum lebhaftesten Bewegen einsendet?

Wir meinen, hier merkwürdige Dinge gefunden zu haben, die uns gestatten, indirekt über die Seele des Menschen etwas zu erfahren, was bei direkter Untersuchung wohl kaum zutage getreten wäre. Es ist ein Wunderbares um die Idee. Sie ist nur zu umgehen, zu umschleichen, zu umspüren, direkt darauf los zu fahren, hat nur den einen sicheren Erfolg, sie zu verscheuchen. Ein Goethe konnte von fernab gelegenen Geländen seiner Dichterphantasie her zu hohen anatomischen und botanischen Entdeckungen gelangen, ein Newton an einem fallenden Apfel das Weltgesetz der Gravitation erschauen. So sind auch meine bescheidenen Gedanken gleichsam nebenher, am Rande des Lebensweges gepflückt, haben mir selbst manche Aufklärung gegeben, die ich immerhin für wertvoll genug gehalten habe, um sie in dieser Folge von Aufsätzen zu veröffentlichen.

Da ist es aber zuvörderst unerläßlich, den Standpunkt klarzulegen, von welchem aus man derartige Betrachtungen überhaupt anzustellen berechtigt ist. Es entsteht die alte Frage Du Bois-Reymonds, nach der Möglichkeit oder Unmöglichkeit, auf wissenschaftlichem Wege jemals festzustellen, wie es geschehen kann, daß das Tasten meiner Finger gegen ein Blatt Papier zu einer Empfindung wird von glatt, kühl, marmorweich, zart, fein, rein, sauber, ausgedehnt, klein, groß usw.

Ja, wie es geschehen soll, daß dieser einfache Tastvorgang, dieses prüfende Streicheln eines materiellen Stoffes, geschweige eines belebten Gegenstandes, wie eines Lockenhauptes, wie einer Kinderwange, zu Gefühlen, Gedanken, Willensstrebungen einer rätselhaften Einheit in mir, meines Ichs, meiner Seele führen kann.

Allerdings, so gefaßt, ist die Frage völlig rätselhaft: hier wirken Eigenschaften auf Eigenschaften, Beziehungen auf Beziehungen, Stoffe auf Stoffe, und wie bei einer Art seelischer Brandstiftung entstehen dabei Gedanken, Gefühle, Phantasien, Sehnsuchten, Vergleiche, Lüste und Abscheu, Wollen und Plan, Verzicht und Abkehr. Das allerdings werden wir niemals wissen können, denn mit der Kenntnis von Gut und Böse, d. h. den Kontrastempfindungen, werden wir noch lange nicht zum Gott, der einzig die Antwort auf diese törichte Menschenfrage geben könnte, auf dieses kinderhaft plumpe Warum? mit dem wir an alle Wunder der Welt herantreten, um uns jedesmal mit einer Scheinantwort der verlegenen, von der Frage selbst verwirrten Mutter Wissenschaft abspeisen zu lassen. Nein, so gefaßt, ist die Antwort der Philosophie ganz richtig, die da sagt: es gibt überhaupt keine Brücke zwischen seelischem und physischem Geschehen. Hier liegen zwei in sich geschlossene Systeme der Erscheinungen vor, die an keiner Stelle etwa nach dem Gesetz von der Erhaltung der Kraft ineinander übergeführt werden können. Was hier, auf der körperlich-materiellen Seite, d. h. der physischen, meßbar, greifbar, berechenbar, mit einem Worte: „quantitativ“ ist, ist auf der anderen Seite unmeßbar, unfaßbar, schier außerhalb der Gesetze, gegenstandslos und nur gleichsam wirkungshaft, schemengleich, geistig, „qualitativ“. Aus diesem tatsächlichen Dilemma hat sich nun die Naturwissenschaft gegen ihre Denkkonkurrentin, die reine Geisteswissenschaft, zu retten gesucht, indem sie, die Unauflösbarkeit beider Erscheinungswelten, der seelisch-geistigen und der körperlich-materiellen zugebend, einfach den dauernden Parallelismus der beiden, die ewige Verkettung alles Geistigen mit dem Leiblichen ohne Versuch ihrer gegenseitigen Wesensverschmelzung als sogenannten psycho-physischen Parallelismus aufstellte. Aber hilft uns diese Konstatierung, die einer Bankerotterklärung der Entdeckbarkeit täglich empfundener Zusammenhänge verzweifelt ähnlich sieht? Oder wirkt nicht in jedem Augenblick in uns Geistiges auf Leibliches und Körperliches auf Seelisches? Wir werden selbst in diesen Aufsätzen bisher unerklärt gebliebene Phänomene der Einwirkung des Gedankens allein auf körperliche Zustände, z. B. in der Hysterie, ausführlich besprechen und wollen hier nur zu unserem gegenseitigen Verständnis betonen, daß weder die absolute Trennung von geistigem und physischem Geschehen, noch ihre Verkoppelung im berühmten psycho-physischen Parallelismus unserer Kernfrage, wie entstehen aus Berührung Empfindung und Gedanken und die ganze Wunderkette logischer, gemütvoller, phantasiebeschwingter Vorstellungen, auch nur einen Millimeter näher kommt. Wir meinen aber, daß diese Frage ganz überflüssig ist, da wir ja z. B. auch niemals werden beantworten können, warum Phosphor, an der Luft gerieben, leuchtet, flammt und brennt oder warum die Sternschnuppe, anprallend an den Rand unseres atmosphärischen Erdendunstkreises, in leuchtenden Staub zerstieben muß. Ist hier nicht etwas unbedingt Neues, ein wunderhaft Drittes hervorgezaubert aus dem rhythmischen Anprall zweier verschieden bewegter und innerlich nach ewigen Gesetzen kreisender Dinge? Ist jenes nicht alles Zeugung, Infektion, Entflammung, Emporsprühen eines Sprossen aus der Umarmung zweier an sich verschiedener Wesenheiten? Wie? Ist das Wunder eines durch Reibung entflammten Streichholzes letzten Endes weniger groß, als die Entstehung eines neuen Wesens durch Kontakt von zwei ganz und gar verschiedenen Zellen, oder als das Aufflammen eines Dritten, eines Gedankens, durch das Ineinandertauchen zweier rhythmischer Wogen, der meines tastenden Fingers und der weichen Schönheit eines Blütenkelches? Was geht hier vor? Eine Zeugung, eine kleinere oder größere seelische Brandstiftung, ein Anstoß, der Lawinen auslösen kann auf den Bergkuppen meiner Ideen, wie auf den Gletschern eines Vogels Tritt im Schnee! Der Fehler, der unserer Ansicht nach bei dieser Fragestellung stets gemacht wird, ist der, daß man immer auf der Suche ist nach neuen, geheimnisvollen Kräften, wie ja denn auch die besondere Lebenskraft als Möglichkeit immer wieder von neuem auftaucht, statt ein für allemal sich klarzumachen, daß es nur eine Kraft geben kann, ein ewig unerforschliches, ein letztes Geheimnis Gottes, dessen Großsiegelbewahrer er selbst ist; von diesem Geheimnis ist der größte Denker nicht minder nur ein Teil, wie ein Glassplitterchen, und diese Kraft, diese Urenergie erscheint nur dadurch so rätselhaft, proteusartig sich wandelnd, weil die Hemmungen, die ihr Welt und Leben bereiten, sie zwingen, ihr Gewand zu ändern. Wie sollte die Wissenschaft imstande sein, diese Kraft, an deren Königssaum sie ja nur herumgeistert, wie Nebelhauch und Erdenstaub am Mantel eines schreitenden Herrschers, zu erkennen und kontrollieren, gleichsam als könnte mein Fingerglied oder mein Schläfenhaar etwas aussagen über meine gesammelten Werke? Dieses

„Ignorabimus", soweit es auf Entschleierung des Geheimnisses der Welt überhaupt geht, ist das Achselzucken eines Bankerotteurs, die Erkenntnis, die Ausrede eines auf falschem Wege ertappten Dieners der Wahrheit, hieße, wörtlich genommen, einen endgültigen faustischen Fluch der Wissenschaft ins Antlitz schleudern. Aber uns steht ja ein anderer, breit beschreitbarer Weg offen: nämlich zunächst die Wunder der Widerstände, die unseresgleichen sind, bis ins kleinste zu studieren und folgendermaßen zu denken.

Es ist alles in Bewegung. In jedem Bewegten ist ein Teil des Allrhythmus. Wo diese rhythmisch getriebenen, in sich zu Individuen geschlossenen Systeme, die eben zu Widerständen gegen die überall schweifende Kraft, den Äther, geworden sind, sich berühren, entstehen Akkorde, Flammen, Wunder, neue Kräfte, Sprossen, geistiges Blühen, Wetterleuchten, schnell geboren und verwehend im All; vielleicht so wirklich und ewig wie alles Entstehende, aber der Erkenntnis sich entwindend, wie eine schattenhaft sich ringelnde Nebelschlange. Je höher organisiert der Widerstand, je komplizierter seine Konstitution, desto rätselhafter, geheimnisvoller, metaphysischer, wunderbarer wird der Zeugungsvorgang, der aus der Umklammerung zweier rhythmisch rasender Bewegungsformen entsteht. So ist das Belebte und der Mensch ein rhythmischer Organismus und als solcher in ihm die Nervensubstanz ein ganz unendlich komplizierter Widerstand gegen alle Arten von bewegten Massen, und was an ihn anprallt, ihn betastet, ihn berührt, was er umfängt, umspäht, umlauert, umschmeichelt, oder gewaltsam packt, das gibt die höchste Zeugung, die diese Wunderwelt der Erscheinungen aufzuweisen hat: den Gedanken! Wer weiß, was die Flamme ist, wer weiß, was Gärung, Phosphoreszenz, Schwerkraft, Anziehung, Elektrizität? Und wir, vom Licht des in uns selbst jeden Augenblick erzeugten Himmelsstrahls der empfindenden Ideen Geblendeten wollen fragen: „Was ist der Gedanke?“ Genug, daß er da ist, genug, daß wir tausendfach untersuchen können, wie die Bedingungen seines Eintritts, seines Aufleuchtens, seiner Geburt waren, genug, daß wir gewisse Erscheinungen kennen, die diesen flüchtigen Euphorion der Kontakte immer wieder erzeugen, ja ihn zwingen können zu erscheinen, vernüchtern wir uns diese Welt der Wunder doch nicht, indem wir, plappernden Kindern gleich, immer wieder fragen: „Wie sieht der liebe Gott aus, was ist ein Gedanke, eine Seele?“

Wir nehmen alles Geistig-Seelische als einen Akt der geheimnisvollen Zeugung, von der ja auch unser eigenes Wesen ausging, und begnügen uns, die Apparate des Widerstandes im Gehirn und Rückenmark zu beschauen, an denen sich diese Wunder aufflammender Ideen nicht weniger, als logische Schlüsse und sinngemäßes Handeln abspielen, durch Brandung millionenfacher Wellen des Alls am vielgestaltigen Gestade meiner seelischen Harfe, die rein körperlich an sich, doch zum Emporschleudern jauchzender Schaumeswellen des Erkennens eingestellt und gestimmt ist. Unser Standpunkt ist gleichsam der eines Gehirningenieurs, der auch nicht seine Zeit verliert in einem Studium über das letzthin unantastbare Wesen der Elektrizität, sondern der etwa in den Zentralen, Stationen, Anschlüssen, Umschaltern und Transformatoren einer ihm ganz fremden Organisation die Wege zu finden sucht, auf welchen diese unbekannte Form erzeugter Spannkräfte, die er Elektrizität nennt, ihre Wirkung entfaltet.

Schneiden wir einmal hinein in dieses vielgerunzelte, graue, mit kurzen Windungen und Furchen versehene, eigentlich ausdruckslose Gebilde einer Gehirnhälfte, aber mit tiefem Schnitte. Was sehen wir in seinem Grunde: Ein schneeweißes, fast das ganze Gehirn bildendes, eigentümlich leimig schwappendes Etwas, durchsetzt mit vereinzelten roten Pünktchen durchschnittener Blutgefäße und oben umrahmt von einem schmalen Saum eines ganz zart rotgraubräunlich tingierten Bandes, das sich scharf absetzt gegen die weiße Grundmasse und allen Windungen und Vertiefungen mit völlig parallelen Rändern sich anschmiegend aufgetragen ist, etwa wie das schmale, zartgehauchte Band eines Porzellans von Kopenhagen am Rande eines weißen Blumenkelches, nur nicht so blau im Ton, sondern eben mehr rötlichgrau; die helle Insel in der Tiefe ist das weiße Hirnmark und dieser schmale Saum darüber ist die graue Hirnsubstanz. Sagen wir es gleich, wir haben es fast nur mit dem letzteren, dem Hirngrau, zu tun, also mit dem schmalen Kapselrahmen, welcher rings um das ganze Gehirn dem Hirnweiß aufgelagert ist; denn hier nur ist der Vermittler alles rein Geistigen, der Umschalter aller Berührungen, Wahrnehmungen, Seh-, Hör-, Geschmackswirkungen in Empfindungen und Gedanken, hier ist die heilige Wiege der Ideen zu suchen. Hier sitzt auch die Zentrale aller sprachlichen Fähigkeiten, und zwar nur auf der linken Seite des Gehirns, und damit vielleicht das Wesentliche alles Gedanklichen; denn man prüfe sich einmal selbst: wir denken nur, indem wir innerlich sprechen[1]). Hier sitzt auch beiderseits in den hinteren Lappen unserer, eigentlich physiognomielosen und doch den Hochsitz unserer geistigen Physiognomie tragenden Welt das Zentrum für das Sehen, das Hören usw. Dieses Hirn-

[1]) Selbst in der Mathematik dürfte das zutreffend sein; man spricht nämlich von einem Winkel, einer Seite usw. wenn man sie denkt und wenn man sie sieht, so sagt man innerlich über sie aus: z. B. daß der Winkel ein spitzer, ein stumpfer ist. Hier ist die Sprache stets beschreibend aus der Gefühlssphäre her. In der Algebra ist es nicht anders. Man addiert, subtrahiert usw. innerlich sprechend, und zwar auch, wie die Rechenkünstler berichten, erst visionär, dann immer leise und schließlich laut nach außen.

grau ist also die höchste Instanz, die letzte kuppelartig über unserem Innenbetrieb angeordnete Zentrale, die das Gehirnweiß umgibt, wie eine graurötliche Schale die gedoppelte Frucht. Beide Hirnhälften sind durch einen Querbalken in der Tiefe verbunden, die den Stromverkehr von links nach rechts und umgekehrt vermitteln. Das Hirnweiß ist nichts, als ein einziges großes Bündel von Nervenstrahlen, welches, emporgeblüht aus dem Rückenmark, ausstrahlt nach rechts und links in die beiden Hirnhälften: etwa, als wenn man ein Bündel Korn zu einem Stiel (dem Rückenmark) zusammenpreßt und nun die oberen Halme, welche die Ähren tragen, nach rechts und links zu zwei Blütenbüscheln (die Hirnhälften) auseinanderlegt. Die Ähren würden dann das Hirngrau bilden, und wirklich trägt dieses gleichsam die höchsten Fruchtblüten des geistig nervösen Aufbaues, die Ganglien, die mikroskopischen Ähren, Dolden, Glöckchen und Kelche, in welchen sich die Nervenfasern zu besonderen, zu „Kernen" lokalisierten Zentren verlieren. Die letzten Ausläufer nämlich der Millionen Hälmchen, welche aufsteigend das Rückenmark und die fächerartig beiderseits entfaltete Masse der weißen Substanz beider Hirnkugeln ausmachen, sind eben die Zitterähren alles Geistig-Seelischen, die ganz feinen Nervensternchen, die sogenannten Ganglien.

Das Rückenmark, eingeschlossen in einen tief geschützten Knochenkanal, nämlich in das Rohr, welches die Wirbelsäule bildet, ist ein Sammelbund von allen Nerven, die vom Körper, von Zehe und Finger nicht weniger als von vielen Teilen des inneren Leibes emporsteigen in einer weißen Säule zum Leuchtturm der Seele, zum Gehirn. Und wie antike Säulen ein Kapitell haben, das eine Kuppel zu tragen hat, so endet oben, dem Gehirn zu, das Rückenmark mit fast ästhetisch schönen Hervortreibungen und Entfaltungen seiner Substanz, gleich Windungen einer korinthischen Säule, um, nach rechts und links aufstrebend, pfeilerartig die breiten Kuppeln der Gedanken zu stützen. Es sind aber überall dieselben mikroskopischen Halme und Faserzweige nervöser Stränge, welche sich als weiße Substanz zum Fächer ausbreiten, um den grauen Zementwall, den sphärischen Mantel des ganzen breiten Gewölbes, zu tragen. Man kann es auch umgekehrt anschauen und sagen: vom Grau der Kuppel entspringend, sich zusammenschiebend, laufen alle Endfasern der Ganglien der Hirnwölbung dicht gedrängt zum Mark und von hier abwärts in die Tiefe bis zum Markende, indem inzwischen durch Wirbellöcher symmetrisch rechts und links ein ungeheures Drahtnetz von Einzelnerven sich immer feiner auffasernd im Gesamtleibe bis zu Zehen und Fingern verliert. Dabei muß bedacht werden, daß auf der Höhe der Marksäule, in ihrem Kapitell, sich die Fasern von rechts und links kreuzen, so daß z. B. eine Verletzung des Gehirns, ein Schlaganfall auf der linken Hirnhälfte eine Lähmung der rechten Körperseite und umgekehrt nach sich ziehen muß. Bedenken wir ferner, daß isolierte Nervenkabel von allen Sinnesorganen, vom Auge, Ohr, Nase, Gaumen, Rachen, Magen, vom Herz, vom Antlitz gesondert zum Hirn ziehen und sich im Grau seines Mantels auffasern in die eigentlichen, aktiven Elemente dieser grandiosen Telephonzentrale, so haben wir in dieser flüchtigen Skizze alles berührt, was wir zum Verständnis des groben Mechanismus des Gehirns nötig haben — außer einem sehr wichtigen Bestandteil nervösen Geschehens: dem Gangliengeflecht des Sympathikus, dem Stamm- und Urvater aller geordneten, nervösen Aktion im Organischen überhaupt.

Was ist das: der Sympathikus?: der Mitleidsnerv, dessen Sonnengeflecht unter dem Zwerchfell hinter dem Magen im Leibe ausgebreitet, die feinfühligen Griechen verleitete, den Sitz des Gemütes, den des modernen „Herzens", in das Zwerchfell zu verlegen. Mit wieviel Recht werden wir noch Gelegenheit haben, zu betonen. Der Sympathikus ist, kann man sagen, die erstmalig organisch entwickelte und in feste Bahnen geleitete „Reizbarkeit" des Organischen überhaupt. Denn das ist immer noch die beste Definition vom Sinn des Lebens: die Reizbarkeit, die Sprungbereitschaft, auf Reize in besonderer Weise Antwort zu geben, welche das sogenannte Belebte vom sogenannten Unbelebten scheidet. Die Scheidung ist, wie wir sehen werden, keine prinzipielle, denn auch der Stein, der Kristall, das Gas antwortet in seiner Weise auf Reize, weil je nach unserer Anschauung vom rhythmischen Bewegtsein alles Körperlichen Kontakt zu Kontakt, nah und fern alles auf alles wirkt und alles zu allem Beziehungen, Bewegungsänderungen, Verschiebungen, Hemmungen und Entfaltungen ausübt. Aber dieser Ablauf der rhythmischen Umarmungen, Anpralle, Rückstöße ist doch ein anderer im Belebten als im Unbelebten. Das Belebte hat eine Spielbreite, eine Art Auswahl, eine Art Willensvariation. Es ist ein komplizierterer, tiefer verschlungener Hemmungsapparat, der in ihm sein Spiel treibt, als die stets reguläre, gesetzmäßige Antwort, die die rhythmischen Wogen des sogenannten Unbelebten auf Reize zu geben definitiv gezwungen sind. Eine Amöbe kann ein Sandkorn fassen, sie kann es aber auch umwandeln; sie muß es nicht packen mit ihren selbstgeschaffenen, fließenden, stets neu ausstreckbaren und wieder zurückziehbaren Ärmchen eines gelatinösen Tröpfchenleibes. Sie muß aber nicht ein Stoffteilchen attackieren, sie kann es auch anders in ihrem Zwergenseelchen beschließen. Die Seele des Gases, des Kristalls muß sich in der Wärme nach allen Seiten dehnen und recken, sie hat keine Wahl: die Richtung des geringsten Widerstandes ist ihr Weg, ihr Engpaß, ihr Ziel. Irgendwo im Aufstieg der Materie zu immer höheren Formen,

d. h. zu immer komplizierteren Schwingungen seiner rhythmischen Wellen trat eine Konzentration, eine echte Inkarnation ihrer Reizbarkeit, ihres Bewegungswillens auf, und zwar mit der Geburt des ersten Nervenknotens — und auf den Thron des Lebens stieg, vielleicht in einem Fadenwürmchen zuerst, der Zwergenkönig der Seele, Urväterchen Sympathikus. Das war der erste Schritt zum Sklaventum der Materie unter die Geißel der Nerven. Denn, auch zum Riesen ausgewachsen im Organismus des Lebenskönigtums der Menschheit, hat er doch seine unzähligen Zwergenfäustchen überall am Werk behalten. Was ist es, was an der Krönung des Lebendigen in uns, an dem Menschen gleich ist dem winzigsten Protozoenklümpchen? Die „Reizbarkeit" und die „Spielbreite der Wahl", die freilich relative Freiheit des Willens, etwas zu tun oder zu lassen. Dieser gigantische Sproß des Zwergenkönigs Sympathikus, von dem alle Märchen raunen, ist also auch in uns an jedem Spinnrad unserer Möglichkeiten mit feinen webenden Händen am Werke, am Brunnen der Säfte, am Wiederersatz der Zellen, an den kleinen Kesseln der innerlichen Sekretion nicht minder, als an den winzigen Ambossen der Gedanken. Er umspinnt alles und hält es an seinen spinnernen Zügeln — er ist der Ordner, und, wie wir noch sehen werden, der eigentliche Ingenieur auch des Gehirns, weil seine Spinngewebe jedes Gefäß, ja jede Zelle umhüllen und zum Ganzen entfalten und befeuern.

Keine Drüse arbeitet ohne ihn, kein Herz, kein Äderchen pulst oder zuckt ohne ihn, kein Gedanke flattert ohne seine Direktive. Davon später mehr.

Wir wollen jetzt noch weiter vordringen in den Aufbau des körperlichen Apparates. Wie alle Nerven aufsteigend zum Dome des Gehirns in den Bahnen des Rückenmarkes, so steigen auch alle Adern hin und zurück zum einen Wunderkelch der Säfte, der freischwebend in unserer Brust aufgehängt ist, zum großen Strudelquell des Blutes, zum Herzen. Kein Gebiet, das nicht des Herzens Druck mit Blut und Säften speist zur Ernährung, die vom Darm und Magen kommt, kein Fleckchen im System, das nicht die Adern in dichter Gemeinschaft mit den Nerven umspülten. Aber noch ein drittes System ist neben Nerv und Ader überall im Leibe: ein rankendes Stützgewebe, in das alle Organe aufgehängt sind, wie in den Poren eines wunderfeinen Schwammes: das Fasergewebe, von dem Knochen, Knorpel, Sehnen, Faszien nur Abkömmlinge resp. Verdichtungen und Verhärtungen sind. Wäre ich Anatom geworden oder mangelte es mir nicht an Zeit für eine so umfangreiche Arbeit, ich hätte ein vielleicht nützliches Werk geschrieben: das Faserskelett! Denn gerade so, wie es ein Knochenskelett gibt, das den eigentlichen Korallenstock des Leibes und seine Tragfähigkeit, sein Eingestelltsein und seine Bewegungsfähigkeit im Rhythmus des Alls garantiert, gibt es auch ein demonstrierbares, lernbares Skelett der Bindegewebsfasern, ein System von Stützmaschen aller Organe, in dessen Gefüge alles Leibliche eingehängt ist, wie in einem absolut kontinuierlich die Körperformen zusammenhaltenden Korbgeflecht, das, gleich den Gefäßen und den Nerven, überall ist und ohne das man eigentlich gar nicht Anatomie oder Heilslehre studieren kann. Dies Faszienbindegewebe verdichtet sich an der Peripherie des Leibes zu einem dichten Mantel, einer Art natürlichen Trikots des erst über den Muskeln ganz nackten Leibes und hat hier seine äußeren Stützpunkte, wie es die inneren an seiner zweiten, mit Kalk imprägnierten Verdichtung, den Knochen hat. Man kann also sagen, von Haut zum Knochen zieht vielmaschiges Schwammgewebe. In seinen Lücken hängen alle Organe und in seinen Strähnen ziehen Nähr- und Nervenbahnen.

Gerade dieses Gewebe gewinnt im Grau des Gehirns für uns eine ganz besondere Bedeutung, da, wo man ihm den Namen Neuroglia (Nervenleimgerüst) beigelegt hat. In ihm eingebettet liegen also auch alle Organe des Gehirns, wie im Leibe die Drüsen, wie um den Leib die Organe des Willens, der Aktion, der Handlung oder des Unterlassens: die Muskeln.

Das ist eine Skizze vom Bau des Leibes, für deren Flüchtigkeit ich jeden Fachmann um Entschuldigung bitten muß, die ich aber dem Laien nicht ersparen konnte, ohne von vornherein auf eine Möglichkeit der Verständigung über alle folgenden Auseinandersetzungen zu verzichten.

Jetzt wollen wir nur noch einen ebenso kurzen Einblick in das mikroskopische Gefüge des im Vordergrunde unseres Interesses stehenden Hirngraues, des Sitzes der Ganglien, des Thrones der Vernunft, der Seele, der Gedanken, des Geistes tun und ich glaube, dann haben wir Rüstzeug genug, um an unsere eigentlichen Probleme, die Register der Hirnorgel, an den Mechanismus des Willens und der Phantasie, an das Rätsel der Hysterie, an die Affekte und ihre Beherrschung, an Ethik und Erziehung und so manches andere heranzutreten — alles im Lichte einer neuen und manchem gewiß verwunderlichen Anschauung von der Aktion des Gehirns.

II

Alles Organische: ein Pflanzen-, ein Tier- oder Menschenleib gleicht Büchern, die die Natur selbst geschrieben hat. Um sie aber lesen zu können, müssen wir uns die Blätter erst künstlich aufschneiden. Die Seiten sind verklebt, verfilzt, verwachsen im Laufe der Jahrtausende, während deren diese Kunstwerke unter der Schöpfungspresse lagen. Der mikroskopische Schnitt erst, dies wasserhelle, herausgemeisterte, hauchdünne

Blättchen trägt die Lettern, die wir mit verlängertem und gestieltem Auge entziffern können. Heben wir also einmal aus dem grauen Einband des Gehirnbuches ein solch feines ausgeschnittenes Blatt heraus und lesen wir es ab, Zeile für Zeile. Eine kleine Wunderwelt entsteht beim Entziffern. Wir sehen im Schnitt, und folglich in milliardenfacher Vermehrung auf den ganzen grauen Belag des Gehirns übertragen, nachdem wir künstlich die einzelnen Zellen des Blättchens voneinander durch Färbungen unterscheidbar gemacht haben, den ganzen grauen Wolkensaum des Zentralorganes durchsetzt mit Millionen und aber Millionen kleiner Verwandten des Sympathikus, Nervenganglien, die die Grundform des ersten Lebens, den Leib der Amöben, Protozoen und die Gestalt der ersten Nervenknoten wiederholen. Sternchen steht neben Stern, über-, unter-, durcheinander, die, ich möchte es fast als gewiß annehmen, im Leben, wenn wir im Finstern einmal durch einen Spalt des Schädels tief in das Getriebe schauen könnten, lauter kleine aufzuckende und verlöschende, phosphoreszierende Glühlämpchen darstellten, deren Reigentanz im Spiel des Denkens sich wie ein erleuchteter Blitzschnellzug über und durch das dunkle Grau der Hirnrinde ringeln müßte: auf einem Dutzend von Geleisen gleichzeitig, ein Hauptstrom und viele, viele schwächer leuchtende Kleinbahnen nebenher und in die Tiefe. Sehen wir statt dessen unter dem Mikroskop genau zu, so können wir erkennen, daß diese in Fasermasse, wie alles Organische, aufgehängten Systeme kleiner Ganglien angeordnet sind wie Gras in einer Prärie; ein ungeheures Gartenbeet, dicht besetzt von eng aneinander stehenden Maiglöckchen: die weißen Glöckchen gleichen den Ganglien, die Halme und Stenglein den ein- und austretenden Nervensträngen. Aber jedes Ganglion hat nicht nur einen Zentralfaden, der abwärts zu immer größeren Stielen strebend, schließlich in seiner Gesamtheit eben die Stielbündel des Hirnmarks und der Rückenmarksäule ausmacht. Es sollen auch, freilich noch nicht ganz sicher, von Zelle zu Zelle feine, echte Nervenfädchen laufen. Diese Maiglöckchenkelche sind nun alle umsponnen von einem äußerst merkwürdigen Spinnennetz von Bindegewebsfasern, der Neuroglia, welche alle die Bäumchen eng anschmiegend umhüllt und sich um die Ganglienglocken selbst sehr charakteristisch umformt. Indem sie die Ganglien sternförmig umfassen, wie Handschuhfinger, werden sie, an die Blutgefäße angeschlossen, gleichsam zu Schwellkörpern, welche sich unter dem Druck und der Füllung der neben ihnen einmündenden Adern vollsaugen können mit Säften und bei entleerten Gefäßen im anderen Falle trocken liegen. Das sind die Neurogliaplatten, welche feucht oder trocken den Blitzkontakt von Ganglien zu Ganglienzelle, von Maiglöckchen eines Stammes zu denen der anderen hemmen oder erleichtern können. Wir finden hier also eine völlig elektrische Anlage von Ein- und Ausschaltungsmöglichkeit, Millionen von kleinen Glühbirnen unter-, über- und durcheinander.

Wir wissen, daß es mindestens 15 Millionen solcher Kleinlampen im Hirngrau gibt, man kann sich also kaum eine Vorstellung machen von der Kombinationsmöglichkeit dieser miteinander in Austausch tretenden Flammenspiele, so daß schon von vornherein erhellt, daß immer nur wenige gleichzeitig, während wir denken, in Blitzkontakt treten können, weil sonst ein Wirrwarr aufzuckender, Gedanken durchschüttelnder Zündungen statthaben müßte, während dessen eine Orientierung undenkbar wäre. Zur Beobachtung, Betrachtung, zum Aufmerken gehört eben immer nur eine beschränkte Anzahl von Gangliengruppen (Glöckchensystem) und während der Zeit des hin und her wogenden, lichtbetastenden Scheinwerferspiels müssen die anderen Millionen von Flämmchen gedeckt und verhängt sein. Das macht eben der Strom der Neuroglia und das in ihm eingefügte Dränagesystem der Blutgefäße und Lymphsäfte, deren Füllung und Entleerung wiederum von allerfeinsten Nervenknötchen geleitet wird — den kleinen Fäustchen des Sympathikus, der also auf diese Weise von seinem Stammlager her (unter dem Zwerchfell) seine Herrschaft vom Ur- und Wurzelgebiet nervöser Reizbarkeit aufrechterhält. Vermittelst des Blutsaftes kann also diese Marconiplatte des Lebens, die auch Ströme der Umwelt und Innenwelt bemerkt, von denen unser Bewußtsein keine Ahnung hat, seine festen Zügel an die ihm gegenüber jungen Sonnenrosse der Hirnganglien anlegen. Er ist kein Phaeton, sondern der alte bewährte Wagenlenker der Gedanken. Wehe! legt er einmal die Zügel und Peitsche aus der Hand — Verwirrung, Wahnsinn, Weltuntergang der Gedanken drohen. Wie schön doch die Göttersagen der Griechen sind und wie gut ausdeutbar für wahrhafte Geschehnisse des Lebens und wie recht sie hatten, zu sagen: das Gemüt liegt unter dem Zwerchfell. Denn wahrlich, unsere Urgefühle, unser eigentlich letzter Wille, unser Charakter steckt in der Stammanlage unseres Sympathikus und nicht im Gehirn, das nur sein Diener ist. Ein Genie der Ganglien, ohne die Regulation des urgesunden, altväterlich behäbigen Sympathikus ist ein irrlichterndes, glänzendes, aber gefährliches Phänomen. Wie sicher gefügt wohl Goethes Sonnengeflecht unter dem Zwerchfell geruht haben mag! Aber auch „das deutsche Herz" hat seinen Anteil am nervösen Apparat des Gehirnes, indem es ja die Säfte spendet, die phasenförmig einpulsen mit den Adern in die Ein- und Ausschaltungsplatten zwischen den Glöckchen der Hirnrinde, wodurch der Zeitbegriff Humes und Kants, diese schwererrungene feste Basis der Erkenntnis, so einfach sich auflöst in die Phasenempfindung des Herzschlages, der ja gewissermaßen den Takt und die Zäsuren in allem Geschehen abgibt. Ehe dieser Bezug zwischen Füllung und Entleerung der Neuroglia und ihrer phasischen Anfeuerung und Hemmung der Ganglienlichter nicht aufgedeckt war, war es natürlich rätselhaft, woher wir im Gehirn etwas von der Zeit wissen oder stillschweigend als Denkform voraussetzen konnten. Aber die Uhr des Herzens geht Tag und Nacht unaufgezogen und tickt schon immer „a priori", d. h. vom Beginn des Lebens an bis hinauf in die Hirnkuppel und teilt alles Geschehen in Absätze und Phasen, Beobachtungseinheiten und zeitliche Ablaufsperioden. Natürlich ist die Art der Saftmischung, welche dieses Hebewerk des Herzens hinaufschleudert in die Leuchttürme der Gedanken, gleichfalls sehr wichtig, weil gewisse Mischungen (salzlos und leimreich) stärker und besser hemmen als andere (salzreiche, reizende und betriebsstörende) Beimischungen einpulsender Saftströmungen. Das ist für die Diät nervöser Menschen, sowie für das Verständnis der gestörten Hirntätigkeit von blutleeren, stoffwechselkranken Individuen von höchstem Bedeuten. Aber mit dieser Konstatierung von einem Hemmungsmechanismus der Ganglientätigkeiten durch Sympathikus und Neurogliaplatten sind wir noch nicht fertig. Laut einer mündlichen Mitteilung des Prof. Benda, pathologischen Anatomen in Berlin, enthält die Neurogliaplatte Muskelfasern, d. h. eine

Art Gehirnmuskel, der nun in meiner Deutung von der Leitung der Gehirnfunktionen eine ungeahnte Wichtigkeit gewinnt[1]). Nicht nur, daß dieser Muskel willkürlich oder unbewußt die Verbindungsfäden zwischen den einzelnen Ganglien gleichsam aufheben könnte durch Anspannung und Leitungsunfähigmachung des dünnen Fädchens, er könnte — und das ist das eminent Wichtige dieser Bendaschen Entdekkung — zum ersten Male den Satz begründen, daß auch Gehirntätigkeit Arbeit ist, Wärme erzeugt und damit erst in den Kreis der Kausalität einbezogen würde. Jeder, der einmal Psychologie getrieben hat, muß an dieser Stelle einen Augenblick stutzen vor der Tragweite dieser Möglichkeit. Was? Im Gehirn ein Muskel? Eine muskulöse Aktion, die Ströme ein- und ausschalten könnte? Ein Hebel zum Umstellen, Drehen und Aufheben von Kurbeln? Ein Muskel, der gymnastisch geübt werden könnte? Welche Perspektiven auf Gedächtnis, Erinnerung, Erziehung, Wille, Phantasie usw.!

---

[1]) Selbst wenn die Entdeckung Bendas nicht bestätigt werden sollte, was unwahrscheinlich ist, oder selbst wenn er, da es sich ja nur um eine mündliche Mitteilung handelt, die Sache für nicht spruchreif erklären sollte, so ändert das natürlich nichts an meiner ja soviel früher ausgesprochenen Theorie von der aktiven Muskeltätigkeit der Neuroglia innerhalb des Hirngefäßsystems und seiner Saftkanäle. Sämtliche Ein- und Ausschaltungen der nervös-elektroiden Apparate können auch ausreichend durch das Spiel der Vasomotoren und -dilatatoren erklärt werden. Der Bendasche Muskel würde nur für das Laienverständnis die Angelegenheit sehr vereinfachen.

In der Tat: da ich stets die Abhängigkeit nervösen Geschehens im Gehirn von den Muskeln der Blutgefäße, beherrscht von den Nervenganglien des Sympathikus, behauptet habe und Prof. Benda natürlich die Bedeutung seines Fundes für meine Theorie von der Neurogliahemmung sofort erkannt hat, mußte diese Tatsache für mich eine fast fundamentale Sicherung meiner Anschauungen erhalten. Denn ein Muskel ist stets das Organ einer Aktion, er ist das Explosivwerkzeug des bewußten oder unbewußten Willens und, da nun Millionen solcher Muskelfasern in dem Hirngrau der Neuroglia eingespannt sein würden, so entsteht für mich die zwingende, unausweichbare Frage — der ich dies Buch vornehmlich widme —, was tut diese Mosaik der Muskeln, was kann sie leisten für den Ablauf der Gedanken. Ehe wir an diese Untersuchung gehen, wollen wir ganz kurz rekapitulieren, welche ingenieusen Apparate uns das Hirngrau mikroskopisch bietet, auf welchem der Hauch der Seele spielt. Zwar, darüber wollen wir uns immer klar bleiben: Ein Mechanismus ist noch nicht der Geist dessen, der es erdacht, ein Klavier enthält nichts von der Seele dessen, der darauf meistert, so ist die Entdeckung neuer Funktionen des Gehirns noch lange nicht die Enthüllung des Geheimnisses: hat sich die Seele diesen Apparat erst erbaut oder wird sie durch ihn erst erschaffen oder hervorgetäuscht? Beides wäre gleich rätselhaft und unerforschlich.

Denn wenn die Materialisten sagen, die Seele, der Geist ist ein Destillat, eine Art Absonderung, Galle oder Dunst des Gehirns, so darf man wohl die Frage wagen, wer hat wohl diese Apparate, die Seele destillieren können, in den Leib hineingedacht und -gesetzt? Und die andere: was ist wunderbarer, daß eine Seele sich einen Apparat zur Betätigung baut oder daß die „Natur" einen Apparat erfindet, der eine Seele ständig zum Schornstein herausspazieren läßt? Sollte dann nicht die „Natur" wiederum von vornherein schon etwas baumeisterlich Seelisches in sich enthalten haben? Wir umgehen diesen Streit, der sich ewig im Kreise dreht, wie ein Perpetuum mobile des Irrtums und konstatieren zunächst das auffallend Apparatliche, das auffallend Mechanistische, elektrische Analogien geradezu Herausfordernde, die maschinelle Struktur des Gehirns und nehmen sie als eine Äolsharfe, auf der Seele, Weltall, Gott, Umwelt, Mensch, Tier und die ganze Natur ihre Wunder abspielen kann, und untersuchen, ob diese Struktur dafür zureichend eingerichtet ist resp. ob ihr Bau nicht geradezu zwingt, die Möglichkeit eines solchen universellen Orgelspiels anzunehmen.

Wir haben also im Hirngrau Millionen von Ganglien, die gegenseitig durch Kontakt oder Strahlung Stromaustausch, Stromwechsel, Stromein- und -ausschaltung ermöglichen. Sie sind umgeben von einem enganschließenden System feuchter und trockener Platten, den Isolationsträgern, welche ihre Füllung erhalten durch die Blutgefäße, die in diese Platten pulsatorisch Säfte treiben unter dem Spiel der Sympathikusganglien, welche wieder Beziehungen haben bis zur Tiefe unseres entwicklungsgemäßen Aufbaus, bis zu den Endwurzeln unserer nervösen Urnatur: zum sympathischen Urgeflecht, also eine Brücke des Bewußten zum Unbewußten bedeuten können. Und schließlich haben wir einen selbständigen Muskel in der Neuroglia, der ein- und ausschalten, Strom leiten und wenden, konzentrieren und entladen kann. Das sind die Elemente am Webstuhl der Seele, das sind die Materialien, aus denen die Orgel des Gehirns gebaut ist. Sehen wir zu, wie die Schiffchen gleiten, wie die Register spielen und was die Tasten leiten.

DIE DREI ORGELREGISTER DES GEHIRNS

Die Welt ist die mechanische Manifestation von Ideen. Die einstige Entstehung jedes Körnchens Granit, ja die Bildung eines Tropfens vom Wasserdampf war und ist Inkarnation, Fleischlichwerdung des Geistes. Darum ist alles Körperliche mit Seelischem verkettet, läuft ihm parallel, kann nie eins ohne das andere sein, trotzdem sie schwer vereinbare Gegenstände sind. Das Geistige schuf erst den Leib, denn wenn der Leib den Geist produzierte, was sollte den Leib so eingerichtet haben, daß er diese Leistung vollbringt, wenn nicht wiederum ein Geist? Die Naturwissenschaft beweist uns zwingend, daß die Bildung der Sterne der Bildung von fester Materie aus Feuernebeln vorangegangen ist. Aus ihnen ward die Summe der Elemente, aus den Elementen die Summe der chemischen Körper, aus diesen das Eiweiß, mit ihm die belebte Materie, der Mensch! Alles war Aufstieg, aus Anfängen müht die Idee sich empor zum höchsten Ziel, daß der Stoff zu zwingen sei, die Geistkräfte und die Gesetze der Welt zu schauen bis ins Tiefste und Feinste. Wer etwa zweifeln sollte an der Möglichkeit dieser Schöpfung des menschlichen Intellektes aus elementaren Uranfängen, dem möchte ich folgende Kette von Analogien, Beziehungen und Verwandtschaften zwischen Menschengeist und Körperlichem vor Augen führen, dem möchte ich damit beweisen, daß allerdings in elementaren Naturkörpern schon Seele waltet, Eigenschaften leben, die den unseren überraschend wirkensgleich sind. Wenn das Glas in Prismaform uns Farben zeigt, sie also in sich bildet, was tut es dann? Es empfindet Licht und zerlegt es; es sieht. Wenn wiederum ein Prisma, gegen die Gestirne gerichtet, in seinem Farbenbande Linien aufweist, in denen glühende Metalle selbst in den Spiralnebeln sich anzeigen, von denen wir ohne diese Fähigkeit des dreikantigen Glases niemals eine Ahnung gehabt hätten, und die wir erst dadurch auch auf Erden gesucht und gefunden haben, was leistet es da? Es sieht und differenziert feiner sogar, als unser Auge. Wenn das Silbersalz auf einer Glasplatte Sterne spürt und sichtbar machen kann, sogar weit über unsere Sehkraft hinaus, was tut das Silber da? Es sieht und entdeckt. Sind das nicht übrigens vollgültige Beweise dafür, daß die Gegenstände der Welt wirklich da sind, so wie wir sie wahrnehmen? Jedenfalls sieht Glas und Silber das auch, was wir sehen, und zwar noch mehr. Es ist nichts mit einer nur vom Menschen gedachten, „anthropomorphen“ Welt. Die Dinge sind wirklich da. Oder arbeitet das Silber und das Prisma auch anthropomorph? Es ist aber noch mehr da, als wir und das Silber, das Prismalicht ahnen.

Wenn das Eisen und alle Metalle oxydieren, d. h. sich mit dem Feuergeist des Sauerstoffs vermählen, so atmen sie, wie wir. In unseren roten

Blutkörperchen, im Rotbraun der welkenden Blätter, im Blattgrün und im Gallengrün feiern diese Metalloxyde des Eisens und des Schwefels ein wunderbares Auferstehen. Wenn Kristalle von einem Punkt aus durch einen Nadelstich zu Zerfall und Tod, wie wir vom Nœnd vital, dem Lebensknoten aus, der bei uns im verlängerten Marke liegt, zu bringen sind, wenn dadurch ihr Lebenskern verletzt wird und der Organismus in Staub zerfällt, so können Kristalle sterben, wie sie lebten, wie wir. Kristalle haben also eine organisierende Seele. Perlen sterben, selbst Diamanten erlöschen die Augen. Kupferdrähte leiten elektrisch und können, zwischen durchtrennte Nervenenden eingeschaltet, den Strom intakt erhalten, ihn aufnehmen und dirigieren, besitzen also eine nervöse Natur. Das Gold, das diese große Verlockung und Ertötung der Menschenseele als Gefahr und Affinität zum Bösen an sich hat, besitzt die merkwürdige Eigenschaft, die schmutzigsten, schwersten Gifte vom Eiweiß-, Fisch-, Fleisch-, Käse-, Austerngift an sich zu reißen. Denn mit keinem anderen chemischen Mittel sind diese tödlichen Stoffe zu binden, als durch Goldtrichlorid. In Aufschwemmungen faßt das Goldtrichlorid die Alkaloide, Fermente wie die Menschenseelen, und reißt sie nieder. Goldsucht ist seelischer Niederschlag, Fällung seines Besten. Ist das nicht bemerkenswert?

Das Wasser, das die Atmosphäre kühlt durch

Dunst und Niederschlag und das, in der Luft schwebend zurückgehalten, die Fieberglut der Sommertage verschuldet, regelt durch Haut- und Lungendampf auch unsere konstante Eigenwärme und entfiebert uns durch ein kühlendes Bad von innen, durch Transpiration, wie durch einen Regen, der die Temperatur der Haut sinken läßt auf Durchschnittswerte. Das Jod, das in den wahrhaft ersten Aphroditen des Lebens, den Meeresalgen, die Ursache ist, daß ihre Blättchen sich zur Sonne kehren, spielt in der menschlichen Schilddrüse eine ungeheure Rolle, von deren Säften wir wissen, daß sie zum Gleichgewicht der Seele erheblich beitragen. Ihr Fehlen kann ein Genie zum Trottel machen, ihr Überschuß zum Hysteriker.

Stecken in all diesen aufgedeckten Beziehungen, die sich auf unzählige mit gewiß leichter Mühe vermehren lassen könnten, nicht überall seelisch-geistige Beziehungen, Andeutungen, Vorstufen, aus deren Steigerung und Kombination die schöpferische Idee eben schließlich den Menschengeist herausgesteigert hat, wie ein Alchimist versuchte, freilich ohne direkten Erfolg, den Stein der Weisen aus seinen Dünsten, Nebeln und Kristallspiegeln herauszudestillieren? Der Menschengeist, die Seele, ist also ein Organ der Wirkung des Alls, der intensivsten Spiegelung der Welt, ein Versuch, den ganzen großen Organismus im kleinen voll zu präsentieren, ein Versuch der Idee, sich selbst zu beschauen. So dachte wohl auch Goethe, der stets den Glauben vertrat, daß unser Geist ein Stück Natur sei und ihr durchaus nicht gänzlich wesensfremd. Steigerung, Hinauferhebung, Empor-treiben, Leiterbilden bis ins Unendliche der Natur — das ist der annehmbare Sinn des Lebens. Gerade die Hindernisse, die Schrecklichkeiten, die Tragödien des Daseins sind die Propeller, die Krafterzwinger der allzu leicht erlahmenden Schwingen der himmelfliegenden Materie. Und dieser Aufstieg, dieses Gehobenwerden, Emporentwickeln zu höheren Stufen der Existenz spielt sich nun letzten Endes in der Menschenseele ab, deren vornehmliche Werkstatt, wenn auch nicht ihr Sitz, das Gehirn ist.

Wenn also hier, auf diesen an der Oberfläche zerklüfteten Gebirgen, die Fata Morgana des Weltganzen emporsteigt und hin und her schwebt wie die Wolkenschleier der Alpenhäupter, so müssen wir uns die Mittel ansehen, mit welchen die Kuppeln, Höhen und Vertiefungen des Hirngraues die Reproduktion des Weltbildes, die Vorstellung von ihrem Sein und Sinn zustande bringen. Für drei Funktionen haben wir die Mechanismen zu suchen, wenn wir für diese Wunder aller Wunder, wie die Welt in einer Menschenseele reproduziert werden kann, sagen wir einmal in dem gigantischen Geist eines Kant, eines Goethe, einen noch so geringen Grad von Verständnis gewinnen wollen. Diese drei Funktionen sind: Wahrnehmen, Denken und Wollen, wie das aus der Geschichte der Philosophie aller Arten aufs deutlichste erhellt. Was man Erkenntnistheorie, praktische oder reine Vernunft seit Locke, Hume und Kant nennt, ist ja eben die Erörterung der Frage: wie kommt Empfindung zustande, wie entsteht ein Begriff, eine Reflexion, wie kommen wir zur Tat, zum sittlichen Handeln, woher stammt dieses Sternhimmelwunder eines fühlenden, denkenden, das Gute wollenden Seins?

Nach eifrigem Studium des Gesetzgebers der Gedanken, des gewaltigen Kant, habe ich das Gefühl, als ob noch nie ein Mensch kraft seines Denkens die Funktionen des Geistes so zwingend beschrieben hätte, wie er. Und das ohne jede Kenntnis von irgendeinem Mechanismus des Apparates, mit welchem er seine Erkenntnisse geschaffen hat, denn eine Hirnmechanik gab es zu einer Zeit, wo man kaum etwas von seiner mikroskopischen Struktur kannte, natürlich nicht. Es ist daher um so staunenswerter, daß Kants innere Selbstanalyse an keiner Stelle einen wesentlichen Widerspruch enthält gegen die nunmehr aufdeckbaren, augenscheinlichen Mechanismen, welche seine und unserer aller Vorstellungen übermitteln. Es würde ein philosophisches Werk erfordern, um das zwingend und durchdringend nachzuweisen, ein Werk, das ich aus instinktiver Furcht vor Systemen nicht schreiben möchte, aus dem Grunde, weil die Natur stets reicher ist als jedes menschliche System, weil es keine Endgültigkeiten geben kann, sondern nur Kuppeln und Leitern zu noch höheren Denkgefilden. Aber immerhin will ich den Versuch wagen, aus den Anschauungen von mechanistischem Geschehen die Denkgesetze, wie ich sie sehe, zu umschreiben.

Zuvor noch eine äußerst wichtige Feststellung. Wenn hier dauernd von Mechanismen die Rede ist, welche in Beziehung zur Seele stehen, so soll das natürlich nicht heißen, daß dieses Seelische durch Hirnapparate erzeugt werden kann, denn alsdann wäre ich ein krasser Materialist und ließe, wie diese, das Gehirn den Geist und die Seele einfach ausdampfen. Das ist aber ganz und gar nicht meine Meinung. Im Gegenteil, ich bin ja der Ansicht, daß die Idee, die Natur, sich ihre Apparate erst selbst geschaffen hat und daß sie ein Faden ist, der vom goldenen Baume der universalen Idee als Seele in meinen Leib eingelassen ist, ja daß dieser Faden an meinem Aufbau gesponnen hat, von Anbeginn der Welt. Die Seele ist unvergleichbar mit irgend etwas, was aus der Wahrnehmung stammt. Dieser Vergleich kann also auch nur ein Symbol sein, um dem Immateriellen im Materiellen ein trübes Spiegelbild zu schaffen. Ich kann also nicht meinen, daß das Apparathafte, was im Gehirn am Werke ist, irgend etwas Seelisches s c h a f f t. Ich bin nur der Ansicht, daß das, was an diesem Mechanismus geschieht, die in mich eingelassene, meinem Körper als Herr und Wächter gesetzte Teilseele der Weltenseele affiziert, sie hebt, sie jubeln macht oder weinen, sie kränkt, sie erfreut, je nach meinem Verhalten. Ich glaube daher, daß das, was ihr an Erregungen zugeführt wird, etwas durchaus Materielles sein kann, daß auch sein Entstehen auf mechanistischem Wege wissenschaftlicher Erklärung zugänglich ist. Die Seele empfindet alles, auch elektrische Spannungen meines Gehirns und seiner Energien. Sie selbst ist ein unerforschliches Etwas. Das in Apparaten, Mechanismen, Gangliensystemen erregte Spannungsmoment können wir getrost „geistig“ nennen, es ist ausdenkbar, vielleicht beschreibbar; was aber „seelisch“ ist, das ist eben die über den Sinnen thronende Ideenwesenheit, von der ich nichts weiß, als daß ich sie besitze und daß sie affiziert werden kann von meinem Tun und Leiden und daß sie überall am Werke ist, mein inneres Gefüge zu erhalten, zu steigern, es neu zu erzeugen vermöge ihrer Bildnerkraft — aber „Ich“ und keiner der Apparate des „Ich“ kann auch nur einen Hauch ihrer himmlischen Struktur *erzeugen*. Mein Geist kann auf meine *Seele* wirken, aber ist weder mit ihr identisch, noch kann er sie erschaffen. Mein Geist ist eine Brücke zum Seelischen in mir und im All. Diese Brücke ingenieurhaft zu rekonstruieren, die Schwebungen und Federungen ihres schönen Gefüges zu beobachten, die Erzitterungen ihres Gewölbebaues zu beschreiben, evtl. im Experiment sie zu gewissen Schwingungen zu zwingen, das ist der Wissenschaft gestattet, ihr Amt, ihr Auftrag. Über diese Brücke hinwegzuschreiten, vermag kein menschlich Wort, keine Überlegung, sie ist zu fein, zu flüchtig und der Materie zu fern, sie trägt nicht Menschenfuß, noch Erdengeist.

So werden wir sehen, daß z. B. das Bewußtsein, das Ich, etwas im Apparat Gegebenes sein kann, etwas Geistiges, daß aber auch das Ich, dies mein Bewußtsein, nur ein Sprachrohr, ein Funkenspender, ein seraphischer Herold ist für den Weltallsodem meiner Seele, für die wir kein Wort besitzen können. Hier verlischt der Strahl der Wissenschaft, hier flammt die Morgenröte der Kunst und der Ehrfurcht. Das ist okkult, theosophisch.

Das sei gesagt, um Mißverständnissen vorzubeugen und eine Richtlinie für meine Leser hüben und drüben zu ziehen.

Hätten die großen Theoretiker der einfachen Frage: „Was ist Wahrnehmung und Erkennen?“ gewußt oder vermutet, wie ich, daß es einen großen, denkbaren Sinn hat, daß das Gehirn zwei miteinander durch breite Kabel verbundene Hälften besitzt, sie würden vielleicht weniger Mühe gehabt haben, die Elemente des Erkennens oder der inneren Selbstbeobachtung zu formulieren, denn es ist durchaus denkbar, für mich gewiß, daß eine Hälfte des Gehirns die andere in jedem Momente beobachten kann und begleitet in allen Phasen ihrer gegenseitigen Arbeit. Eine Hirnkugel schaut bei jedem geistigen mechanischen Geschehen in die andere und begleitet und registriert das Lichterspiel der Ganglientätigkeiten. Was in der linken Hirnhälfte aufzuckt an Wahrnehmung, Betastungsübermittlung, alle Wellen, die von der Peripherie emporbranden am Gestade des zentralen Wächterhauses der linken Seite, erzeugt zugleich eine ergänzende, freilich funktionell durchaus verschiedene Parallelbewegung in der rechten Hirnhälfte. Während ich ein Stück Eis berühre, und nun alle Empfindungen von kalt, glatt, schmelzend, links registriert werden, bildet sich auf der anderen Seite, aus dem Schatze der Phantasie und der Erinnerung ein Hof, ein zitternder Regenbogenkreis, ein fransenartiges Drumherum um diesen Herd der Augenblicksreize, der mit Hilfe der blitzartigen Durchströmung von lauter Ähnlichkeiten und Unterschieden in der anderen Hälfte die Gegenwart, die reelle Wahrnehmung zwingend verknüpft mit allen erinnerten Gewißheiten der Vergangenheit und allen Möglichkeiten der Zukunft. Links ist der Kontakt, das Konkrete, das Reelle, das Gewisse, rechts zugleich mitschwingend, wie die Stimme aller Obertöne, das Abstrahierte, die Reflexion[1]), der Vergleich, die Analogie. Und erst

[1]) Abstrahiert heißt „abgeschleppt", reflektiert „abgebogen". Wie fein die Sprache innerliches Geschehen verrät! Sie ist eine Quelle der Erkenntnis. Nirgend erweist sich die Bildnerkraft der Seele so deutlich

aus diesem Stammakkord der Wahrnehmung auf einer Seite, zugleich mit dem Einsetzen aller kontrapunktischen Möglichkeiten auf der anderen entsteht der Begriff, der nun als Summe in der linken Großhirnwindung, dem Sitz der Sprache (der Brocaschen) zur Aussage, zum Wort wird. Denn ich habe es schon einmal gesagt und kann es nicht genug wiederholen, wir denken alle, indem wir innerlich sprechen, wenn auch dieser leise Mitklang des Wortes die innen geschauten oder gehörten Dinge oft nur begleitet wie ein Nebelhauch die schwebende Welle. Daß diese Beziehung von rechts zu links tatsächlich bestehen muß, beweist schlagend ein jüngst durch meinen Freund und Mitarbeiter im Kriegslazarett, Dr. Georg Oelsner, beobachteter Fall von Hirnschuß. Oelsner operierte einen Fall von Hirnabszeß auf der rechten Hälfte des Gehirns, also auf jener Seite, die das Sprechzentrum, die Brocasche Windung, nicht enthält. Der betreffende Soldat hatte, trotzdem das linke Gehirn ganz intakt war, eine sogenannte „aphasische Amnesie", d. h. er hatte alle Worte vergessen resp. konnte sie nicht aussprechen, obwohl er deutlich Begriffe von Gegenständen, nach denen er verlangte, durch Zeichen

---

wie in der Sprache. Es ist, als ob ein großer, wissender Dichter immer am Werke wäre, die Sprache zu vervollkommnen, die er aus einem Vorahnen höchster Beziehungen geschaffen hat. Die Sprache beschreibt die Mechanismen des Gehirns sowohl onomatopoetisch wie begrifflich. Ich werde einmal diesem Thema eine besondere Arbeit widmen.

besaß, z. B. erkannte er eine Uhr, gab die abgelesene Zeit durch Fingerzeichen an usw. Er dachte, aber er konnte nicht sprechen. Oelsner konnte den sehr tief sitzenden Abszeß entleeren, und alsobald stellte sich die Sprache ein. Da nichts etwa so schnell wieder wachsen kann, was mechanisch zerstört war, so bleibt nur die Annahme übrig, daß der tief im Gehirn drückende Abszeß die Kabelleitung im Hirnbalken zwischen links und rechts abdrückte, so daß nach Aufhebung des Druckes die von mir vermutete Kreisarbeit beider Hirnhälften wiederhergestellt war, und zwar sofort. Links fühlt, tastet, vernimmt das Hirn einen Gegenstand, der Strom geht durch das breite Hirnkabel (Balken) nach rechts hinüber, erzeugt hier ausstrahlend die „Fransen" der Möglichkeiten, Kategorien, Ähnlichkeiten, Unterschiede usw. und strömt, gehemmt durch gesperrte Systeme, rechts als „Begriffe" (o Sprachweisheit!) in die linke Hälfte zurück zum Sprachzentrum, dadurch folgt das Sagen des Gedachten, die Aussage, das Wort. Das alles geschieht in Form des Wechselstroms, eines Kreisschlusses von Empfindung, Denken und Sprechen, der eben die Thesis, den Satz, den logischen Schluß möglich macht. Wird, wie in Oelsners Fall, das Verbindungskabel gepreßt, so ist der Kreisschluß naturgemäß unterbrochen. Die linke Hälfte fühlt, die rechte denkt, aber der Rückstrom zur Sprache ist gehindert. Nichts aber kann diese vermutete Funktion des sich gegenseitigen Beobachtens der Hirnhälften so erhärten, als alle die bekannten Vorgänge der gedoppelten Persönlichkeit, des gespaltenen Ichs, des Pro und Kontra der Motive, dies Zweiseelentum, diese deutlich fühlbare Verkoppelung vom leiblichen und geistigen Ich, von Persönlichkeit de facto und seiner Hamletnatur, von Pansa und Don Quichote, Mephisto und Faust in einer Menschenbrust. Aber unter allen diesen Beweisen oder Vermutungen ist eins für mich das Zwingendste, das ist die Spaltung des Ichs im allergrößten physischen und psychischen Schmerz. Ich selbst habe es oft ganz deutlich gespürt, wie dann, etwa im Gallensteinanfall, einer ist, der leidet und einer, der ganz kalt registriert, was da geschieht, den der Schmerz fast ohne Mitleid gar nichts angeht und der noch im Augenblick des Todes ganz kalt und klar beobachten wird, wie eine Fliege über die Bettdecke spaziert oder mein Strumpf vom Stuhl gefallen ist.

Es gehen immer zwei Funktionen miteinander parallel, die einfache Sinneswahrnehmung und die den Gegenstand umschillernden Reflexionen, die das Reale phantasievoll umflattern, wie Tausende von Möwen, die einen Stein umkreisen. Läßt sich die Schar der Flatterer fest auf dem Felsen nieder, so kommen die Bewegungen zur Ruhe: Der Begriff ist stabil geworden. Sonst schwebt er noch lange weiter im Reich der Phantasie oder des planvollen Denkens oder aber — und das ist das dritte — er löst die Hebel zu einem ganz neuen Register, dem des Wollens und der Tat.

Gibt es für diesen Mechanismus Erklärungen? Welche sind es? —

Wenn wir festgestellt haben, daß stets bei der Beobachtung eines Gegenstandes mittels unserer Sinne automatisch und unhemmbar ein Regenbogenhof abstrakter, also der Phantasie resp. der Vorstellung entnommenen Ganglienerzitterungen statthat, so ist das genau das, was Kants Postulat war: Suchen und Finden der Einheit in der Mannigfaltigkeit. Denn charakterisieren, seine Stellung einem Dinge zuweisen, kann ich nur dann, wenn ich es mittels meiner Phantasie einreihe in den Kreis von Möglichkeiten und damit vor die Kategorien: Gleichheit, Ähnlichkeit, Qualität usw., gleichsam in Parade vorbeimarschieren lasse. Wenn es uns auch ganz verständlich ist, warum ein betasteter, beschauter, erkannter Gegenstand durch rhythmischen Anprall an die Fühlhörner der Ganglien durch Neuzeugung unbegreifbarer Beziehungen gewisse Meldungen herangelangen läßt, so ist es doch nicht so ohne weiteres klar, warum diese Erzitterungen ihr Fransenspiel, ihre parallelen Lichtkreise im Gebiet der Phantasie mitschwingen lassen. Was ist das überhaupt, Phantasie?

Nun, dafür gibt es für mich eine ganz bestimmte Definition. Das Reale wird wahrgenommen auf den Bahnen, die von der Peripherie zum Zentrum leiten, also in zentripetaler Richtung. Alle Umflatterung des Wahrgenommenen im Innern ist Phantasie, vorgestellte, unwirkliche, aber gedachte Betastung. Damit eröffnet sich der Kreis aller Möglichkeiten. Phantasie ist eine ganz andere Funktion der Ganglien. Sie bedeutet den Eintritt einer Fähigkeit in den Entwicklungsgang des nervösen Lebens, der meiner Ansicht nach erst mit dem Menschen geboren resp. voll zur Ausbildung gelangt ist, nämlich: die Fähigkeit, willkürlich den Nervenstrom umzucken, ihn von rückwärts, von den Ganglien zu den Sinnesbahnen spielen zu lassen, gleichsam von den Saiten zu den Tasten. Daß ein Nerv an sich vor- und rückwärts leitet, wissen wir seit Dubois-Reymond. Hier geschieht das Wunder, das den Menschen erst zum Menschen macht: er kann erfahrene Ganglienerzitterungen, also reale Wahrnehmungen, neu, gleichsam gespensterhaft, halluzinatorisch, wie eine gespiegelte Fata Morgana in sich immer wieder schattenhaft entstehen lassen, indem er das real Wahrgenommene auch ideal wiedererzeugen kann durch Nervenstromumkehrung. Dann erzittern alle Ganglien, die ein Pferd mit Form, Licht- und Schatten und Farbe als sinnlichen Empfindungskontakt zusammensetzen, noch einmal als Pferd bei geschlossenen Augen, dem ich nun durch Einströmen der elektrischen Spannungen in alle Nebensysteme, alle schon einmal gesehene Pferdindividuen und alle Möglichkeiten von Zutaten, z. B. Pegasusflügeln, beigeben kann, kraft meines Gedächtnisses, meiner Erinnerungen, meiner Denkmöglichkeiten. Denn die ausschweifendste Phantasie eines der größten Dichter, des Traumes z. B., hat immer noch einen realen, allerdings halluzinatorisch variierten Kern. So definiert, wird es verständlich, welchen Anteil die reflektierende („umgebogene"!) Phantasie an der einfachen Betrachtung eines Gegenstandes hat: der sensuell mit den Sinnentasten auf das Gehirn übertragene Kontaktstrom wird durch die Neurogliamuskel und die aktiv arbeitenden feuchten Platten der Neuroglia einfach gezwungen resp. automatisch umgebogen in die andere Hirnhälfte und treibt hier durch Stromumkehrung sein halluzinatorisches, kaleidoskopisches Spiel. Dadurch wird dem Menschen alles, auch sein Inneres, sein Ich, Objekt, weil dieses Spiel, dieser Lichterkreis von Real- und Idealentzündungen dauernd von der einen Hirnhälfte in der anderen kontrolliert werden kann. Darum kann ich mein inneres Ich vor mich hinlegen, wie einen Stein, mich selbst beobachten, über mich etwas aussagen, was alles das Tier nicht kann. Diese Tatsache der Möglichkeit, daß eine Hirnhälfte die andere beobachten kann, ist es, die Psychologie erst möglich macht; erst jetzt wird der schöne Satz Lichtenbergs klar: „Das Tier ist für sich immer Subjekt, der Mensch ist sich auch Objekt", eben nämlich mit Hilfe der Stromumkehrung seiner Ganglien, d. h. weil er das volle Orgelspiel der Phantasie besitzt, wovon das Tier nur ganz schwache Resonanzen vom Rauschen der Welt haben kann. Ich bin überhaupt nur ich infolge meiner Möglichkeit, mich mir vorzustellen; ich wäre nicht ich, wenn ich mich mir nicht vorstellen könnte. Das ist die Erklärung für Sokrates' Forderung: „Erkenne dich selbst", nicht weniger als der Sinn des eigentlich törichten, sich in den Schwanz beißenden Satzes des Cartesius: „Ich denke, also bin ich!" der nur heißen kann: „Weil ich mich denken kann, muß ein denkendes Etwas da sein!"

Indem nun dauernd die reale Welt ihre Sonnenkreise hineinschleudert in die zweite Welt meines durch Phantasie erzeugten Ichs in meinem Innern, kommt jedes reale Ding in eine Beziehung zu mir und wird gleichsam meine persönliche Angelegenheit, und wenn nun dieses Schwungrad der flimmernden Ganglienerzitterungen geistig das erzeugt hat, was die Philosophen einen Begriff nennen (von innerem Betasten, Begreifen) oder als eine Anschauung definieren (wieder ein Bild, vom Auge übertragen auf die Seele), so entsteht durch Kreisschluß zum linken Hirngrau die Aussage, das Wort, — der wieder nach außen projizierte Vorgang eines inneren Erlebens. Wir haben also das Subjekt im Gebiet der Phantasie, das Prädikat im sensuellen Felde der sinnlich wahrnehmbaren Eigenschaften. Dazwischen steht die Kopula, „ist", „hat", „bedeutet" usw., gleichsam Schaltwort, Verkoppelungshebergriffe, die schon physisch etwas von diesem Ruck der Umschaltungen an sich tragen. „Ist“, „est“, „c'est“, „esti“ (griechisch) sind ebenso scharf und kurz eingestellt in diesem Funktionskreis von Wahrnehmung, Phantasie und Rückströmen zum Sprachzentrum, wie die kurzen Bindeworte „soll“, „kann“, „wird“, „hat“, „muß“, „scheint“. Wem dieses Innewerden eines Mechanismus gar zu abenteuerlich erscheint, dem gebe ich ein eigentümliches klanglautliches (onomatopoetisches) Verhältnis von Bestimmung des Sinnes der Worte zu ihrem diphthongischen Artikulationsanfang hier als ein Problem. Alle Worte, welche mit einem bestimmten Diphthongenanlaut, z. B. Th, Schw, Kl, Gr, usw. beginnen, gehören einer geschlossenen Kategorie von Telephonbündeln mit schwebendem Gleichklang an.

Tor, Tür, Turm, Thron, Tor (im übertragenen Sinn als hohler Narr) haben alle in sich den Sinn der Öffnung, der Lücke, der leeren, aufwärtsstrebenden Höhlung. Als Metapher auf den Lücken schlagenden Gott Thor angewandt.

Schwere, Schwüle, schwanger, schwarz, Schwaben, Schwein, Schwimmen, Schwan, Schwanz (das Nachschwebende — Gleitende): es gehört nicht viel Sprachgefühl dazu, das Gleichsinnige in diesen Begriffen, das düster-unheimlich Gleitende herauszuhören.

Klopfen, Klingeln (mit Klöppeln), Klang (eben vom Geklopften), Klafter, Klobe, Klammer, Klage (das umklammernde), Kluft (umrahmt von Gebirgsklammern), Kleben, Klatschen (Flächen wie Handflächen verbinden).

Grauen, Gram, Groll, Grübeln, Gruß (vom Visir der Feinde), Grün (die Giftfarbe), Gras, Gruft, Grund usw.

Hier ist es so, als wenn die Diphthonge Gr, Schw, Kl, Th, die Telephonnummern etwa von 15 000, bis 15 010, ... 11, ... 12, ... 13 bis . . . . 20 usw. beherrschten und die folgenden Worte den angeläuteten, onomatopoetischen Diphthongensinn behielten. Die Allitteration ist also ein physiologisches Mittel, eine gleichgerichtete Stimmung der gebundenen Rede zu garantieren.

Nun kommt zum Satze noch ein Drittes hinzu, das Verbum. Und hier ist die Stelle, wo nun auch das dritte Register des Denkens, was Vorstellung und Wahrnehmung erst zum Schluß, zur vollkommenen Aussage macht, in Erscheinung tritt, nämlich das Register der Tat, des Handelns, des Wollens, des Sollens. Denn genau so, wie die Kontaktströme, welche das große Schwungrad der In- und Umwelt im Gehirn erzeugen, durch Rhythmusanprall, nicht anders wie in einer Holtzschen Elektrisiermaschine die Reibungselektrizität, in die Phantasiezonen abgebogen werden können, so kann der Schaltmechanismus auch gleichzeitig die Ströme aktiv in die Zonen der Auslösung zum Handeln überführen und damit die Begriffe des Geschehens, des Vorganges der Bewegungsfolge auslösen.

Man nehme einmal als Beispiel meine Definition vom Wesen des Lachens. Dasselbe entsteht, wenn zwei kontrastierende Ströme von Real und Ideal unvereinbar plötzlich aufeinander platzen. Da wegen der überraschenden Ungereimtheit mit einer Art Überlistung des Gehirns kein sinnfälliger Schluß auslösbar ist, so werden Stellen des Gehirns mit unausgleichbaren Spannungen überladen und die Folge ist die Abladung auf die Muskeln des Atmungsgebietes. Die Zwerchfellstöße entladen das Gehirn von überschüssiger, nichtassoziierbarer Spannkraft, geradeso wie das Gähnen vor dem Einschlafen die überflüssigen Spannkräfte, die im Schlafe nur stören könnten, nach außen, oft unter Muskelrecken oder plötzlichem Zusammenzucken im Momente des Einschlafens entladet.

So wird auch bewußt die durch die donnernden oder leise rauschenden Wogen des Alls und des Milieus erzeugte Zündkraft der Gedanken durch Neurogliahemmung und -direktion auf die Organe des Handelns und des Geschehens abgeladen. Aber die Handlung braucht nicht vollzogen zu werden, sie kann ebenso wie die Wahrnehmung aufs Phantasiegebiet als Vorstellung über- resp. zurückgeleitet werden, und so entsteht die innere Anschauung vom Werden, Geschehen, Erscheinen, mit einem Wort, die ganze Welt des Wirkens aller Dinge unter sich und auf mich.

Es bestehen also im Gehirnschaltwerk diese drei Register:

vox sensitiva,
vox phantastica,
vox heroica.

Damit die Möglichkeit der Bildung zweier Stromkreise. Die eine ist die Welle, die vom Sinnlichen ins Phantastische und von da, gehemmt vor dem sperrenden Wehr des Undurchdringlichen, des Problematischen, noch nicht Assoziationsfähigen, zurück zur Aussage, zum Wort. Der andere geht von dem sinnlichen Phantastischen ohne Aussage direkt ins Gebiet der handelnden Muskulatur, bis zu seiner Hemmung im nach außen wirkenden Raumgefühl der Muskeln und des Hauttastorganes zugleich mit dem Anprall gegen den Widerstand des durch Willen Bewegten (Hammer, Spaten, Messer, Pistole, Schwert); hier wendet der Strom und geht als Selbstbeobachtung der eigenen Tat wieder zurück ans Wahrnehmungsgebiet. Zwischen diesen beiden Möglichkeiten des Kreislaufs geistiger Funktionen kann der Mensch mit Hilfe der Neurogliamuskel wählen, er kann den Strom im Grübelnden, Phantastischen, Sinnenden, Denkenden lassen, er kann ihn aber auch abschieben auf die Organe der Tat. Nach einer prometheischen Sage der Inder hatte der Weltgeist drei Söhne: Den Liebenden (Geist der Sinne), den Sinnenden (Geist der Gedanken), den Feurigen (Geist des Heroischen). Der Liebende und der

Sinnende verharren vor der Schwelle des Tempels im Schauen und Staunen und im gestammelten Gebet, der Feurige aber springt auf und schlägt Tempeltore mit einem Felsstück ein. Da haben wir unsere drei Register in schönster Form. Dreieinigkeit, Dreiklang, drei Dimensionen, drei Farbensysteme, drei Naturreiche usw.

Ist es nach dieser Erkenntnis der drei Registerzüge des Gehirns: „Dem sensuellen Kontaktregister, dem Phantasieregister und dem Register des Geschehens und des Wirkens“ wunderbar, wenn Kant die drei Grundbegriffe (a priori), die drei Grundformen unseres Denkens aufgelöst fand im Raum, Zeit und Kausalität? Sie stecken ja leicht erkennbar im Wesen der Funktion meiner drei Registerzüge.

Es ist gewiß verständlich, wenn wir mit Hilfe der Phantasie aus unseren Tastempfindungen, aus unserem Lichtapparat usw. stets den Raum, den die Körper erfüllen, real und ideal als einen gegebenen Begriff in uns tragen, er ist nur nicht a priori, sondern gleichsam „a prioribus“, er ist ein Testament unseres Aufstiegs in der Kette der Lebewesen.

Ebenso steckt der Zeitbegriff in dem Phantasieregister, weil ja seine Sprungbereitschaft zum Denken als Muskelgefühl (Tonus) stets rhythmisch-phasisch unterbrochen wird durch den Puls der Neuroglia und nun die Phantasie das gegenwärtig-schwebende, erzitternde, erregungsbereite Beben des Augenblickes, des Gegenwärtig-Seins, des Momentes in die Denkbarkeit des Vorher und Nachher, der Vergangenheit und Zukunft überträgt. Hier stürzt dauernd die heranrollende Lawine der Zukunft an dem überrannten Wehr der Gegenwart in das Talgrab der Vergangenheit.

Das Tier lebt nur, wie schon einmal gesagt, von den Instinktreizen der Gegenwart und der Vergangenheit, der Mensch aber erhält erst durch die Phantasie die Fähigkeit, „vernünftig“ für die Zukunft zu sorgen, die erste Ahnung einer Göttermacht, sie auch vorauszuschauen.

Noch mehr durch Phasen rhythmisiert wird aber das Phantasieregister durch die ihm beobachtbare, von ihm widergespiegelte, augenscheinlich phasische Folge der Vorgänge im Register des Geschehens, von wo auch zugleich die Kausalität ihre Zwangsjacke über unsere Denkvorgänge wirft. Denn die naive Phantasie stellt sich die Möglichkeit, daß etwas grundlos geschehen könne, gar nicht erst vor, weil sie nur Folgen von Zuständen, Wirkungen von Vorgängen, von Anbeginn an zu kontrollieren gehabt hat. Zu der Wirklichkeit, aus der sie ja die Spiegelbilder alles Geschehens allein nehmen kann, ist eben nur ein aktiv kontinuierlicher, rhythmischer Bewegungsstrom, d. h. alles ist „wirk“lich, aufeinanderwirkend, also kausal in einem stetig sich erneuernden Verhältnis von Ursache und Folge. Übrigens kommt die in der Medizin z. B. immer deutlicher zutage tretende Anschauung von der „Auslösung“ latenter, verhaltener Kraftspannungen an Stelle des alten „zureichenden Grundes“ oder des Verhältnisses von Ursache zum Effekt, dem Mechanismus, wie wir ihn für das Geschehen und Werden, Handeln und Wirken soeben beschrieben haben, noch um eine erhebliche Stufe näher, als der Kausalitätsbegriff. Man kann das Verhältnis dieser drei Register auch mit Fritz Mauthner die drei Funktionen der adjektivischen, der substantivischen und der verbalen Welt nennen, obwohl dieser geniale Sprachkritiker sich mit der einfachen Konstatierung solcher Sprachgesetze begnügt hat.

Als Philosoph hatte er auch keine Veranlassung, den physiologischen Gründen dieser zwingenden Klassifizierung nachzugehen. Was Mauthner hier in seinem meisterhaften Wörterbuch der Philosophie über dies wunderbare Verhältnis unserer sprachlichen Mittel sagt, gehört meiner Meinung nach zu den Perlen der Weltliteratur. Ich bin erfreut, durch die Aufdeckung der funktionellen Gründe dieser Innenspiegelung der Welt ihm einen so gutpassenden Rahmen geben zu können. Denn die adjektivische Welt, die Welt der Sinne, wird alleinig in meinem sensuellen Register auferbaut, die substantivische Welt wird widergestrahlt aus dem Register der Phantasie, und die Welt des Verbums ist ganz enthalten in den Funktionen meines Registers des Tatwillens.

GEDACHTNIS UND ERINNERUNG

Die händeringende Frage der Philosophen nach der Natur des Gedächtnisses berührt eines der schwersten Probleme und muß als eine völlig aussichtslose betrachtet werden, solange es nicht gelingt, irgendwie einen Mechanismus dieser rätselhaften Vorgänge aufzuzeigen oder auch nur gedanklich restlos durchzuführen. Mit Recht sagt einer unserer tiefsten und kühnsten Denker, ein Mann, der mit einem herkulischen Besen in den Unrat sprachlicher und philosophischer Mißbräuche hineingefahren ist, Fritz Mauthner, daß „eine mechanistische Erklärung des Gedächtnisses eine energetische Erklärung unseres Geisteslebens bedeuten würde". In der Tat steckt hier eine der tiefsten Wurzeln des Erkennens. Nicht nur, daß wir ja nicht denken können, ohne uns dauernd zu erinnern an Ähnliches, an Gleiches, Analoges, schon einmal Erfahrenes, nicht nur, daß mein Bewußtsein von mir, mein Ich, gar nicht vorhanden wäre ohne ein dauerndes Erinnertwerden an mich, — unser ganzes Geistesleben steht auf dem Fundamente des Gedächtnisses und des Erinnerns! Laßt jemand sein Gedächtnis verlieren und er ist nicht mehr da, ein frei und irrschwebender, losgelassener Fesselballon, hilflos, steuerlos im Winde; ein wirrflatternder Geist, der entsetzt, völlig unklar, immer irgendwo da unten in der Tiefe sein Ich suchen würde. Ja, das nicht einmal:

denn schon zu diesem Suchen nach sich selbst brauchte er ja Gedächtnis oder Erinnerung an sich. Er wäre wie ein Wesen ohne Großhirnrinde, wie eine Taube, der man den Schädel ausgeleert hat, ein Experiment, mit dem man uns Studenten so oft und so zweck- und geschmackloserweise regaliert hat, uns, die man doch als künftige Ärzte zum Mitleid und zum Leidtragenhelfen hätte vorbilden sollen, nicht aber zu anatomischer Neugier, physiologischen Extremen und kühler Beobachtungsroutine. Aber solche, von Mauthner postulierte, mechanistische Analyse des Gedächtnisses bietet ungeheure Schwierigkeiten. Denn wo fängt das Gedächtnis an? Hat nicht schon die Materie eine Art Gedächtnis oder überträgt wenigstens etwas Derartiges auf uns? Hat Cäsars Fuß auf den Marmorstufen des Kapitols nicht irgendeine Spur und wäre sie von geistiger Natur hinterlassen? „Behält" nicht die ganze Welt jedweden Bewegungsanstoß, weil keine Bewegung ohne Wirkungsfolgen erlöschen kann? Legen sich die Fasern des Holzes in einer Geige nicht in einer der vollen Resonanz besser angepaßten Harmonie zu den oft gespielten Tönen, so daß sie wie alles Echte immer kostbarer wird, je älter sie ist? Einem Bambusrohr, auf dessen Spitze ein Inderknabe voltigiert, muß der Gymnastiker auch erst seine extreme Biegsamkeit einüben; es hat also so etwas wie Gedächtnis. Ein Klavier, eine neue E-Saite auf der Geige wollen eingespielt werden, damit sie alles hergeben, was sie in sich tragen; haben also Gedächtnis. Eine Bromsilberplatte sieht schwimmende Nebelflecke des nächtlichen Himmels und bewahrt sie gut; hat also Gedächtnis. Es ist im wesentlichen Gedächtnis, wenn sich die Zellen einer ausgeschnittenen Augenlinse neugebildet so lagern, daß später wieder neue Strahlen zur Netzhaut gelangen, das Sehen wiederhergestellt ist. Diese Zellen, die sich optisch richtig und zweckgemäß strecken, haben also Gedächtnis an ihre Vorfahren, ja, ein sogar peinlich mathematisches, da sie die Gesetze des Sehens besser kennen und behalten haben, als mancher Kandidat der Medizin im Examen. Zeigen nicht die elastischen Fasern des Delphinschwanzes Gedächtnis, wenn sie sich nach der Verstümmlung neugebildet wieder in einer Weise lagern, daß sie, ganz wie ihre unberührten Ahnen, eine der kühnsten Konstruktionen der Natur, ein Prachtwerk harmonischer Verschlingungen neu aufbauen? Ist nicht das befruchtete Ei, welchem ein der Mutter auf das Haar gleichendes Kind entspringt, beladen mit Gedächtnis von Anbeginn seines mikroskopischen Daseins bis in das Greisenalter des gewordenen Menschenexemplars hinein?

Wenn alles dies Gedächtnis heißen kann, und ich sehe keine Möglichkeit, es anders zu benennen, so muß in dem, was wir „geistig“ Gedächtnis nennen, doch etwas Gemeinsames stecken. Dort eine Art verharrender, plastisch-funktioneller Idee, wie hier Ideen, die immer dieselben Formen annehmen resp. erzwingen. Denn darüber sind wir doch hinaus: es steckt kein Bildchen der Mutter in dem Ei, aus dem das Kind emporblüht, das sich auswüchse zu einem Geschöpfe Pygmalions; es steckt kein Bildchen aller Dinge, kein photographischer Kasten in unserem Gehirn, der in Millionen von Fächern die Blättchen aufbewahrte, die nach Bedarf durch die Hand der Erinnerung wieder hervorgeholt werden könnten. Es ist alles im Gedächtnis und im Erinnern fließende Funktion, rhythmische Wiederholung, nur in der Brandung der Gegenwart stetig wiederholte Welle des Gewesenen! Wenn 24000 Ganglien mehrmals aufleuchten mußten, um das Bild meines Großvaters zum erstenmal in mir voll und bewußt aufzunehmen, so müssen genau dieselben 24000 Flämmchen von neuem entflammen, wenn jetzt, nach 50 Jahren, er noch einmal in meiner Erinnerung leibhaftig vor mir stehen soll. Hier wird, wie stets bei der Erinnerung und dem Gedächtnis, ein Etwas ständig von neuem erzeugt, etwas, was schon einmal da war, rhythmisch neu geboren, das nach einer abspielbaren Partitur schon einmal in derselben Harmonie geschwungen hat und reproduzierbar ist. Da haben wir den Schlüssel: nicht die Form, nicht das Materielle, nicht das Gegenständliche wird übertragen und fortgeführt, sondern etwas durchaus Geistiges: Die Idee, der Spezialrhythmus wird Zünder, Zeugung, Welle,

Wind, Element, welche die gegebenen Tasten stets von neuem zu immer gleichen Tänzen zwingen.

Wir wissen von der einst so kalten, heute beinahe poetisch gewordenen Physik, daß der ungeformte, schweifende, chaotische Äther, indem er sich polar gleichsam kristallisiert, d. h. in geordneten Schwingungen zu individuellen Funktionen konzentriert, die Elektronen, die Atome, die Ionen bildet und daß in einer ungeheuren Möglichkeit von Kombinationen aus wenigen so gebildeten, immer gleichbewegten Rhythmen, elektrisch geladene Elemente werden[1]). Aus diesen Elementen werden durch Kombinationen, Verwandtschaften, Anziehungen, Abstoßungen, Umklammerungen und Vermählungen die Stoffe, die „Mater rerum", die vielgestaltete Materie. Aus ihr schließlich eine Art kühnster und höchster Symphonie der Bewegungen: das von Rhythmen strotzende, in Kurven schwellende Organische. Jeder Körper hat nämlich, wie ich schon 1895 ausgeführt habe, innen ein in sausender Bewegung befindliches, mit Atomen kreisendes Rotationsskelett, trägt eine Art von Schwingungsachse, welche im Rhythmus des Alls sich nur halten kann durch diese zum Ganzen harmonisch eingestellte Raserei der Moleküle,

[1]) Die elektrische Ladung ist eben der Ausdruck der polaren rhythmischen Spannung, deren weder Belebtes noch Unbelebtes entbehrt. Die sog. Wahlverwandtschaft von Stoff und Seele ist nichts als die Folge dieser magnetischen Spannungen.

welche zugleich ihre Form und ihren Aggregatzustand ausmacht[1]).

Wir sehen, dem alten ahnenden Fechner die verspottete Stirn küssend, das Weltall an als einen Organismus, in dem Sternmilliarden von Riesenmolekülen um sich rasend die Form des Ganzen, vielleicht die eines ruhenden und träumenden Gottes bilden. Was tut's, daß hier und da Kometen, gleich neuen Samenfäden, denen ihre Form vollendet gleicht, durch diese Sternenlücken daherschießen? Sie kommen ja nur zur Befruchtung neuer Weltenmöglichkeiten; und wir ahnen aber auch, daß jedes Körnchen Seesand, jedes Stückchen Gold in sich ein Bild des ganzen Kosmos

---

[1]) Unter Aggregatzustand versteht man bekanntlich die drei Formen des Körperlichen: fest, flüssig, gasförmig. Je enger die Moleküle eines Körpers aneinander vorbeirasen, je dichter die Reigen gefügt sind in diesem Wirbeltanz in allen denkbaren Kurven, desto fester erscheint ein Körper, je lockerer, desto flüssiger, um in dem gasförmigen den Zustand weitester Entfernung zu erreichen. In allen Gasen sind die Moleküle stets gleich weit voneinander entfernt. Es begreifen sich so leicht die Übergänge eines Aggregatzustandes in den anderen, das Schmelzen, das Flüssigwerden, das Verdampfen, das Kochen nicht weniger als das Vereisen, Erstarren, Komprimiertwerden, Festwerden durch Atmosphärendruck und maximale Abkühlung. Man denke an das Gerinnen der flüssigen Luft, der Gase. Alles das geschieht dank erzwungener, größerer oder geringerer Distanzen zwischen den Molekülen, indem durch Hemmungsfortfall oder -verstärkung die Lücken zwischen den kreisenden Molekülen größer oder geringer werden. Durch diese nun immer vorhandenen Maschen dringt der allgegenwärtige Äther, er ist der eigentliche Vermittler aller Wirkung von Stoff auf Stoff, der Wecker der Zersprengung und der Umgruppierer der Moleküle von Stoff zu Stoff, d. h. der Herr in Physik und Chemie. Übrigens sind im Kosmos die Moleküle der Gestirne relativ nicht weiter entfernt, als Zellsysteme von Zellsystemen. Das All kann also ganz gut gleich uns ein Organismus sein.

trägt: kreisende, rasende Atome, die dem Menschenauge nur fest erscheinen, weil er den Sturm der Schnelle nicht zu erschauen vermag. Dünkt uns nicht die Erde fest und unbewegt, wie ein Gottespalast, stehen nicht die Sterne felsenfest am Himmel? Und doch ist das alles in spiraliger oder elliptischer Flucht mit Geschwindigkeiten, die unser Schädel, ohne zu platzen, nicht fassen kann. Nicht anders ist's im kleinen: Der Mikrokosmus des Lebendigen ist ein Zwergenzwilling des Makrokosmus. Dort und hier ein rhythmisch getriebener Organismus. In uns ein Spiegelbild des Ganzen in lauter eingestellten, harmonischen orkangeschwinden Schwingungen, wie in einem Tautropfen das Bild der Welt, vielgestaltig wie die Rhythmen der Sandkörner auf der Chladnischen Platte, wenn ein Violinbogen des Alls zum Tanze aufspielt. Und alles hat die Idee, die allmächtige Bildnerin dieser Grundbasis der Erscheinungen am ersten und alleinigen Sein, dem Äther, geschaffen und erhält und zeugt es immer aufs neue. Man rede mir nichts von Naturgesetzen, die alles gemacht haben und bestimmen! — Was sind Naturgesetze? Eine Gnade der Vorsehung. Ohne sie, wenn Steine bald zum Himmel, bald an die Wand, statt stets zur Erde flögen, wenn lauter Wunder und gespensterhafte Ausnahmen uns umgäben, würde je eine Orientierung, eine Wissenschaft, eine Ruhe der Seele, ein stilles Schweben der Gedanken möglich sein? Wenn überhaupt unter solchen Willkürlichkeiten der Allmacht, die ihre Kraft gewiß leicht beweisen könnte, überhaupt Wesen sich hätten entwickeln können, sie wären alle wahnsinnig geworden[1]). Und der Zufall sollte auch nur den Urschleim haben schaffen können und daraus schließlich einen Goethe, einen Helmholtz? Wie? müßte dann nicht Zufall „Gesetze“ geschaffen haben? Vorhanden, wirkend und wirklich sind sie doch, diese Gesetze, ihr Herren Monisten und Materialisten! Soll Zufall als Schöpfer einer kosmischen Harmonie denkbar sein? Noch dazu in stetiger Entwicklung mit Anpassung und Vererbung? Nein! Es ist eine denkende, formende, schöpferische, gesetzgebende, ihre Allmacht zugunsten der Entwicklung opfernde und sich beschränkende Idee am Werke gewesen und ist stündlich wach und gestaltend,

---

[1]) An eine Gottheit, die auf dem Markte sich zeigte, würde bald jedes Fischweib glauben. Sie verlangt Höheres als den Augenschein und äußere Sinnenbefriedigung. Sie, die hohe Idee zu erschließen, es zu lernen, in ihr den Ursprung der Dinge zu vermuten, die Materie, im Belebten zum Anschauen ihrer Allmacht hochsteigern zu helfen, das kann als ein ebenso vorstellbarer wie erhabener Sinn des Lebens angesprochen werden. Trotz aller Tragik des Lebens, trotz aller Widerwärtigkeiten zu ihr zu halten, ist die schwere Prüfung der Menschenseele.

Aber vielleicht werden die Geister gerade an diesem Konflikt von Gut und Schlecht, Glück und Pein am sichersten geeicht und für eine zukünftige Bestimmung abgewogen. Wie sollte es Ausnahmen zugunsten einer zur Allmacht betenden Seele geben können, ohne daß der höchste Geist gegen seine eigenen Satzungen und das gleiche Recht anderer verstieße. Er läßt nicht nur die Sonne scheinen über Gerechte und Ungerechte, er stellt sie auch alle unter den Schutz und die Geißel seiner „Gesetze“.

die alles rhythmisch geordnet hat und aus diesem Götterspiel der Formen das Größte und das Kleinste aufeinander wirken läßt. Der frei schweifende Äther und der zu Riesenformen der Gestirne oder zu kleinsten Gebilden der Elemente, zu Kristallen und zu Lebewesen rhythmisch organisierte Äther, sie bilden Gegensätze: Idee und Materie, Energie und Widerstand, und kämpfen in uns umeinander, geben den Puls der Welt, den Puls des physischen Geschehens, des seelischen Bewegens. Denn im größeren Sinn ist der geformte Äther zum Individuum geworden, „abtrünnig vom All", ward Luzifer, seine erste Kristallisation war eben eine Art Abfall, „Sündenfall', und so erfüllt sich Goethes faustischer Traum, daß Gott und Mephisto um eine Seele ringen in jedes Menschen Brust, in jedem Tropfen, jedem Stein. Von diesem hier nur kurz angedeuteten Weltenbilde aus kann man ohne Scheu dem Problem des Gedächtnisses nähertreten und eine Art mechanischer Formulierung seines Wesens versuchen.

Von dieser Anschauung aus muß nämlich Gedächtnis so eine Art rhythmischer Infektion sein. Die in bestimmten Formen innen kreisende Materie (sie ist ja nur bestimmte Materie durch ihre spezifische Rotationsform) erhält einen spezifischen Anstoß nicht nur, nein, eine Art fermentgleichen Schwingungszuwachses, eine wie ein Brand sich immer neu erzeugende, haftende Ansteckung, die nie vergehen kann, höchstens gehemmt, langsam verrinnt im Sande neuer Übertragungen und Infektionen auf andere Systeme.

Der einmal gegebene rhythmische Anstoß schafft gleichsam eine Lücke in dem System des körperlich organisierten Betriebes, durch welchen die infizierte Materie immer neuen, sie umkreisenden, suchenden, frei schweifenden Äther einsaugen kann. Das Angesaugte fällt sofort in die Lücke und wird gezwungen, die hier entzündeten Abänderungen der Bewegungen gerade an dieser Stelle mitzumachen. So und nicht anders wachsen, erneuern sich Zellen, bauen an, assimilieren Materien und werden zu neuen Organismen. So ist das Wunder der Zeugung verständlich. Den Anstoß, den Hemmungsfortfall gibt das Sperma wie in einer Art Sprengung des Schlosses durch den Schlüssel, und sein Bewegungszuwachs stammt aus dem Quell, aus dem alle Materie stammt: aus dem nachgesogenen, überall vorhandenen, alles durchdringenden Äther. So wiederholt sich die Urschöpfung bei der Entstehung jeden neuen Individuums, sei es Kristall, sei es Eizelle.

Keine Bewegung kann sterben, sie kann sich nur wandeln. So ist es eben die Funktion, durch Rhythmen erzeugt, welche sich erhält und uns die Vorstellung erweckt, als habe auch die Materie Gedächtnis, als behalte die befruchtete Eizelle etwas vom Bilde ihrer Vorfahren, als passe sich der neue Organismus langsam dem erinnerten Lebensbild im ganzen an. Keine Entwicklung ist ohne Gedächtnis der Keime denkbar, und Gedächtnis ist eben die funktionell übertragene rhythmische Welle, die das Gebilde besser einstellt in den Gesamtrhythmus und es dadurch beständiger gestaltet. Darwins Gedanke ist nicht anders durchzudenken, als mit der Annahme eines solchen Gedächtnisses der Keime, mittels dessen sie erhaltungsgemäß ihre Rhythmen verschieben müssen zugunsten der Widerstandskraft. Rhythmen aber machen die Form, und so sind alle Umwandlungen der Arten, wenn sie vorkommen, nur zu verstehen als übertragene, infizierende und haftende Rhythmen. Die Moleküle der Zellen schwingen durch neuen Anstoß in anderen Kurvenmöglichkeiten, diese Bewegungen erhalten sich im Verein des Organismus und es erscheint die plastische Idee, die vis formativa, das Summen der faustischen „Mütter“ regulierend, ausgleichend, anpassend und neuerzeugend immer am Werke.

Wie aber steht es um den Mechanismus des Gedächtnisses, das uns Menschen zu einer so vielstrahligen Quelle von Mitteilung, Kunst, Wissenschaft, Handel und Wandel wird, wo an die Stelle unbewußter Rhythmen die volle seelische Beherrschung alles einmal Gehörten, Gesehenen, Gedachten, Empfundenen, Getanen tritt, die wir nicht umschreiben können, ehe wir nicht die viel schwierigere Frage wenigstens gestreift haben, ob auch Tiere und in welchem Maße gegen uns Gedächtnis besitzen? Unstreitig zeigen von der Amöbe aufwärts bis zu höchsten Tierklassen die Individuen ein ganz persönliches Erinnerungsvermögen, das in vielen Fällen der niedrigsten Organisation nicht weit über den angedeuteten Mechanismus der rhythmischen Übertragung hinwegreicht. Wenn eine Qualle eine bestimmte Stelle im Meer, wo ihr feindliche Wegelagerer in der Untiefe lauern, instinktiv, d. h. im Sinne der Selbsterhaltung umrudert, so kann man wohl annehmen, daß die Anwesenheit solcher Gegner ihr durch Einstrahlung von spezifischen Unlustwellen, die von dem gefürchteten Feinde ausgehen, auf dem Wege der Vererbung eingelernt ist; eben im Sinne der Übertragung und Neuerzeugung rhythmischer Wellen von Keim auf Keim. Wenn auch erworbene Formeigenschaften nicht so leicht erblich von einer Generation auf die andere übertragen werden, so ist es doch nicht ausgemacht, ob nicht dennoch funktionelle Reizbarkeiten, die wir manchmal chemotaktisch (d. h. chemisch fernwirkend) nennen, von Generation auf Generation immer neu aufgenötigt, schließlich zu haftenden Instinkten[1]) führen. In jedem Wesen sind die Testamente der Vergangenheit, die Stationen des Auf-

[1]) Unter Instinkten verstehe ich die durch Reflexe erzwungene unbewußte Zweckhandlung in definitiv, durch erstarrte Neuroglia, d. h. Neurilemme gehemmten Bahnen. Die gleitende, freie, bald hier, bald dort stromdurchlassende Neuroglia liegt nur im Gebiet der Wahl und des Wechsels der Funktionen. Bei den Instinkten herrscht der Zwang, das Muß, hier bei der Ganglientätigkeit die Wahl, der Wille, die wechselnde Bahn des geringsten Widerstandes.

stiegs aufbewahrt und wirken unbewußt als rhythmische Erregungen, sogar im Menschen. Wie sollte die weiche gefährdete Qualle nicht durch immer neue Unlusterregung beim Kontakt mit ihren Gegnern diese „chemotaktischen“ Reize auf ihre Nachkommen zu übertragen imstande sein, einfach wie der Mensch z. B. noch heute einen instinktiven Schauer vor der Dunkelheit aus Urzeiten der Entwicklung behalten hat. Wie bei uns die Finsternis Unlust und Umweg oder Auswege auslöst, so mögen auch bei der Qualle geringfügige Beimischungen von den Absonderungen der Feinde, veränderte Lichtreflexe, Trübungen des Meerwassers genügen, um den Ort als Widerstand zu empfinden und einen Umweg zu nehmen. Dieses anfänglich schon dem nervenfreien Protoplasma (gleichsam dem Eiweiß der Zelle) eigene chemotaktische Erinnerungsvermögen ist eben schon seelisch rhythmisch und wird um so sicherer und zweckvoller, je höher im Tierreich nach oben diese besondere Reizbarkeit aus Ökonomiegründen und im Zwange der Notwendigkeit und Erhaltung auf besonderen Nervenbahnen festgelegt wird. Denn die plastische Idee schuf eben Nerven, um den komplizierten Daseinsbedingungen sich immer feiner und rhythmisch-harmonischer anpassen zu können. So werden die Nervenbahnen, die Instinkte zu Zwangslagen, zu kaudinischen Jochen der Reflexe, die unhemmbar und unentrinnbar sind, wie bei den Millionen Möwen, die sich am

Leuchtturm ihren Schädel einrennen, weil das blendende Licht sie zwingt, vorwärts in die Scheinsonne hineinzurasen, aus Erinnerung an den glorreichen Ball am Himmel, dessen Strahlen sie entgegenstreben. Instinkte sind eben auf Nervenbahnen überkommene, gleichsam kristallisierte Rhythmen der Notwendigkeit, und wir nennen sie: Gedächtnisübertragungen. Sicher haben z. B. die Hunde Gedächtnis, das dem unseren scheinbar sehr ähnlich ist, aber ich glaube doch, daß die geistigen Fähigkeiten auch bei den höheren Tieren bei Instinkten stehenbleiben müssen, weil ihnen die bewußte Spielbreite der Wahl fehlt, weil ihnen die kombinatorische Phantasie mangelt, aus eigener Denkkraft einmal so und das andere Mal anders vor demselben Ereignis sich zu benehmen. Ein Tier denkt unter Kombination verschiedener Instinkte, nur mit den Dokumenten des Gewesenen, dem Aperçu der Gegenwart. Der Mensch allein vermag mit Hilfe seiner Phantasie noch auf ein Drittes, die Zukunft, sich zu beziehen und damit den dem Tiere versperrten geheiligten Boden der Vernunft zu betreten. Doch davon später mehr!

Hier soll nun jetzt das Gedächtnis des Menschen und sein Erinnerungsvermögen vor die Frage gestellt werden, ob wir auch an ihm einen Mechanismus des Geschehens zu vertreten imstande sind. Bisher meint man, das Gedächtnis genügend aus der sog. Assoziationstheorie, d. h. aus der Stromverkettung der Zellen untereinander an sich erklären zu können. Danach soll ein einmal befahrener Weg im Gehirn gleichsam eine Schienenspur hinterlassen, auf welcher nun immer wieder durch Übung und Einschleifung der Ströme die kreisenden Energien einschnappen. Das ist augenscheinlich eine völlig unbefriedigende Lösung der Frage. Wohl ist alles Erinnern Ganglienverknüpfung, und wenn ich meine Uhr vor mich hinlege und sie betrachte, so sind zu ihrer inneren Charakterisierung gewiß immer dieselben Ganglien von neuem in Bewegung. Aber wenn ich sie auch hundertmal, tausendmal betrachte, so würde das allein doch nicht genügen, durch die Assoziation ihr Bild als Erinnerung entstehen zu lassen, so oft und wenn ich will, wenn ich nicht ein Organ besäße, welches die Ströme der elektrischen Spannung im Gehirn zwänge, diesen Weg, dieses oft befahrene Geleise, zu durchlaufen. Gewiß, „zufällig" kann, während ich an meinem Klavier sitze, mein alter Lehrer, meine Operationsschwester, die Mühle meiner Heimat in den Kreis meiner Erinnerung oft schreckhaft deutlich treten, aber diese Gebilde zum Erscheinen zu zwingen, dazu gehört ein Apparat, und hier ist der erste Punkt, wo die enorme Wichtigkeit der Entdeckung des Neurogliamuskels durch Benda erhellen würde. Dieser einstellende, stromzwingende Apparat ist eben ein Muskel, wie alle Muskeln, geleitet von meinem Willen[1]).

[1]) Wer sich daran stoßen sollte, daß dieser Muskel der glatten sog. unwillkürlichen Muskulatur zugehört, dem bemerke ich, daß ja auch

Nun wird es klar, warum ich einmal Erschautes vermöge des Gedächtnisses noch „wiederholt", d. h. „wiederhervorgeholt" sehen, Gehörtes reproduzieren kann usw., nämlich: weil mein Gehirnmuskel die Spannungsenergie des Gehirns zwingen kann, in die Bahnen der schon befahrenen Wege im Urwald der Ganglien einzubiegen. Nun wird es auch klar, was für ein Unterschied zwischen Erinnern und Gedächtnis besteht. Erinnerung ist die mehr nebenher, neben der augenblicklichen Aufmerksamkeit auf einen präsenten Gegenstand, gewissermaßen auf induzierten Nebenströmen neue Rhythmisierung wiederholt geschwungener Gangliensysteme. Wie in der Nähe eines magnetischen Stromes ein Nebendraht gleichfalls „geladen" werden kann, so kann auch, während der direkte Strom die Aufmerksamkeit auf gewollte Bahnen führt, wenn er in die Nähe früher schon betretener Pfade gelangt, die Erinnerung induziert, mit angetippt, indirekt angestoßen werden und läuft nun automatisch weiter, kann unterbewußt, ohne Willensanteil auf andere Gebiete überspringen, bis seine Spannkraft an anderen Widerständen verrinnt. Alles das, während

umgekehrt das Herz quergestreifte Muskulatur enthält, ohne dem Willen zu gehorchen und daß ferner bei Stigmatisierten ihrem Willen auch die glatte Muskulatur der Gefäße gehorcht. Warum soll nicht, was hier die Ausnahme ist, im Gehirn die Regel sein? Die Grenzen zwischen willkürlich und unwillkürlich sind nicht scharf gezogen. Oder sollte vielleicht das Herz mit seiner quergestreiften Muskulatur indirekt das Willensorgan für das Gehirn und alle Gefäße sein?

ein bewußtes Denken, der Wille zum Denken die eigentliche Muskulatur zur Stromeinstellung anderswo aktiv in Anspruch nimmt. Hier ergibt sich zum ersten Male der glatte Beweis, daß auch zum Denken Arbeit gehört, was uns die Proletarier so gern bestreiten möchten. Ferner macht mich diese Überlegung stutzen vor dem Dogma, daß im Geistigen das Gesetz von der Erhaltung der Energiemasse, von der Gleichwertigkeit von Ursache und Wirkung unbewiesen, ja unmöglich sei. Es könnte die Erregungswelle an der Neurogliamuskulatur Arbeit verrichten, die sich, statt allein in Wärme, in die Aktion der Körpermuskulatur (Wille) oder in Phantasie- und Denk- und Spracharbeit umsetzt. Auch im Gehirn arbeiten eben Muskeln, und so oft ich denke, verschieben tausend meiner Neurogliamuskeln dauernd, in ihrer Aktion wechselnd, die Ströme gemäß meinem Willen her und hin, während gleichzeitig die unterbewußte Muskulatur der Sympathikusfasern die Neurogliagefäße zwingt, alle übrigen nicht im Bereich meiner gewollten Denkrichtung liegenden Gebiete zu sperren, auszuschalten, telephonisch abzuhängen.

Nun erhellt mit einem Schlage, warum man sein Gedächtnis stärken, üben, dressieren kann, wie überhaupt Dressur, Erziehung, Drill usw. möglich werden. Es gibt eben mikroskopische Turnübungen des Geistes, weil an seinen Apparaten muskuläre Schleusenwächter sitzen, die nach meinem Willen die Ströme ein- und ausgehen lassen, und weil diese Muskelindividuen durch Übung stärker, kräftiger, sprungbereiter werden. Fragt jeden Schauspieler, ob man Klimmzüge des Gehirns zum Nutzen des Gedächtnisses machen kann, eine Tatsache, die mit der einfachen Einschleifung von Bahnen absolut nicht zu erklären ist. Frage sich jeder selbst, ob er nicht dies Spannungsgefühl zwischen den Augenbrauen vor der Stirn kennt, dieses offenbare Druckgefühl von Muskelanstrengung, wenn man sich z. B. auf irgend etwas intensiv besinnen will, wenn man einen Gedanken durchaus bis zu Ende denken will, wenn man fühlt, wie Hemmungen der Neuroglia gesprengt werden müssen, welche ganze Gebiete sperren und die man vergeblich dann zu öffnen versucht, wenn die hier am Ende der Gedankenkette funktionierenden Neurogliamuskeln in ungewohntem Gebiet noch zu schwach sind, um die Torflügel eines Tempels neuer Ideen breit zu öffnen. Aber prallen dann nur immer wieder die Gedanken an gegen dieses Granitschloß der Geheimnisse, so ist eines Tages der Anschluß doch da und die Idee flattert zu uns wie eine die Arme ausbreitende Geliebte. Der Muskelapparat, welcher die Anschlüsse hartnäckig sperrte, gibt nicht sogleich dem Reize nach, er wächst nicht zum Athletenbizeps im Augenblick, aber laßt ihm nur Ruhe. Über Nacht, wenn die Fibel unterm Kopfkissen symbolisch ruhte, ist er stark geworden und das Kind kann seinen Vers.

So ist also das Gedächtnis die muskulär in Szene gesetzte Erinnerung. Die Erinnerung aber bedeutet ein selbsttätiges Schwingen einmal oder öfter getasteter Harmoniefolgen. Freilich vermag auch ein Schauspieler, ein Virtuos seine Kunst frei aus dem Gedächtnis wie halb automatisch herunter zu meistern, aber doch nur, wenn der Muskel der Neuroglia vorher die Orgelluft in die Bahnen der Erinnerung eingelassen hat. So erklärt sich auch, daß das Gedächtnis plötzlich im Stiche lassen kann, der Redner sitzt fest, der Spieler stockt. Warum? Weil im Moment der Reproduktion irgendein Außen- oder Innenmoment andere Bahnen der Neurogliaaktion in Szene setzte und der Strom der Energien anderswo im Maiglöckchengarten des Hirngraues beschäftigt, abgelenkt wird. Man kann sich also auf die Automatie des Gedächtnisses nicht recht verlassen, es muß stets eine gewollte Muskelspannung mit dabei sein, weil der Strom der Erinnerung allein zu leicht in Nebengassen verrinnt. Da gibt es sogar etwas wie krampfartigen Verschluß eines Erinnerungsgebietes durch eine Art Neurogliamuskelstarre, die beweist, daß auch das Vergessen ein durchaus aktiver Vorgang sein kann. Je mehr man die Muskeln anspannt, um das Gebiet eines uns gerade nicht einfallenden „Namens“ zu öffnen, desto mehr bleiben gerade diese Telephonnummern geschlossen. Da hilft kein Fingerknipsen, kein Aufden-Tisch-Schlagen, kein Stirnstreichen oder Kopfsenken — bedaure sehr: „besetzt!“ Der Zugang zum Gruppenakkord dieses Namens, dieses Satzes, dieses Motives ist verschlossen und wird es um so mehr, je mehr wir zwangsweise am Gittertor rütteln. Nur Ruhe, Ablenkung, an etwas anderes Denken läßt plötzlich den Krampf sich lösen, und dann erinnert man sich eben. „Jetzt fällt mir's wieder ein!“ Ja, der Zaun des Glockengärtchens fällt ein, die Barriere geht auf.

Nichts aber spricht so beredt für die Richtigkeit dieser aus der Existenz einer Muskulatur der Neuroglia erschlossenen Erklärung, wie eine eigentümliche Begleiterscheinung bei schweren Verletzungen, nämlich das Ausgelöschtwerden des Gedächtnisses für den Moment der Katastrophe nicht nur, sondern auch noch für die Ereignisse von Stunden vorher. Das ist die sog. Amnesie, der Gedächtnisausfall für die Zeit der Katastrophe, für die bis zum Augenblick meines Wissens kein Psychologe auch nur eine Andeutung von Verständnis hat geben können. Ein 19jähriger junger Mann wurde nahe bei meiner Klinik von der elektrischen Bahn überfahren und sein Oberschenkel zertrümmert, gerade als er zur Feier des Geburtstages unseres Kaisers sich begeben wollte. Er mußte, halb bewußtlos, sofort amputiert werden. Als er in zirka drei Wochen geheilt war, war ihm sein Fortgang von Hause, sein Weg bis Unter die Linden, sein Besteigen der Bahn, Kaisers Geburtstag, kurz der ganze Tag bis zu dem schrecklichen Erlebnis wie ausgelöscht, fortradiert aus dem sonst ganz intakten Inhalt aller seiner Erinnerungen.

Hier kann nur die Lähmung aller der Hirnmuskeln ursächlich herangezogen werden, welche im Moment des Unglücks auf das gewaltsamste im Anprall des Entsetzlichen gegen das Bewußtsein überdehnt wurden, soweit sie eben dem Ereignis korrespondierten. Und das sogar noch in einer rückläufigen Reizwelle, welche auch diejenigen muskulösen Apparate im Gehirn überspannte, die vor dem eigentlichen Ereignis die Bahnen der Begebnisse im Gangliensystem markierte! Ein hochinteressanter Beweis dafür, daß alles, was wir erleben und beobachten, zugleich zeitlich und räumlich im Gehirn abläuft in Phasen, die eben eine Kette von Muskelkontraktionen an ganz bestimmten Stellen und in bestimmter Folge umfassen. Ist so rückwärts eine Strecke weit die enorme Reizwelle der Beinzertrümmerung bei klarem Bewußtsein hinaufgeschleudert in die Wächterkuppel des Gehirns, so wirkt sie hier geradezu explosiv, sprengstoffähnlich, sie zerstört den Apparat der feinen Neurogliamuskeln und Muskelgefäße, und damit ist bis zur Aufhebung der Lähmung nach einiger Zeit für das Gedächtnis dieser ganze Bezirk gesperrt. Dies Ereignis und viele vorangehende können nicht mehr repetiert, rekapituliert, nicht mehr neu in Funktion gesetzt werden. Das ist der Funktionsausfall des Gedächtnisses, den wir Amnesie (Scheintod der Erinnerung) nennen. Es gibt auch andere Formen der Amnesie, die in der Trunkenheit, ja eine des tiefsten Schlafes und der Narkose und solche, die durch Zerstörungen von Apparaten im Gehirn (Blutaustritt, Geschwulstbildung) entstehen, die gleichfalls leicht auf ähnliche Weise zu erklären sind, die ich aber hier übergehe, weil keine Form derselben so schlagend wie die des Gedächtnisschwundes durch Verwundung (traumatische Amnesie) die Existenz der Funktionen beweist, auf welche es hier ankommt: nämlich des Neurogliamuskelapparates. Dieser Mechanismus ist deshalb so beweiskräftig, weil es sich hier um keinerlei Saftveränderungen, Gifte oder chemische Attacken gegen das Gehirn handelt, sondern einzig um die Wirkung eines enormen Rückpralles eines mechanischen Insultes ohne direkte Verletzung von der Peripherie zum zentralen Apparat. Hier läßt der gestörte Stoffwechsel und jeder Chemismus völlig im Stich. Nicht weniger als dieser Scheintod der Erinnerung spricht für unseren vermuteten Muskelmechanismus des Gedächtnisses die allgemein bekannte Tatsache, daß bei alten Leuten mit langsamem Gedächtnisschwund die Erinnerungen und das Gedächtnis aus der Kinderzeit am längsten standhalten und präsent bleiben. Ebenso, daß bei Störung der Spracherinnerungen die Fibelworte, die Kindererinnerungen und die zuerst gelernten Begriffe am längsten widerstehen und umgekehrt bei Ersatz der Funktionen (Heilung) zuerst wieder in Funktion treten. Für uns natürlich: denn das am frühesten Geübte, fast automatisch Gefestigte ist auch das best Fundamentierte, es steht immer noch, wenn der Oberbau in Trümmer sank und von ihm aus kann der Neubau der Etagen eingeleitet werden. Ich mache hier wieder darauf aufmerksam, wie ständig eine räumlich-zeitliche Beziehung, eine Lagerung nach Alter und örtlicher Sicherung rein funktionell deutlich im Gedanklichen zutage tritt. Ich wüßte kaum etwas, was so für den wirklichen Bestand von Hirnmechanismen in unserem Sinne spräche, wie diese schwer erkennbare Beziehung vom Geistigen zum Räumlich-Zeitlichen.

So glauben wir denn das Verständnis von Erinnerung und Gedächtnis, ihr Verhältnis zueinander ein gut Stück gefördert zu haben und wiederholen kurz das allgemein wichtige Resultat dieser Untersuchung.

Gedächtnis entsteht durch die aktiv durch den Muskelwillen in Szene gesetzte Assoziation von Gangliensystemen, welche beliebig oft in Funktion gesetzt werden kann, wobei stets die gleichen Systeme neu erzittern, welche bei der erstmaligen Aufnahme des einzuprägenden Gegenstandes in Tätigkeit waren. Gedächtnis gleicht einem Harfenspiel, das durch Hämmern oder Zupfen in immer gleichen Akkorden das erste Lied wiederholen muß.

Die Erinnerung verläuft selbsttätig mehr automatisch, wenn gerade der Aufmerksamkeitsstrom in die Nähe einmal funktionell-gruppierter Gangliensysteme gerät. Es löst sich automatisch aus, wie ein induzierter, nebenher laufender Strom. Erinnerung gleicht dem Harfenspiel, das der Windhauch von ungefähr erregt, dem Wellenstreicheln, das Äolus im Spiel über die Wogenkämme dahinwehen läßt.

WIE TRÄUME ENTSTEHEN

Wie ein zahlloses Heer beschwingter Tauben umkreisen unsere Gedanken alles Gegenständliche und alles Begriffliche. Hinaus und zurück tragen sie Frage und Antwort, die geheimnisvollen Sendboten des Ichs zu den anderen, zu allem dem außer mir. Ihre Millionen auf Strahlenfittichen getragenen Meldungen orientieren den Generalfeldmarschall unseres Lebens in unserem Innern, unser Bewußtsein, dauernd über seine Stellung im Kampf ums Dasein gegen Freund und Feind. Denn der ewig strömende Anprall des Universums und aller seiner Kräfte an die straff vom Leben gespannten Saiten unserer Nervenfädchen gibt uns das Gefühl eines Hindurchgleitens des Alls und seiner lichten oder dunklen Wellen durch das Fanggitter unserer Persönlichkeit. Wir sind unser bewußt, weil wir im Wachen genau registrieren können, woher die Taubenposten unserer Gedanken kommen, und weil wir eine weitgehende Macht haben, sie hier- oder dorthin wandern zu lassen mit ganz bestimmten Aufträgen. Ja, wir können sie flattern lassen, halb ohne Ziel und Bestimmung vom Mond zur Sonne, zum Sirius, in die Tiefe der Erde oder auf ihre ragenden Spitzen, zum Äquator, zu den Polen, zur Morgenröte und zum äußersten Meer! In solchen Momenten, wenn unser Ich still nur den flatternden Lichtgestalten der Ideen nachhängt und nachdenkt, fühlen wir schon halb und halb etwas vom Traum beim vollsten Wachsein. Wir nennen das Phantasie, und sofort, wenn wir über Träume etwas nachdenken, springt es uns in die Blicke: Ein Kind der Phantasie muß der Traum sein. Wenn die Nacht ihre den Einfall des Lichtes in die Seele hemmende Schlummerkappe über unser Gehirn zieht und mit dunklem Teppich das Brausen des Tages in unserer Seele dämpft und leise erstickt, dann sind sie wie eingefangen in ihr umgittertes Taubenhaus, die flatternden Segler unserer schweifenden Gedanken. Da hängen sie zur Nacht die Köpfchen und verstecken sie unter die herabgesunkenen Flügel und demütigen ihre flackernde Lebenslust vor der Königin Nacht, deren Schattenmantel alles Licht von der Erde streift und einsaugt. Dann schläft mit seinen beschwingten Boten das Ich. In der Tat, wenn wir einschlafen, versinkt mit dem Bewußtsein von Zeit, Raum, Ursache und Wirkung alles Ich, kein Gefühl von uns bleibt übrig. Der Schlaf macht Welt und mich versinken, löscht mich und alles um mich aus; er ist also recht eigentlich ein schleichender Dieb meines Ichs, ein leisetretender Vernichter meiner ganzen Welt. Ein sanfter Tod auf Zeit ist der Schlaf, nicht ein Bruder des Todes, wie man sagt, sondern eine kurze Vernichtung unseres Selbst, wenn auch mit schneller Auferstehung; Schlaf ist ein kurzer Scheintod. Bewußtseinsschwund, das ist das Gemeinsame beim Eintritt der Ohnmacht, der Narkose, des Schlafes, des Todes. Der Tod ist ein irreparabler Schwund des Bewußtseins, die anderen sind reparabel. Ohnmacht, tiefster Rausch, Schlaf sind Ouvertüren zu der Tragödie des Todes, in der alles Lebendige seine Rolle auszuspielen hat.

Die periodische Hemmung, welche von Natur durch Sonnenuntergang der Mechanismus des tierischen Gehirns[1]) erleidet, führt zu einer periodischen Abblendung der obersten Bewußtseinsschichten der grauen Hirnrinde, wie wir sagen: der jüngsten Sprossen am Baum des Bewußtseins, dessen Wurzeln gleichsam das Unterbewußtsein, dessen Stamm die automatischen Regulationen, dessen Krone das Ich mit seinem Trachten, Sinnen und Handeln bedeutet. Ist Schlaf diese periodische Abstellung der höchstentwickelten elektrischen Seelenelemente, so ist es klar, daß die Schlafhemmung weder das Tiefengefühl der im Grunde wurzelnden Persönlichkeit noch die Summe der unterbewußt sich auslösenden Maschinentätigkeit des vegetativen, dem Willen entzogenen Lebensgebietes erreicht. Wenn wir einschlafen, arbeiten Herz, Lunge, Nieren, Haut und Eingeweide in Millionen Werkstätten ununterbrochen weiter, geradeso wie die Feueresse großer Betriebe weitersprüht, wenn auch das Lämpchen des Direktorial-

[1]) Der Winterschlaf befällt nur Tiere, welche in Regionen der dunkleren Wintersonne leben. Ihre Gehirne werden schon vom Grau der Nebeldünste, wie unsere nur vom Schwarz der Nächte, abgeblendet.

kontors längst abgestellt ist. Es versinkt im Schlafe eben nicht all unsere seelische Tätigkeit, sondern nur der das Gefühl des Ichs auslösende Teil. Aber auch er ist nur im tiefsten, der Narkose ähnlichen Schlafe gleichsam außer Funktion gesetzt; wenn der Traum beginnt, beginnen dennoch unsere Ganglien, die die Träger der Persönlichkeit sind, unter der Tarnkappe der nächtlichen Vergessenheit sich zu regen. Dann taucht wieder in voller Deutlichkeit, durch das Kaleidoskop der phantastischen Traumbilder hindurchgetragen, das Bild unseres Ichs als einziges Motiv des Lebens empor. Man kann also wohl sagen, im Traum fehlt nur das Bewußtsein für Zeit und Raum. Wir wissen nur im allerflachsten Schlafe, in einem Zustand, wo die Hemmung gleichsam nur wie ein durchsichtiger Gazeschleier über unserem Ichbewußtsein liegt, wo wir zeitlich diese Sekunde wachen und die nächste wieder träumen, daß wir im Bette liegen heute am soundsovielten im Jahre soundso. Für gewöhnlich ist es charakteristisch für alle Träume, daß wir nicht wissen, wo sich der Traum abspielt. Wir sehen wohl ein Land, eine Stadt, Wald, Dorf oder Wasser, aber alles hat wenig persönliches Gesicht, es ist in die Nebellinie des Dichterischen verallgemeinert, oft nur angedeutet, milieuhaft und schablonenmäßig. Aber kein Träumer weiß geographisch zu denken. Auch ist die Jahreszeit unbestimmt gelassen, und nur aus der Traumeserinnerung schließt man zurück auf Sommer oder Frühling, Herbst oder Winter.

Überhaupt haben die Traumempfindungen durchgehends etwas Allgemeines, Verschwimmendes, auch logisch nicht scharf miteinander Verknüpftes an sich. Es ist eben der Hemmung Nebelgewand um alle aus der Erinnerung geborenen Bilder des Traumes gewoben. Wir sehen eben alles mit einer gewissen Verkürzung unseres Ichs. Es fehlt etwas, vielleicht eine Kleinigkeit, an unserem ganzen Selbst im Traume. Es ist ein Ausfall da, ja eine Herabminderung unseres Wesens in frühere Daseinszeiten. Der Grund liegt in der Umschleierung eben der jüngsten (entwicklungsgeschichtlich gesprochen) Zonen unserer Ganglienfelder. Daraus erklärt sich die unumstößliche Tatsache, daß wir im Traum selten eine Zukunftszeit durchleben, sondern meist zurückversetzt sind in Zeiten, wo unsere Eltern noch lebten, wir noch zur Schule gingen usw. Ich habe viele um Träume gefragt, es ist bezeichnend zu hören: wir waren noch in unserer alten Wohnung, Schwesterchen war noch nicht geboren, Großmama lebte noch usw. usw. Die schönen Zukunftsträume der Dichter sind also Gott sei Dank immer mehr gedacht als geträumt. Freilich kann man im Traume Probleme lösen. Man wußte die Lösung ganz genau und nahm sich vor, sie sofort morgen aufzuschreiben, während man eben im Feuer der Begeisterung, ein Pfadfinder gewesen zu sein, vor Erregung und

Freude erwacht. Aber ach! Wie war das doch eben, was ich gefunden hatte? „Es will nicht wiederkehren und war doch, ach! so klar.“ Illusion! Uns fehlte eben eine Kleinigkeit der Logik, von der Hirnhemmung vom Problem abgezogen, und darum schien unser träumendes Ich so viel klüger als das wahre. Die Lösung war gar keine, nur unser Ich war so viel bescheidener. Wie stark die Hemmung arbeitet, geht aus der Häufigkeit solcher Träume hervor, bei welchen irgendein abscheuliches, uns ganz und gar in Verlegenheit setzendes Hindernis den Strom unserer Traumestaten eindämmt. Wir sollen in einen Festsaal treten und sind ja splitternackt, wir sollen eine Rede halten und bekommen den Kiefer nicht auf, wir wollen trinken und können nicht schlucken und so fort. Das geschieht allemal, wenn der Strom der selbständig flatternden Gedanken, wenn die bunten Schmetterlinge gegen das Gehege der Hemmung in ein Gebiet geraten, vor dem der Wall des Widerstands liegt. Wenn auch die Netze gespannt sind um die feinsten Bezirke unseres Denkvermögens, wir haben gesehen, daß es Raum genug gibt zum Tummelplatz der vom Leben des Tages ins Rollen gebrachten Ganglienkugeln.

Es gibt einen gesetzmäßigen Ausgleich der Kräfte auch im Geistigen, einen Wellenwechsel der Kraft wie einen Stoffwechsel der Materie. Jede Wahrnehmung ist eine umgeformte Bewegung. Jedes Ding hat seelische Spannkraft in sich und wirkt auf mich. Die Millionen Erregungswellen, welche das All auf meine Nervensaiten aussendet, werden von dem Mechanismus meiner Seele und meines Leibes umgesetzt in Gedanken, Wollen, Tun. Aber nicht alle eingenommene Kraft wird verbraucht. Es gibt Aufspeicherungen, Reserven, Akkumulatoren, ganz im dynamischen Sinne. In diesen unverbrauchten Reizüberschüssen liegt die Quelle der Phantasie und ihrer flatternden Betätigung im Traume. Nicht jeder Eindruck wird Gedanke, löst Entschlüsse, zwingt zur Tat. Je tiefer und erschütternder ein Ereignis, desto mehr löst es sich im Wachen, in Klage, Jubel, Jauchzen oder Erbeben. Aber wie das tiefste Leid und die höchste Lust keine Lieder hat, hat es auch keinen Traum. Im Gegenteil, nur die leisen, vom rauschenden Strom des Lebens übertönten Motive sind es, die nachts emporsteigen wie Elfen aus den Blumenkelchen. Nachfalter sind die Träume, die sich des Tags verschüchtert im Gespinst der Seele versteckt haben und erst ihre Schwingen heben, wenn die Adler der Botschaften zur Ruhe gegangen. Kleine Ereignisse — lange Träume. Tiefe Erschütterungen werden nicht Traumesmotive. So nehmen wir also die Themata unserer figurierten Traumesphantasien zum Teil aus den Erlebnissen der Vergangenheit, ein anderer großer Teil der Träume entsteht im Augenblick des Erwachens oder des Einschlafens, und ein dritter Teil wird ausgelöst durch Sinneseindrücke während wir schlafen.

SEELISCHES LEID

Wenn der Engel mit dem feurigen Schwerte nach der Legende der Bibel das erste Menschenpaar aus dem Paradiese trieb und dem Weibe den Fluch seiner schmerzenreichen Bestimmung nachrief, während er sich dem Adam gegenüber mit der Verdammnis zur Arbeit begnügte, wobei das Goethische: „Wer nie sein Brot mit Tränen aß“ wohl zum ersten Male angeklungen sein mag — so könnte dieser Mythos des naturwissenschaftlich überhaupt stark intuitiven alten Moses mit einigem Gewicht in die Wagschale zur Ausmessung eines steten Streites unserer Physiologen geworfen werden. Danach müßte nämlich der Schmerz, abgesehen von Schuld und Sünde, jedenfalls erworben sein, die Nerven müßten ihn sich, den außerparadiesischen Fährnissen überlassen, zum Schutze, zum schnellen Wächterdienst in den vielgestaltigen Dissonanzen des Lebens eingeübt haben. Das ist nämlich die Meinung der einen Gruppe der Physiologen, die da behaupten, der Schmerz sei erworben, wie vielleicht auch der Tod, durch Schuld und Sündenfall, wie die Bibel sagt; während die andere Gruppe behauptet: es gibt spezifische, eigens für das Weh eingestellte Nerven, die nur Unlust leiten, der Schmerz ist also der Kreatur eingeboren. Es ist ein tiefer Pessimismus, der uns befallen müßte, wenn es sich erweisen ließe, daß die Natur grausam genug war, uns auf Leiden einzustellen, während noch niemand auf ein universelles System von Vergnügungsapparaten hat fahnden können; denn daß die Fortpflanzungsart mit Lust gepaart ist, ist ein listiger Spezialfall. Niemand wird behaupten wollen, daß das Ohr oder das Auge spezifische Freudenkabel besitzt — abgesehen also von dieser Ungerechtigkeit der Schöpfung, uns mit einem Netz von Hausklingelzügen des Jammers oder des Elends zu durchziehen, ohne ebenso fürsorglich uns mit Registern der Heiterkeit zu bedenken, kann man billig fragen, wo denn das Zentrum, die eigentliche Auslösung dieser spezifischen Sinnesenergie eines naturgewollten Schmerzes im Gehirn gelegen sein sollte, zumal gerade das Gehirn, wie operative Eingriffe ohne Narkose beweisen, keinerlei Schmerzempfindung besitzt. Es wird schon so sein, daß der Schmerz kein a-priori-Gefühl ist, sondern als eine besondere Schutzfunktion der Tastnerven, als eine Art seitlichen Kurzschlusses elektroider Spannungen erworben ist und daß diese Erklärung zureicht für die Entstehung aller Arten von Schmerz, von physischen und psychischen. Denn das muß von jeder brauchbaren Definition der Schmerzen gefordert werden: sie muß ebensoviel Licht auf die Mechanismen des leiblichen, wie des seelischen Leides werfen. Es muß eine gemeinsame Grundfunktion beider Formen von Unlust geben. Das erfordert allein schon die weitgehende Analogie der begleitenden Wirkungen beider Arten von Schmerz. Der Schrei, das tiefe Atmen, die Ohnmacht oder die hohe Erregung, die fahle Blässe, das einsinkende Auge, die weiten Pupillen, der Tränenfluß, das Stöhnen und Sichwinden — das alles ist beiden in mehr oder weniger ausgeprägtem Maße zu eigen. Also — so darf man schließen —, wenn beide, Seelenschmerz und Leibesqual, dieselben physiologischen Folgezustände hervorbringen, so muß doch in ihrer Ursache irgend etwas Identisches enthalten sein.

Und so ist es in der Tat. Was bei dem Körperleiden der seitliche Kurzschluß ist, ist beim Seelenleid der einer Epilepsie der Empfindung gleichende, hemmungslose Nervenkontakt in der Vorstellung gelegener Gangliensysteme. Wie der extreme physische Schmerz im Gebiet der Erinnerungen eine Überdehnung der Muskel der Neuroglia hervorruft, so daß traumatische Amnesie (Gedächtnisschwund) die Folge sein kann, so kann auch der seelische Insult in jenen Zonen der Phantasie, welche meinem Ichgefühl vorstehen, eine Lähmung veranlassen, dic den schwebenden Reserveströmen der psychischen Energien zu einem rasanten Einbruch in alle Vorstellungszonen Gelegenheit geben. In beiden Fällen entsteht eine Art Überladung der beteiligten Hirnzentren, die in der Schnelligkeit weder logisch verarbeitet, noch in eine zweckgemäße Handlung abgeleitet werden können. Dagegen kommen Affekthandlungen bei Ausbrüchen psychischer Schmerzen, sinnlose Zerstörungsanfälle, Selbstmord, ja Mord an den Überbringern von Entsetzenskunden vor. Da dieser Ausgleich also im Vorstellungsgebiet oder im Willenslager zumeist nicht statthat, so wird im Leide beim Seelenschmerze das Gehirn zunächst verblüffenderweise ganz ähnlich entladen, wie bei dem Assoziationsknick, bei der logischen Unvereinbarkeit aufeinanderplatzender Kontrastströme, beim Humor: d. h. auf das Gebiet der Atmungsmuskulatur. Ja, um die tiefsinnige Funktionsbeziehung von Seelenschmerz und Humorstimmung noch zwingender zu erweisen: Jedermann weiß ja, wie die tiefste Trauer, der feierlichste, schmerzvolle Akt der Grablegung geliebter Menschen in geradezu diabolisch-sozialgefährlicher Weise eine Lachstimmung in uns vorbereitet. Das kommt daher, weil in seelischer Leidspannung die Überschußströme in so gefährlicher Nähe der Atmungs- und Zwerchfellsexplosionen sich ansammeln, so daß es nur eines Zündfunkens von Komik bedarf, um bei unpassendster Gelegenheit die Humormine zu zwanghafter Sprengung aller Konventionsfesseln zu bringen. Es gibt ja ferner ein dämonisches, ohrengellendes, schauervolles Lachen gerade bei den furchtbarsten Schlägen, die das Schicksal dem Menschenherzen zumuten kann. Aber man schreit ja auch, stöhnt, wälzt sich, weint genau so vor Lachen, wie vor Schmerz. Das deutet darauf hin, daß Seelenpein und Humorstimmung einen gemeinsamen Kurbeldrehpunkt haben: den der logischen oder aktuellen Unvereinbarkeit der kontrastierenden Ströme. Dort, beim Humor, der Kontrast von Idee und Real, das plötzliche Umschlagen einer idealen Vorstellung von Bedrängnis in die reale Freude der Erlösung (siehe „Von der Seele": „Humor"), hier beim Seelenschmerz der plötzliche Einbruch des lebenbedrohenden Reals in das Harmoniegefühl des seelischen, lustbedeutenden Gleichgewichts. Es ist in den extremsten Fällen der plötzliche ruckartige Überfall, mit dem eine niederschmetternde Nachricht, ein Anblick, ein Beweis, das Anschauen einer Vernichtung des Angehörigen einbricht in den ungestörten Strom der Hoffnung, des Wohlergehens, des Glückgefühls, das ja nach Voltaire schon allein durch die Abwesenheit des Leides garantiert ist. Dadurch werden latente Hirnenergien explosionsartig in ihrer Unvorbereitung plötzlich aktiv (kinetisch), so daß neben der gewohnheitsmäßigen Abladung überschüssiger Ströme (die wir vom Gähnen, vom Lachen, vom Zucken und Strecken vor dem Einschlafen her kennen) auf das Atmungszentrum, viele Dämme vor anderen Nervenkernen mitdurchsprengt werden. So krampft sich das Herz bis zum physischen Herzschmerz und folgender Pulsjagd, etwas, was schon dem Schreck, der ein siamesischer Zwilling des Schmerzes genannt werden kann, zu eigen ist. Einer spanischen Königin, erzählte uns Virchow, soll im Schreckschmerz buchstäblich das Herz zerrissen sein. Instinktiv reden wir ja von einem herzzerreißenden Weh, herzzerreißendem Weinen oder Schluchzen. Durch Einbruch der Hirnüberfüllung in den zentralen Kern des Odemzentrums kommen die atemversetzenden Krämpfe des Zwerchfells, der Stimmbänderschluß, der Krampf der Hilfsmuskeln im Gesicht (Nasenflügel, Mund, Hals) sowie das weitaufstarrende Schwarz der Pupille zustande. Durch Einbruch ins Gebiet des Sympathikus mit seinen Gefäßkrämpfen die fahle Blässe des Gesichts, das Taumeln, die Gleichgewichtsstörungen der Bewegungen, Schwindel und Ohnmachten. Nach dem Gesagten wird es niemand wundernehmen, daß eine solche extreme, explosivartige Reizwelle, wie sie sich im plötzlichen Schmerz über die Systeme wirft, das nur kaum erbsengroße Atmungszentrum (Nœud vital) einfach sprengen kann, so daß der Tod die Spannung löst oder daß unmittelbar im Anschluß an den Eintritt des höchsten Grames ein Mensch wahnsinnig werden kann. Es ist überhaupt schon etwas der fixen Idee Verwandtes in dem Mechanismus des rasanten Seelenschmerzes. Wie nämlich bei der fixen Idee es immer wieder ausgelöste Ganglienverkettungen sind, die eigentlich die letzten g e s u n d e n Bahnen darstellen, während alle übrigen durch Neuroglialähmung abgesperrt sind (weshalb jede logische Verknüpfung außerhalb dieser allein noch funktionierenden Gruppe unmöglich ist), wie die fixe

Idee also schließlich als eine Persönlichkeit für sich zum Herrn und Tyrannen aller Geistesarbeit sich aufwirft, gleich einem revolutionären Thronprätendenten — so funktioniert beim dauernden Leid der Seele schließlich nur noch der Kettenschluß: „Mein Glück ist dahin!" und legt sich blei- und mühlradschwer auf alle, auch unterbewußten Funktionen und Sekretionen. Denn das ist das Charakteristikum des dauernden Schmerzes: die Funktionshemmung lebenswichtiger Betriebe des Gesamtleibes. Die Nahrungsaufnahme stockt bis zum Verhungern, statt des Schlafs ein traumverwirrter, somnambulischer Dämmerzustand mit Singen und Sprechen, Stöhnen und Sehnsuchtsklagen nach der Jugend, der Gang taumelnd, der Blick verzogen, die Hände zittrig, tastend, doch nicht fassend — genug, eine steinerweichende Hilflosigkeit, ein geistiges Krüppelwerden, ein tiefgebeugt daherschleichendes verwirrtes Ich ohne Halt und Inhalt.

Siechtum, Tuberkulose, Infektionen und das ganze Spukspiel der Hysterie kann die Folge sein. Und doch ein Joch, durch das wir alle müssen. Denn jeder, auch der scheinbar Glücklichste, erlebt den Tag, wo er die Seelenschlacht verloren geben muß, jeder muß diese grausame Belastungsprobe, manch Armer immer wieder von neuem überstehen. Dabei ist zu bedenken, daß in dem dynamischen Spiel von Polarität zwischen Lust und Leid wohl so etwas wie eine ausgleichende

Gerechtigkeit zu konstruieren ist. Jeder Mensch gelangt wohl an das Höchstmaß von Lust und Leid, dessen er fähig ist. Die Fähigkeit, Leid oder Freude zu empfinden, ist das, was uns individuell so verschieden eingestellt erscheinen läßt für die Resonanzen der Ereignisse. Einen Bettler kann man mit einem Diner mehr erfreuen, als einen König mit einem neuen Krongut, und eine Mutter mag der Verlust eines Ungeborenen mehr schmerzen, als einen Geizhals der seiner ganzen Verwandtschaft. Jeder erlebt einmal seine höchste Freude, seine höchste Qual, darüber hinaus vermag er gar nicht zu empfinden. Und so steht wohl am Ende das Konto von Lust und Leid bei uns allen ganz gleich.

Wohl denen, welchen der dauernde Schmerz schließlich sich löst im Abstrom unstillbarer Tränen (auch Tränen sind Entladungen des Gehirns), wohl denen auch, die im Gefühl gekränkter Würde, gleichsam in einem Stolz von Mißhandeltsein durch die Ungerechtigkeit des Geschickes, prometheusgleich in stolzem Flug das Haupt erheben und die der Schmerz zu unerhörten Taten oder zu titanischem Groll führt! Wohl auch denen, die bei dieser Kränkung ihres Daseinsrechtes mit dem Hochmut ihrer künftigen Einsamkeit und zugleich mit der Demut vor der Unabänderlichkeit sich einspinnen lassen von einer, man möchte beinahe sagen wohligen Unantastbarkeit ihrer Glückserinnerungen. Wieviel besser sind diese alle daran, die ohne Klagen und Stöhnen ihr Leid gleichsam in einer goldenen Kapsel im Herzen verschließen, als jene, die ihren Jammer hinausschreien müssen in eine Welt, wo jeder nur die eigne Pein vollwertig anerkennt, oder als jene, die aus Trieb oder Mangel an Selbstdisziplin das bequeme Mittel der Betäubung mit Alkohol, Schlafmitteln oder Orgien der Vergnügungen einer Heiligung durch den Schmerz vorziehen!

Doch ich wollte hier keine sentimentale Skizze schreiben, es kennt ja jeder zur Genüge den wehmütigsten Vers der Deutschen:

> Ach, was sind der Tränen unterm Mond so viel
> und ein stilles Sehnen, das nicht enden will! —

sondern ich wollte nur die interessanten Beziehungen aufweisen, welche zwischen physischem und seelischem Leid bestehen und die Aufmerksamkeit auf die zwingenden Parallelen lenken, welche der heilige Schmerz zum nicht weniger heiligen Lachen im Mechanismus des Gehirns besitzt. So erst ahnen wir recht deutlich die innere Einheit der Polarität, die enge Verkoppelung von Licht und Schatten, Plus und Minus auf dieser traurigschönen Erde.

DIE FREUDE VERLÄNGERT DAS LEBEN

Heiliger Quell der Freude, der du herniederrieselst auf unser nach Labung immer durstiges Herz aus den selig gepriesenen Gefilden eines erträumten Himmels, durch den ein Meer ewiger Harmonien wogt und brandet, seinem Erschaffer und Erhalter ein hohes Lied zu rauschen! Funken du vom ewigen Licht in Bruderspähren rollender Weltleuchten, der du herniederglühst in die Menschenbrust, zündend und schürend das Flammengefühl der Einheit mit dieser brausenden, jauchzenden Fülle im gigantischen Gleichtakt schwebender Kreise! Vom Rausch des sausenden Weltalls trunken wird die Menschenbrust, wenn nur ein Körnchen aus der die Unendlichkeit durchwogenden Flammengarbe hineinfällt in unser eigenes winziges Lebenslicht! Fühlen wir doch dann mit geheimen Schauern der Wonne, daß, so still und spurenlos im Äther unser Lebensflämmchen auch zuckt, es doch entzündet wurde vom großen Fackelträger des Alls, und daß es eine dem Menschengeiste unerfaßbare, nur von der ahnungsvollen Ehrfurcht mit Seelenfittichen streifbare, gewaltige, glühende, pulsende, blühende Allheimat gibt, der unser Fünkchen Menschenleben im letzten Ende unentrinnbar zugehört! So bist du, Freude! Tochter aus Elysium! Schöner Götterfunken! wie dich der sprachgewaltigste Deutsche, dein Sänger Schiller, genannt hat. Wer könnte es wagen, dem jauchzenden Schwung dieses Gedichtes „An die Freude!“ noch etwas hinzuzusetzen, zumal der größte musikalische Genius der Welt, Ludwig van Beethoven, seine heilige Harfe diesem Texte zu seinem höchsten Werke, der neunten Symphonie, geliehen hat? Es hieße wirklich einen Göttertrank verwässern, wollte man noch einmal etwa im lehrhaften Tone beweisen, daß diese Himmelskönigin unserem irdischen Befinden an Leib und Seele heilsamer sei, als ihre drei grauen Schwestern: Sorge, Angst und Not!

Wer je geschmachtet, gestöhnt und sich gewunden hat im eisigen Netz der unseligen Dämonen des Lebens, der weiß es ja ebenso genau wie der gelehrteste Mann der Medizin, was in ihm vorgeht, wenn die schweren Fesseln fallen, die atemraubenden Schreckwolken zerstieben vor einem einzigen Lächeln des Glücks, das uns die Gewißheit bringt, daß Furcht und Qual umsonst waren, weil sich alles, alles zum Guten wandelte! Aber, wie so vieles Selbstverständliche, Vertraute und lange Gewohnte oft die größten Geheimnisse in sich schließt, so ist es auch mit der allbekannten Wirkung der Freude auf Körper und Gemüt. Die ganz harmlos gestellte Frage, niedergelegt vor dem Delphischen Altar des Wissens: wie kommt eigentlich die Wirkung der Freude zustande? öffnet ein ganzes Buch von Rätseln und geheimen Wundern; und wenn wir genau hinsehen, so ist dies Buch eigentlich gänzlich unbeschrieben oder enthält doch viele völlig leere Seiten. Versuchen wir einmal, ob es uns gelingen kann, ein paar kleine Blätter dieses schweren von der Natur selbst verfaßten Zauberbuches zu entziffern.

Da finden wir denn am Anfang mit großen Lettern geschrieben: Es gibt keine Wonne, die nicht auf Schmerzen ruht! Es gibt keine Lust, die nicht das Leid gebar! Wir brauchen uns nur zu bemühen, diese Orakelsprüche auszulegen in eine verständliche Sprache des Alltags, und wir werden übersehen lernen, welcher Einrichtungen des Leibes und der Seele die Natur sich bedient, um mit dem Schwungrad der Freude nicht nur unseren augenblicklichen Glückszustand und unser momentanes Wohlbefinden zu erhöhen, sondern wir werden auch verstehen, warum die Freude, das kostbarste Lebenselixir, eine herrliche Medizin zur Verlängerung unseres Lebens sein muß. Freilich, der Arzt, der sie uns verschreiben könnte, heißt das Schicksal, und der Apotheker, der sie braut, kann nicht jederzeit besucht werden; sie müssen von selber zu uns kommen, wenn sie die Doppelmajestät des Zufalls und der Fügung schickt.

Daß wir Freude nur empfinden können, wenn wir auch des Lebens Leid gekostet, um so eindrücklicher, je voller der Schmerzensbecher war, ist eine Folge des gesamten Mechanismus unserer Empfindungen. Wir fühlen und denken nur nach Gegensätzlichkeiten. Ohne Schatten wäre kein Licht, ohne Schwarz kein Weiß, ohne Geräusch keine Stille, ohne Bitterkeit nichts Süßes. Nichts wäre groß, wenn wir es nicht am Kleinsten messen könnten, keine Unendlichkeit ohne Begrenzung im Raum, keine Wahrheit ohne unser Wissen vom Irrtum. Alle Unterschiede, die wir im Geiste und im Gefühl machen, entstehen durch Vergleichung der Gegensätze. So ist auch die Freude der andere Pol der Leiden! Ja, allein die Abwesenheit von Leid bedingt ein Gefühl von Lust. Man denke einmal nach, welche Wonne es ist, wenn man einen erheblichen Schmerz überstanden hat: allein der Fortfall eben ausgestandener Qualen durchströmt uns mit unendlicher Wonne, obwohl wir diesen Zustand, daß uns „eben nichts fehlt", schon Millionen von Sekunden gleichgültig genossen haben, ohne uns klarzumachen, welche Wonne es ist, ohne Qualen zu leben, selbst wenn wir außer unserem leiblichen und geistigen Gleichgewicht gar keinen besonderen Anlaß zur Lust haben. In diesem Sinne ist der Mensch eigentlich undankbar, weil, wenn wir sogar Wonne nennen können, „nur gerade ohne Schmerzen zu sein", die Summe aller Glücksmomente eines Lebens die aller unglücklichen Zustände unendlich überragt. Wir registrieren eben die gewohnte Harmonie erst dann als Glück, wenn sie sich wiederherstellt nach unmittelbar vorangegangener Störung. In diesem Sinne ist Freude, Lust, Wonne, Glück eigentlich etwas Negatives, nämlich sie entsteht durch die völlige Abwesenheit von Ärger, Qual, Angst und

Sorge! Das trifft wenigstens ganz sicher zu bei den meisten unserer allein durch das leibliche Wohl ausgelösten Freuden. Der Strom unseres eigenen kleinzelligen Lebens, eingestellt auf die Harmonie des Ganzen, des Weltalls, der Erde, des Staates, der Familie, fließt ruhig dahin, uns mit dem Gefühl der Sicherheit und des Zusammenhanges zum Welttakte und ihren erhaltenden Gesetzmäßigkeiten erfüllend. Jede Störung reißt uns in die Empfindung des Zwiespaltes, des Herausgeschleudertwerdens aus dem Rhythmus des Alls, ganz gleich, ob diese Störung innerhalb oder außerhalb unseres Leibes einsetzt. Der Rückgang zur Harmonie wird dann um so höher als Lust, Behagen, Zufriedenheit, wohliger Ausgleich, kurz, um so freudenvoller empfunden, je weiter uns die ursächliche Verschiebung aus dem Gleichtakte gebracht hat. Selbstverständlich gibt es auch innerhalb dieses gewohnten, normalen und ohne Gegensatz nicht sonderlich empfundenen, uns eben beinahe selbstverständlich dünkenden Gleichgewichts auch noch körperliche und geistige Steigerungen des Wohlbehagens zur eigentlichen Lust und Wonne; das sind alle im Körperlichen und Geistigen rhythmisch auf uns wirkende Dinge, die alle darauf hinauslaufen, daß unsere persönlichen Lebensschwingungen, wenn ich so sagen darf, gesteigert werden. Alle in diesem Sinne aktiven Freuden sind Steigerungen unserer tiefsten Lebensrhythmen! Eine Musik, ein Gedicht, eine Zeichnung, ja eine schöne Linie erfreut uns, wenn sie irgendeine Seite unserer körperlichen oder seelischen Funktionen erhöht, wenn wir in irgendeinem Betracht eine Erhöhung der innerlichsten Vibrationen und unseres Nervenwellenschlags erfahren. Diese kurzen, leider etwas trockenen Auseinandersetzungen waren nötig, um dem gütigen Leser klarzumachen, in welcher Weise nun Körper und Seele durch den Glockenzug der Freude in solch einen lustigen Alarm versetzt werden können, daß die Fibern schwellen und die Muskeln strotzen, das Herz klopft und die Wangen sich röten, die Augen leuchten und die Arme sich breiten: Seid umschlungen, Millionen, diesen Kuß der ganzen Welt! Ja, sie waren nötig, um nachzuweisen, welche Wege die Natur einschlägt, um uns mit diesem Freudentrank im Blute immer fester ans Leben zu ketten und uns immer aufs neue zu verjüngen, indem sie uns so viele Frühlinge schenkt, wie sie uns große, reine Freuden und die alles beschwingende Liebe bereitet.

Der Mensch trägt einen eigentümlichen Apparat in sich tief im Leibe, um alle großen Organe, wie Leber, Milz, Niere usw., den wir mit den Marconiplatten verglichen haben, jenen modernen Fangarmen in der freien Luft, die jeden winzigen Strom von elektrischen Wellen wie im Netze einfangen und zur fernsten Station über Meer und Land leiten. Das sind kleine Nervenplättchen, welche namentlich alle unsere Blutadern und das Herz umspinnen und auf die schlechterdings die ganze Außenwelt wirken kann, manchmal unter Mithilfe der Sinne, manchmal ganz ohne dieselbe. Die rätselhaften Fragen der Sympathie oder Antipathie gegen Menschen und Dinge ohne jeden erkennbaren Grund, der eingeborene Abscheu oder die blitzartig einsetzende Zuneigung, die mystischen Wirkungen von Mensch auf Mensch, ja die dunklen Ahnungen, Voraussichten, das zweite Gesicht, das Hellsehen, wie wären sie — wenn wirklich vorhanden — anders zu erklären, als durch das Walten eines immer wachen Systems dieser kleinsten Registratoren, die wir „sympathische" Nervenbündel nennen. Sie bilden eigentlich ein Gehirn, eine Seele für sich, die mit Mitteln arbeiten, welche die Wissenschaft zur Stunde noch nicht voll übersehen kann. Der einzige zutreffende Vergleich, den wir zur Verfügung haben, ist eben jener mit den Marconiapparaten, mittels deren auch Zeichen ohne Draht, wie hier Wahrnehmungen ohne direkte Nervenleitungen gegeben werden können. S i e s i n d d i e e i g e n t l i c h e n T r ä g e r d e r L u s t u n d d e s L e i d e s, d i e V e r m i t t l e r z w i s c h e n A u ß e n - u n d I n n e n w e l t. Sie beherrschen schlechterdings alle unsere Funktionen, unsere Ernährung, unseren chemischen Haushalt, den Stoffwechsel, sie sind die Betriebsleiter des Leibes und seiner Maschinen und machen als Herren des Kreislaufes ein gut Teil auch unserer seelischen Spannungen aus. Sie sind die winzigen Kommandeure einer ganzen Armee von Arbeiterzellen unseres Leibes, sie bestimmen, wo die Heinzelmännchen des kleinsten Lebens weben, säen, spinnen und flicken sollen, wo sie kämpfen müssen gegen Parasiten und Gifte und wo die unendlich feinen Spannkräfte des Lebens einsetzen dürfen, um die große, staunenswerte Harmonie dessen zuwege zu bringen, was wir „lebendig sein" nennen. Sie sind die Wächter am Tor des Lebens, die Alarm läuten, wenn Gefahr droht, und sie sind die kleinen Brieftauben der Freude, die in alle Organe, nicht nur zum Gehirn die Meldung bringen: „laßt alle Segel hissen, es weht ein königlicher Wind!"

Nun sind wir so weit, uns klarzumachen, wie Freude und Leid wirken. Diese kleinen sympathischen Nervenkörperchen, ein Netz von Milliarden Maschen bildend, wie unzählbare, durch Fäden miteinander verbundene Sterne in unserem Innern ausgesät, sind die eigentlichen, winzigen Beamten von Lust und Leid zu nennen. Drückt uns eine Angst, ein Weh, eine Ahnung, so sind sie selbst in Hemmung und Zurückhaltung, gleichsam abwartend, was nun noch kommen soll, sprungbereit, um der etwa deutlicher gewordenen Gefahr mit aller Macht zu begegnen. Aber dies zuwartende, gleichsam deprimierte Verhalten der kleinen Herren des Lebens läßt den Gesamtbetrieb stockender, gehemmter, bedächtiger, zurückhaltender, unlustiger werden. Da sie vor allem das Herz und den Blutdruck beherrschen, so sinkt die Welle des Lebenssaftes, das Herz schlägt bedrückter oder flatternd ängstlicher, der Puls ist niedriger, die Haut schlaffer, welker, die Muskeln matt, das Auge, wie immer bei niedrigem Blutdruck, sinkt zurück, wird glanzloser, scheuer, unruhiger und bei längerem Bestand des Leides werden die Augenhöhlen tiefer, das obere Lid sinkt herab, das untere umfurcht ein dunkler Bogen — die Atmung wird flacher, die Absonderungen stocken, die Verdauung leidet, das Blut wird galliger, Gallengrieß kann sich bilden, und bei trägem Gallenfluß ein Stein sich einkeilen. Der Geist ist unruhig, unlustig, die Energie schläft, trübe Ahnungen tauchen auf und der Himmel ist verdunkelt: „Sonne geht nicht auf noch unter." Der innere Druck erzeugt Teilnahmlosigkeit oder Gereiztheit gegen Gott und alle Welt. So kann allmählich der Kummer, die Sorge das Leben vernichten, weil die gestörten Funktionen die Wurzeln des Lebens angreifen: Zuckerkrankheit, Nervenleiden, Herzschwäche sind die Folge, und wer weiß, wie viele Krankheiten erst seelisch waren, ehe sie körperlich sich äußerten, wer will sagen, ob nicht selbst die Infektionen nur bei solchen Menschen wirksam werden, denen aus irgendeinem seelischen Druck die Widerstandsschwäche gegen die Feinde des Lebens erwuchs!

Wir haben nun nichts mehr zu tun, als alle diese Kennzeichen von der physischen Wirksamkeit der Sorge, des Leids in ihr Gegenteil zu verkehren, und wir können aus diesen Gegensätzen direkt ablesen, was geschieht in Leib und Seele, wenn die Freude mit allem Glanz belebenden Sonnenleuchtens einzieht in die Pforten des Lebens.

Da fliegen die Zeichen der kleinen Sendboten des Glückes, die mobilen Zuckungen der sympathischen Nervengeflechte, in alle Gemächer und Kammern des Körperstaates mit ihrer Kunde vom Sieg und vom kommenden Frühling!

Sie drehen an den Millionen Kurbeln und kleinsten Schwungrädern der körperlichen und seelischen Organe und es hämmert und pocht, repariert und schmückt, brodelt und kocht, bis in jedem Winkel des Haushalts alles blitzt und blinkt und würdig geschmückt ist, um dem Strahl der himmlischen Sonne Einlaß und Empfang zu bieten.

Da pocht das Herz, die Adern schwellen, das Auge leuchtet und glänzt, der Atem geht tief und wonnevoll, zum Jauchzen und hellen Lachen bereit, die Muskeln lechzen nach Tat und Heldentum und das ganze Herz sehnt sich danach, Gutes zu tun und alles Unrecht zu vergelten mit Sonnenmilde für Gerechte und Ungerechte.

Alle Funktionen rollen und kreisen ungehemmt in der Harmonie der Sphären, frei vom Eis sind alle Bäche des Lebensstromes, es grünt und keimt auf allen Wiesenteppichen der Gewebe: Frühling, Frühling überall, der in alle Poren dringt.

Nun begreifen wir, daß die Wiedererzeugung des Leibes unter diesem Frühlingseinzug der Freude in die heiligen Tempel, in denen die goldenen Seile des Lebens gesponnen werden, so stürmisch, so ungestört emporkeimt, wie die Saat unter heller Sonne und wie die Himmelstochter Freude als eine stete Verjüngerin unseres Daseins wirkt, das holde Mädchen aus der Fremde, die nicht nur mit jedem Lenz kommt, sondern selbst den Lenz dem Leben bringt.

Denn unsere kleinen „sympathischen" Heiligen des Lebens wirken ja wie Spinnerinnen, sie ziehen Masche um Masche um geschädigte Teile der Zellgewebe, lassen vernarben, wo Wunden waren in Herz und Seele und Leib, sie sind die Schleusenöffner der Vorratskammern, aus denen in hellen Scharen die Wiedererzeuger des Lebens und der Gewebe strömen können. Wenn es wahr ist, daß alle sieben Jahre der ganze Bau des Körpers in jeder Zelle buchstäblich neu geboren wird, so sind sie die kleinen Geburtshelfer der neuen Sprossen, und die Weisheit dieser in der Stammesgeschichte des organischen Lebens uralten Staatsmännchen versteht es, eine Ordnung im Staate zu halten, von der die Lenker unserer Riesenstaaten alles lernen könnten.

Sie wirken aber nur mit der ganzen Hingabe, wenn die Freude alle Hemmungen fortreißt, mit denen Kummer und Leid sie fesselt und untätig macht.

Weil dies so ist, so ist es die Pflicht jeder Staatsgemeinschaft, für ein Vollmaß von Freudenmöglichkeit zu sorgen. Es ist ein hygienisches Postulat, das Volk bei guter Laune zu erhalten, nicht weniger, als es vor Gefahren zu bewahren. Denn jeder Staatsbürger hat ein Recht auf Freude. Ein frohes Volk wird auch ein gesundes sein und frohe Tapferkeit ist sieghafter, als die verbissene!

DER WILLE UND DER FREIE WILLE

Was ist der Wille?

Wenn wir diese Frage aufwerfen, müssen wir uns zunächst darüber klar werden, an welchen Objekten der Natur sich so etwas wie Wille erkennen läßt. Hat die gesamte Natur Willen, hat der Kosmos, der Organismus von Sternen, Sonnen und Lichtnebeln Willen? Steckt er allein im sog. Belebten oder hat auch der Kristall Streben, Sehnsucht, Willen? Inwieweit ist der Wille seinem Träger bewußt? Was heißt das: unbewußter Wille? Wenn wir noch dazu bedenken müssen, worauf der Wille des Ganzen, also der Zweck und das Ziel, gerichtet sein könnte und ferner die Frage erörtern müssen, wie weit der Wille frei, d. h. wie weit ein Selbstbestimmungsrecht namentlich dem Menschen zuerteilt ist oder nicht, so erhellt ohne weiteres, welch ein ungeheures Gebiet die Frage nach der Natur des Willens oder die nach dem Willen in der Natur umfaßt. Nichtsdestoweniger wollen wir mit unseren neugewonnenen Erkenntnissen von einem Organ des Willens im Gehirn, nämlich dem Muskelapparat der Neuroglia, an dies Problem heranzutreten wagen, und zwar wollen wir uns zunächst einmal an uns selbst halten und von hier aus Aussichtspunkte auf Willensstrebungen außerhalb des menschlichen und tierischen Organismus zu gewinnen suchen. Für uns und alle Lebewesen sind die Strebungen, die Begierden, das zitternde Verlangen, von der Amöbe bis zum Menschen, gebunden an eine wellenartig verlaufende Zusammenziehung und Ausdehnung der den Leib resp. das eigentliche Fleisch bildenden Zellsubstanz, eine Fähigkeit, die die Wissenschaft mit dem Namen der Kontraktilität (Zusammenziehbarkeit) bezeichnet. In dieser Kontraktilität, d. h. der uhrfederartigen Aufrollungsfähigkeit von Grundsubstanz und dem evtl. blitzschnellen Herausschleudern der eben noch dichtgespannten Materie liegt das Wesen oder wenigstens die Spielbahn des Wollens beim belebten Organismus. Solche zusammenziehbare und hervorschleuderbare Gewebeteile sind die Organe des Willens, von der Kontraktilität des feinsten Urtierchenleibes (Protoplasma der Protozoen) an, über die lassoartig geworfene Schleuderzunge des Chamäleons weg bis zu dem Bizeps des Menschen. Es ist also diese willkürliche Ansammlung unserer Spannkraft, diese Spannbarkeit und Aufspeicherung latenter Energie von Anfang an schon die Eigenschaft des nackten Zellleibes. Wir sehen sie an den weißen Blutkörperchen, welche kugelige Klümpchen von Urschleim mit Kernen sind, wo mit dem Puls von Zusammenziehung und Dehnung der kleine Leib an beliebiger Stelle Ärmchen und Beinchen ausstreift und wieder einzieht. Wir sehen dieses Hin und Her von phasischem Zucken ja schon am Herzfleck des bebrüteten Vogeleies und verfolgen sie bis zum Menschenherzen, welches nach Heinrich Heine dem Meere mit Ebbe und Flut gleicht. Ob nicht Ebbe und Flut die Folge einer gleichen Ein- und Ausatmung der Zelle „Erde“ ist? Jene kleinen wandernden Straßenpolizisten im Organismus des Menschen aber bewegen sich sogar damit, sie kriechen auf alle möglichen Anreize hin im Innern der Gewebe durch die Gefäßlücken und ergreifen alles Fremdartige, Eindringlingshafte, um es in den Lymphdrüsen zu inhaftieren. Wir können hier konstatieren, daß diesen Einzellenwesen schon so etwas wie ein wollendes Seelchen innewohnen muß, denn sie reagieren buchstäblich durch eine Art Wirkung in die Ferne, sie sind handelnde Marconiplättchen. Ihr Leib hat eine Fähigkeit, welche bei uns hochorganisiert und besonderen Nervensystemen übertragen ist, unbewußte Willensregungen auslösen zu können; nur, daß bei uns eben diese große nervöse Weltalls-Marconiplatte der Urvater Sympathikus im Sonnengeflecht des Leibes darstellt. Dieser wie jene winzigen Repräsentanten einer organisierten Zielstrebigkeit besitzen eben die Grundcharaktere des Lebens überhaupt: Reizbarkeit und Wahl. Es ist interessant, wie entwicklungsgeschichtlich in formellem Aufstieg diese Grundeigenschaft der belebten Materie (Reizbarkeit und Wahlfähigkeit) sich herausgebildet hat, nämlich durch Zerlegung des kontinuierlichen gelatinösen Protoplasmas (Zellleibes) in nebeneinander gelagerte Spindeln mit

Verdichtungs- und Schwellungsfähigkeit und schließlich durch Umbildung dieser, durch sog. Querstreifung, zu Bündeln und Kabeln dicht aneinandergefügten, zu Zündseilen verlängerten und zusammengeschnürten Muskelfasern, die die guternährten mächtigen Fleischlagen bilden konnten. Vermittels sehniger Schaltstücke setzen sie an einem festen Skelettpunkte an und heften sich ebenso (man denke an die Achillessehnen an der Ferse) mit dicken Sehnenbändern an Vorsprünge beweglicher Knochenstücke (Skeletteile), meist in der Nähe von Gelenken an, um den Leib Ortsveränderungen vorzunehmen fähig zu machen. Das sind die Organe unseres bewußten Willens. Der quergestreifte Muskel ist der Träger unseres Bewegungswillens, der Vermittler unseres Balancierens in besonderen Rhythmen gegen den Bewegungsrhtyhmus des Alls, z. B. unserer rollenden Erde, was ja eigentlich für den frei in der brausenden Luft schwebenden Vogel kein größeres Kunststück der Mechanik ist, als wenn wir uns gegen den Kurs der rollenden Erde ebenso ungehindert davontrollen, immer in der Gleichrichtung mit unserer um sich selbst und um die Sonne rasenden Allmutter. Es gibt nun aber noch in uns eine andere Muskulatur, eben jenen Abkömmling von der Spindelform der aufgefaserten Urzellen, die sog. glatte Muskulatur, die nur ausnahmsweise, wie im Gehirn, dem Willen gehorcht, sonst aber die Trägerin vom Wollen unabhängiger Funktionen, wie Verdauung, Gefäßverengerung und Erweiterung (Erröten und Erblassen), Ausstoßung des Kindes, der Drüsensäfte usw. usw. darstellt. Alle diese sog. unterbewußten Muskeltätigkeiten werden geleitet von dem Nervenganglion des Sympathikus, einem sinnenden, spinnenden Gehirn für sich, das durchaus nicht alle seine der Welt abgelauschten Geheimnisse und Mitteilungen unserem Gehirn zukommen läßt, sondern viel, viele Rätsel still für sich behält und unmerklich einspinnt in das schillernde Netz der bewußten Selbstbeobachtung, auf welche die Nichtkenner dieser staunenswerten Gaben des Unterbewußten ohne Not so stolz und eingebildet sind. Denn das Bewußte ist nur ein ganz kleiner Ausschnitt aus dem Sprühkreise seelischen Geschehens in uns. Der Verstand ist gewissermaßen das Ärmste, das Unterwürfigste, Lakaienhafteste in uns, denn er muß doch schließlich tun, was das viel weitsichtigere Unterbewußtsein im Rate der unsichtbaren, vielleicht kosmischen Motive beschließt. Genug, der Sympathikus beherrscht die sog. glatte Muskulatur mit einer Ausnahme: er beherrscht auch das Herz, diese muskuläre, zukkende Blutschleuder der Lebenssäfte. Die Querstreifung dieses Herzmuskels erklärt sich wohl am einfachsten durch die enorme Leistung, welche dieses Tag und Nacht arbeitende Pumpwerk unserer Lebensbedingungen zu vollbringen hat, eine Arbeitsintensität, an der der Begriff der Ermüdung einfach zerschellt. Denn im allgemeinen arbeitet die glatte Muskulatur stiller, gleitender, kräuselnder, während der Stoß, der Ruck, Hieb und rhythmische Preßdruck der quergestreiften Faserbildung zugedacht ist. Das Herz wird übrigens von zwei Nervenelementen wechselnd getrieben, dem Herzpeitschenträger (eben dem Sympathikus) und dem Kandarenhalter und Zügelspanner seiner Bewegungen (dem Herzhemmungsnerv), die sich beide in der Übermittlung von Hebung und Senkung des Hammerschlages, von Druck und Ansammlung des Blutes brüderlich teilen. Das ist der Grund, warum alle Hirndruckangelegenheiten (vom Nervus vagus, dem Hemmungsnerven) vom Großhirn her den Puls verlangsamen und warum alle unterbewußten Reize (vom Sympathikus her) wie Fiebergifte nicht nur, sondern auch wie der Schwung der Rede, der Begeisterung, der Liebe, der Affekte überhaupt, den Puls beschleunigen und nebenher die Pupillen erweitern. Ein gutes Zeichen übrigens, die Echtheit der Gefühle zu erprüfen. Ein Mensch, der mit engen Pupillen eine Liebeserklärung macht, heuchelt. Wie nun aber kann das Wunder geschehen, daß eine nervöse Reizung, sei es, daß Gehirn oder Rückenmarksmuskulatur oder der Sympathikus, diese Gleitbahnen bewußten oder unbewußten Wollens, die Federn der zuckenden Muskeln aufzieht und seine Energien innerhalb der Fasern und

Spindeln bis zum plötzlichen Rückprall konzentriert?

Das geschieht, wie kein Geringerer als Ottomar Rosenbach konstatiert hat, durch eine Art Ladung und Explosion innerhalb aller der kleinen Muskelkästchen, die die Muskellager und -bündel zusammensetzen. Durch den Muskel, der stets mit Explosivstoffen geladen ist, zuckt eine sich fortwälzende Zündungswelle und so steigert sich die addierte Arbeitsauslösung bis ins Athletische oder verfeinert sich bis in das Spiel des virtuosen Gemmenschneiders. Hier werfen wir die bescheidene Frage nach dem Stoffwechsel der nervösen Organe auf. Was wäre das für ein Stoffaustausch, der Muskelblitze aufzucken läßt und Zentner in die Höhe hebt? Wieviel deutlicher und einfacher ist der nervöse Vorgang unter dem Bilde des Spiels mit elektroiden Funken und dem Vorhandensein einer schwebenden Wolke, geladen mit fast unbegrenzten Spannkräften der Welt und ihrer Anstöße? Wie nun kommt eine solche Ladung eines Organes des Willens, z. B. der Armhebermuskeln, zustande? Die Physiologie sagt bisher einfach, der betreffende Nerv wird „erregt". Ja! Wodurch? Mit welchen Mitteln, auf welchen Bahnen? Wie kommt es, daß diese Erregungszündung gerade auf den gewollten Bahnen verläuft? Für diese bisher völlig unerklärlichen Vorgänge wollen wir jetzt versuchen, ein Verständnis zu übermitteln und damit zum ersten

Male eine Art von Physiologie des Willens begründen. Wir haben ja ein ganzes Register der Tatbestrebungen im Gehirn konstatieren können mit Hilfe der in der Neuroglia gewiß zu Millionen, wie bewegliche Mosaikstreifchen, eingelegten Muskelfasern und hiermit haben wir die Möglichkeit einer Erklärung der Richtung des gewollten Stromes. Es ist nämlich durchaus nicht so, wie die Physiologie sagt, daß ein Strom auf einen bestimmten Nerv und damit auf die zugehörigen Muskeln eingeschaltet wird, sondern es werden eben durch den Hemmungsmechanismus der Neuroglia, wenn eine Nervenzündschnur geladen werden soll, alle übrigen Muskelkabel des Gehirns ausgeschlossen. Die innenwirkende Kraft ist einer schwebenden Gewitterwolke gleich in mir vorhanden. Es wird die eine Gruppe passiv „erregt“, weil alle anderen aktiv gesperrt werden und nun stürzt der gesammelte Reservestrom der aufgespeicherten Hirnenergie in das einzig freigelassene Bett. Das ist genau so wie bei der sog. Konzentrierung der Aufmerksamkeit auf einen Gegenstand, bei welchem gleichfalls alle Gebiete der Sinneswahrnehmungen gesperrt sind bis auf eine Gruppe, die eben von dem Gesperrten in uns affiziert ist. Wir merken nicht auf, wir werden eingestellt, während alle Bahnen ringsum abgestellt werden. Dann tastet nur die Phantasie mit ihren Fingern um die Körperlichkeit des beobachteten Dinges herum wie mit Polypenfühlern, die bei Gelehrten leicht zu richtigen Tintenfischarmen sich umbilden, um die erfaßte Einheit in die Kette der Qualitäten einzureihen. Das gibt natürlich bei der Muskeleinstellung im schnell wechselnden Tausch von Öffnung und Spannung der Neuroglia, ein unendlich kombinationsreiches Spiel der Muskelzuckungen, denn ihrer sind Tausende, wie der ein- und auslassenden Fasern, die zu den „Kernen" der Muskeln im Gehirn, zu den Sprudelquellen und Geiserherden ihrer auslösbaren Ströme führen. Was aber löst die Aktionen der Neurogliamuskeln aus? Wer dirigiert dieses Spiel von bewußter Stromzuleitung zu bestimmten Beherrschern der Muskelsysteme? Da scheint nur folgendes möglich. Entweder es ist die völlig metaphysische Seele, deren Herrschaft den freien Willen bedeuten würde, oder es ist dieses Muskelspiel die enorme Tastatur, über welche die ganze Welt, das Milieu, die Gesamtheit der äußeren und inneren Motive ihre unheimlichen Schattenfinger gleiten läßt. Im letzten Fall ist der Mensch determiniert, eine gefesselte Boje im Meer, die in Wind und Wellen hin und her pendelt, zu einem Zwecke, der gewiß gänzlich außerhalb des Erkennens dieser Wahrzeichen im Ozean des Lebens liegen müßte.

Aber es gibt noch eine dritte Möglichkeit, und das ist jene, die wir zur Grundlage nicht nur der Physiologie des Willens, sondern auch seiner psychologischen Bedeutung machen möchten, das ist jene, den Willen aufzufassen eben als ein Kombinationsspiel zwischen bewußter und unbewußter Aktion. In folgendem Sinne. Wir wissen, daß der Sympathikus, dieser Einsauger aller inneren und äußeren Wirkungen, seine tausendfältigen Buddhahände fest über alles, was im Gehirn muskelartig, auch über den evtl. Bendaschen Muskeln, gebreitet hält. Alles, was von ihm aus an die Stromwächter der Hirnmuskulatur als auszuführende Meldung gelangt ist, muß unerkennbar ausgeführt, erledigt werden im Sinne eines ununterdrückbaren Affektes. Soweit ist der Wille des Menschen determiniert, eingespannt in den Gesamtwillen der Welt. Vom Sympathikus her ist der Mensch unfrei, sein Handeln geschieht ohne seine eigene, sondern unter der Verantwortung der Mächte des Himmels und der Erde. Diesem Unterbewußten steht aber die Vernunft gegenüber, die aus Erkenntnis und Phantasie geborene Fähigkeit, Motive abzuschätzen, an die Zukunft, an unser Ich, unsere Würde, an unsere Verantwortung vor Gott und Menschen zu denken. Sie, diese schwebende Reservekraft, die, wie wir gesehen haben, mit Hilfe der Phantasie auch die inneren Ströme der sonst schrankenlosen Affekte einer Kritik unterziehen kann, kann sich auch in einen direkten Kampf mit den Meldungen des sympathischen Zwanges einlassen und ihre Spannkräfte an die Neurogliamuskulatur des Willensregisters gleich Hebeln ansetzen. „Wer wird siegen? Wer wird fallen?“ Es ist also der

Wille, die Diagonale von unterbewußten und bewußten Spannkräften, die beide am Gitter der Neurogliamuskeln rütteln. Und das Resultat kann nur entschieden werden durch die resultierende Nachgiebigkeit der Registeröffner. So erklärt sich physiologisch zwingend, warum der alte Streit vom freien Willen oder von der Determination entbrannte und worum er sich dreht. Der Mensch hat eine relative Freiheit des Willens, ein psychologisches Freiheitsgefühl, wenn man will, die Einbildung einer absoluten Freiheit, zu tun und zu lassen, was er will, von seiten seines Selbstbewußtseins, seines Ichs, seiner inneren Existenz her. Er ist aber absolut determiniert von seiten des Unterbewußtseins. Die Natur des freien Willens ist nur die Spielbreite, die uns durch den Konflikt der Bewußtseinsmotive, der Denknormen, gegen den Zwang des Unterbewußtseins gegeben ist. Da das Resultat auf die Fügsamkeit, Lenkbarkeit, Übbarkeit und Stärkung eines Muskels (im Gehirn) ankommt, so ist eine Erziehung, eine Kräftigung der Vernunftmotive gegen eine pendelnde Herrschaft der Affekte gegeben, und es bedarf erst der tiefsten Demütigung des sich besinnenden Intellekts, um die Gefahr abzuschätzen, in welche der Strudel der Begierden zeitweise den Besten unter uns reißen kann, um die Vernunft zum Aufraffen, zum Phönixflug aus Schlamm und Sumpf zu befeuern. Hier liegen ja auch die Wurzeln zum Verständnis dessen, was wir Charakter nennen, weil eine gewisse Harmonie und stille Eintracht zwischen bewußtem und unbewußtem Wollen zum Glück seines Inhabers besteht, die diese Orkane zwischen Gut und Böse erst gar nicht aufkommen läßt[1]). Auch der menschliche Wille muß ein Teil des Gesamtwillens sein. Denn alles ist im Allrhythmus eingestellt und das Ziel

[1]) Das Gute und Böse bedarf dringend der Definition über die moralischen Sperrgitter hinweg. Das Böse entsteht im Menschen überall da, wo irgendein System der Körperorganisation eine Herrschaft über den Gesamtorganismus anstrebt. Das mag manchmal durch die Reizsäfte einzelner Organe zu erzwingen versucht werden. Wenn die Geschlechtsdrüsen ihren Saftüberfluß ins Blut abgeben, so reizt diese Beimengung die Ganglien des sinnlichen Begehrens oder ihrer Ablenkung auf die Gebiete der Tat. Man denke an die Beziehungen zwischen Sinnlichkeit und Kunst, die oft den Charakter eines erotischen Behelfes annimmt. Ebenso können auch andere Überschüsse der inneren Sekretionen bestimmte Bezirke des Gehirns reizen, wenn auch die Wege dunkel sind, auf denen die Funktionäre des Eigennutzes, der Ehrsucht, der Bosheit, der Schädigungslust zu den auslösenden Zentren des Gehirns emporsteigen. Das alles bezieht sich natürlich nur auf die Fälle, bei welchen eben eine Wahlbreite steht, beim Gewohnheitsverbrecher wird das früh asoziale Unterbewußtsein wegen Verharrens in einem der Vergangenheit angehörenden Urzustande triebhaft antisozial. Der Verbrecher empfindet den dunklen Protest des Urmenschen, des latenten Tiers im Menschen gegen die Kultur. Wenn Magen- und Pankreassäfte überschüssig werden, kann Freß- und Saufgier triebhafte, vernichtende Formen annehmen. Wenn also Hunger und Liebe nach Schiller, der einen fast psychiatrischen Sinn für Verbrechernaturen hatte (Räuber, Fiesko, Wallenstein, Buttler, Tell, Kabale und Liebe), die Hauptmotive des Handelns sind, so haben wir „innensekretorisch" das Spiel des Bösen aufgedeckt mit diesen paar Grundfunktionen. Natürlich gibt es unendlich viel Nuancen und Variationen. Das Gute wäre demnach das Gleichgewicht aller Motive mit dem Resultat des guten Gewissens (Harmoniegefühl von Welt und Ich).

Schillers psychiatrische Neigungen finde ich treffend entwickelt in einem ausgezeichneten Aufsatz von Willy Schlüter und Toerries: „Schiller und das Verbrecherproblem".

des Gesamtwillens muß auch das Ziel der am höchsten organisierten Materie sein. Der Zweck, das Ziel, ist aber nichts als die Richtung der allgemeinen Ätherbewegung, mag nun das Geformte immer gefügiger gestaltet werden sollen, um die göttliche Idee immer reiner zum Ausdruck zu bringen, mag der schweifende Äther die individualisierten Abtrünnigen in seine chaotische Ruhe zurückfordern, um Gott von Angesicht zu Angesicht zu schauen — wir können es mystisch ahnen, doch nicht wissen. Jedenfalls ist das Ziel der Welt auch das tiefste Ziel der Menschensehnsucht. Aber die Natur gab uns, wenn der allgemeine Rhythmus des Werdens den Takt gibt, eine gewisse Bewegungsfreiheit, eine Spielbreite, gleichsam eine Synkope gegen diesen Takt, die aber letzten Endes immer wieder in die Richtung des die Symphonie tragenden Haupttaktes einzumünden hat, wie in der Musik. Wir können ein Stückchen gegen den Rhythmus der Welt, um ihn herum, arabeskenhaft, koloraturartig daherpendeln, aber wir gehen im Grunde doch seinen geraden Weg. Anderenfalls, sollte uns unser ja doch nur vorgetäuschtes Sonder-Ich verleiten bis zur Empörung gegen den Rhythmus des Ganzen, so müßten wir diese gewollte Arhythmie mit Leidensschmerzen, Krankheit und Tod bezahlen. Denn auch der Selbstmord, die höchste Form des prometheischen Aufbäumens des Lebendigen gegen den Rhythmus der Welt, ist ja eine Form der arythmischen Abstoßung, Herausschleuderung aus dem Kreis des Lebens, eine Art Vertreibung aus dem Paradies, indem der Selbstmörder eigenhändig das Schwert des Erzengels in seine Brust senkt.

Der Einzelne kann sein Glück nur finden im völligen Einschwung aller seiner eigenen Rhythmen zur Harmonie des Gesamtwillens der Natur resp. der Kultur. Hier nun liegt ein Dilemma vor. Der Rhythmus des Ganzen ist auf das Höchste, das Beste, das Einzige gerichtet. Folglich müßte der Mensch absolut gut sein, der ganz mit dem Naturwillen in eins verschmölze. Da prallt er aber gegen eine Art menschlichen Kollektivwillens an, den der Gesellschaft, des Staates, der Kultur. Sonderbar! Auch diese Gemeinschaften haben eine Art Spielbreite in Masse. Die Natur hat der Menschheit gestattet, sich eine Kultur, d. h. eine Ausnutzung resp. Benutzung der Natur in einem Sinne zu gestatten, als wäre der Mensch der alleinige Maßstab aller Dinge. Auch dieser Massenrhythmus, getragen durch die Infektiosität und die Gleichrichtung der Ideen, kann arhythmisch, exzentrisch werden. Die natürlichen Bedingungen des Unterbewußten, des Herzens, der Seele können im Besitz von Geld, Internationalem, durch eine Art Hypertrophie des intelligiblen Vorderhirns verkümmern, dann greift der Allrhythmus ein und die Kultur verschwindet im Rachen der zermalmenden Natur. Wie stellt sich nun der einzelne zu dieser Doppelforderung von

Natur- und Kulturwillen? Der absolut schlechte Mensch wird von beiden Rhythmen zermalmt. Der Mensch der alleinigen bösen Triebe ist zu arhythmischer Ausschleuderung von vornherein bestimmt (angeborener Verbrecher) sowohl im Namen der Kultur wie in dem der Natur. Aber wie steht es um den absolut Guten, den alleinigen Sohn der Mutter Natur, dessen Herzensreich nicht von dieser Welt ist? Was tat diese Welt mit ihm? Sie kreuzigt Christus, sie verbrennt und richtet Giordano Bruno, während sie Barnabas und Machiavelli freiläßt. Und noch heute sind gerade die Besten in Gefahr, wie die Schlechtesten vom Schwungrad der Kultur zermalmt zu werden. Aber jeder Märtyrer für seine Welt der Schönheit und der Güte ist ein Bote zum Thron der Allmacht. Wehe der Kultur, die ihre besten Söhne nicht ertragen kann, die Heere werden kommen, sie in Trümmer zu legen. Wehe der Kultur, die nicht in ihrem Gesamtwillen stets einmündet in den Kampf um Wahrheit und Schönheit, Größe und Gottnatur, einen Kampf, in dem wir durch die Geburt berufen sind, Gott beizustehen. Wehe der Kultur, welche die Werte der Welt, Gold und Besitz, nicht nützt, um im Sinne des allgemeinen Glückes weise den Vorsprung einzelner vor den Massen auszugleichen. Wehe der Kultur, die nicht dem Herzen ihrer Bürger gibt, was ihres Herzens ist!

Dem Menschen ward aber neben seiner Empfänglichkeit für alle Weltallhymnen und für alle Verlockungen der Ichsucht die Wahl, auf welche Seite er sich stellen will.

Die Meisten stehen zeit ihres Lebens ein bißchen auf beiden Seiten!

So ist auch der Gesamtwille der Natur, die Summe der Strebungen eine Eigenschaft des ewig kreisenden Äthers. Was Ziel, Zweck, Sinn dieser Bewegung ist, wohin sie führt, können wir ebensowenig wissen wie die unendliche Reise aller Sonnen begreifen, die sich ja auch spiralig in die Höhe schrauben, trotzdem sie uns seit Kopernikus so fest erschienen. Wohin mag diese Ewigkeitsreise gehen? Wir können es kaum andeuten. Aus seinem Weltbilde, als Produkt des Willens und Vorstellung, hat Schopenhauer unser drittes Register wenigstens im Titel seines Hauptwerkes fortgelassen, nämlich den unserer Verpflichtung zum Handeln im Sinne des Ganzen. Nach ihm soll diese denkbar schlechteste aller Welten wert sein, daß sie zugrunde gehe und wir sollten jede Gelegenheit benutzen, zu ihrem Stillstand beizutragen, so daß man auf den Gedanken kommen könnte, wir, die Kinder der Erde, sollten eigentlich soviel Dynamit tief in unendliche Schächte schütten, daß wir den Selbstmord der Erde vorbereiteten. Aber ist nicht bei allem Pessimismus ein bißchen Koketterie des Geistes, eine Art Snobismus der Intelligenz, die eigentlich nur bei eitlen Naturen vorkommen kann, weil es leicht ist, durch Verneinung geistreich zu scheinen und weil die Umkehrung eines positiv geistreichen Aperçus, oft blitzartig vollzogen, wie Überlegenheit aussieht? Wo ist die eigentliche Berechtigung zum Pessimismus vor den Wundern der Welt? Gewiß ist sie unvollkommen, und für uns Menschen schleppt jedes Ding ein kleines oder großes „Beinahe“, das berühmte „Als ob“ Vaihingers mit sich herum, ist darum Grund zum Verzicht? Die Welt ist niemals fertig, es ist alles auf dem Wege zum Aufstieg, jeder Tag ist ein Schöpfertag, und jede Stunde springen neue Möglichkeiten auf. Sie ist erst auf dem Marsche, in Entwicklung[1]). Dazu ward uns eben dieser innere Auftrag, uns zu beteiligen auch an der Schöpferarbeit der Idee, die wir Gewissen nennen.

Unser ethisches Sollen liegt zwischen Wollen und Müssen. Der Wille im rhythmischen Einklang zum vorgestellten Gesamtwillen ist ein Produkt des Auftrags, eines Mandates der Höhe, das uns mit den Lettern des Sternhimmels und der Unendlichkeit, die eine Ewigkeit der Sehnsuchten garantieren, als kategorischer Imperativ in die Seele gesetzt ist. Nur dadurch können wir im Kantischen Sinne, der übrigens eigentlich den ethischen Kern des Darwinismus stillschweigend antizipiert, vorbildlich werden für andere und

[1]) Sehr schön sagt einmal Rudolf Steiner: „Der Weg in höhere Welten: Nie fände ihn der Mensch, wäre nicht sein ganzes Wesen dieser Weg.“

nach uns Kommende. Daß aber ein wahrhaft Gutes und kein Böses die Ethik reguliert, das scheint mir daraus hervorzugehen, daß es im letzten Sinne die Liebe und die Ehrfurcht sind, welche die richtunggebenden Motive eines sittlichen Handelns liefern. Es ist nämlich, was bisher kaum bemerkt wurde, ein gewisses Aufblicken, ein Vorstellen, ein Erinnern an etwas Autoritatives, ehrfürchtig Geliebtes in unserem ethischen Gefühl. Es ist, als handelten wir dann mit Überzeugung „gut“, wenn wir uns still innerlichst fragen, was würde in diesem Fall dein Ideal in Menschengestalt, dein Vater, deine Mutter, deine Geliebte, dein geistiger Führer, dein Freund usw. tun? Und nun handeln wir im Einklang mit dem Besten, den wir uns denken können, und glauben, recht zu tun. Denn wer kennt das absolut Gute? Auch ein Räuber glaubt gut zu tun, ethisch zu handeln, wenn er seinen Hauptmann nicht verrät oder wenn er mordet in seinem Auftrag, er handelt im Scheinwerferlicht der Idee, der er sich hingegeben hat, also seiner Meinung nach frei und ethisch. In einem anderen Milieu erzogen, würde er vielleicht ein Heros geworden sein. Das beweist, daß es die Treue ist, die Liebe, der Respekt, die Opferfähigkeit für eine Idee, die an Wert höher steht als die Tat, als die „absolute“ Moral. Die Natur und vielleicht auch ein Gott denkt hier gewiß milder, als es die Gemeinschaft der Menschen aus Selbstschutz tun muß. Der des vorgestellten Opfers fähige Verbrecher steht über dem kalten Egoisten, der nur aus Sicherung des eigenen Lebens sich gar nicht in Gefahr begibt; aus Unfähigkeit zum Opfer, aus Feigheit bleibt mancher Heuchler tugendhaft. Natürlich handelt es sich hier nicht um egoistische Verbrechen von Raub und Mord, Diebstahl und Rache, sondern um die Gott sei Dank! seltenen Fälle, wo an sich schlimme Taten aus Ehrfurcht und Liebe als Opfer dargebracht werden. Die Gesellschaft hat natürlich das Recht, diese Verirrten zu richten, wie die egoistischen Verbrecher, aber ich wollte dies Beispiel nur anführen, um zu beweisen, daß ethische Handlungen aus Spiegelungen einer autoritativen Verehrung entstehen und daß der Begriff des bewunderten Vorbildes aus der Ethik nicht zu streichen ist. Denn doch auch der Krieger in der Schlacht hat mit Recht ein gutes Gewissen kraft seiner Liebe zu Gott, König und Vaterland, wenn er sein Maschinengewehr gegen eine stürmende Feindeskolonne richtet.

Wir sollen also handeln und wollen nicht nur, um Vorbilder zu werden für die Kommenden und Mitlebenden, sondern wir handeln auch de facto ethisch, indem wir uns Vorbilder zu Hilfe nehmen. Das ist ja das Gute aller Ideen, daß sie ansteckend sind wie Brand und Feuer. Ohne diese Infektiosität der Ideen könnten unsere Handlungen sich ja nicht übertragen; gäbe es keine Begeisterung, kein Pathos, keinen Patriotismus.

Nur kurz will ich noch die Willensaktionen berühren, die im Gebiet der Phantasie, des substantivischen Registers, den Prozeß des gewollten Denkens, z. B. des Philosophierens, entfalten. Auch hier ist Doppelspiel der automatischen Regulation durch den Sympathikus mit dem der bewußten motivischen Neurogliamuskelschaltung völlig zureichend. Denn während der schwebende Strom der Erinnerungen kaum bewußter Halbträume die Küste der Möglichkeiten umspült, baut ihm der Wille und die Erfahrung durch aktive Muskelarbeit oft mit vieler Denkermühe durch Granit und Stein der Probleme Kanäle, die in den Hafen des logischen, widerspruchslosen Schlusses einmünden. Logisch ist aber eine Gedankenverkettung ohne Lücke in der Erfahrung und ohne Möglichkeit eines Widerspruchs durch gleiche Gültigkeit des Gegenteils. Mit anderem Wort: die Logik sagt etwas aus, was Allgemeingültigkeit hat und der Notwendigkeit unterworfen ist.

Das Sollen
Und Wollen,
Die Formen,
Die Normen,
Die Rundung, das Eck,
Der Anfang, der Zweck,
Gesund oder Krank –
Alles ist rhythmischer Zwang.
Aus Idee und Widerstreben
Gebar sich das Leben.

IGNATIUS VON LOYOLA UND DER PREUSSISCHE DRILL

Als der bildschöne und elegante Page und Leutnant Ignaz von Loyola, der Liebling der Damen vom Königshofe Ferdinands des Katholischen (man raunte sogar von einer Herzensgunst der Königin) beim Pamplona durch eine Kanonenkugel, welche das Bein traf, sich zum Krüppel geschossen sah, hatte er während eines vielmonatigen Krankenlagers genügend Muße, über Welt und Leben nachzudenken. Mannhaft, schrei- und tränenlos ertrug er ein dreimalig wiederholtes Brechen der Knochen — nutzlose Korrekturversuche des schief verheilten Gliedes. Sein Gang blieb bis ans Ende seiner Tage (er war 65 Jahre alt, als er im Jahre 1556 starb) hinkend. Während seiner Fiebernächte nun soll er eine Vision gehabt haben: die Himmelskönigin habe seinem Bett zur Rechten gestanden und zur Linken die Königin seines Herzens, und Welt und Himmel seien eine Zeitlang im Kampf verharrt um seine Seele. Als er erwachte, sei er entschlossen gewesen, der Welt zu entsagen und den Versuch zu machen, ob es nicht möglich sei, sein Inneres so schön und harmonisch zu gestalten, wie es einst sein Äußeres war, gewissermaßen zur Ehre der Mutter Gottes sich so von Welt und Sünde zu reinigen, daß er als ein würdiger Diener der Himmlischen auf Erden wandeln und Gutes tun könne. Es ist absolut sicher verbürgt, daß er darauf für sieben volle Jahre in eine Felsenwüste bei Montserrat zog und unter schwersten Kasteiungen und kümmerlichsten Lebensbedingungen sein inneres Ich zu ergründen suchte und unter dauernden Übungen des Geistes sich dem hohen Ziele einer Pilgerschaft zum heiligen Grabe und eines ausschließlichen asketischen Wandels anzupassen. Was er hier an inneren Vorgängen geschaut und abgelesen hat, erinnert in manchen Punkten an die freilich weit umfassendere Erkenntnis-Wühlarbeit Kants, überragt aber, was die praktische Seite der Stellung und Handlung des Menschen in der Welt betrifft, die Kantschen ethischen Allgemeinforderungen um ein erhebliches, einfach, weil Ignatius von Loyola durch Innenschau den wesentlichen Punkt erfaßt hat, auf den es bei jeder Erziehung allein ankommt: die Überwindbarkeit der Affekte durch Übung, und zwar „militärische Übungen des Geistes“.

Ja, so nannte der einstige Offizier der spanischen Armee sein fertig aus den Bergen zu Tal getragenes Werk: Exercitia spiritualia militaria, geistige, militärische Übungen. Und ich spreche es ruhig aus, weil es meine tiefste Überzeugung ist, mit diesen Rezepten und Exerzitien in der Hand könnte man noch heute unsere gesamten Irrenhäuser reformieren und zum mindesten bei zwei Dritteln verhüten, daß die dort Verurteilten je die Schwelle der vergitterten Häuser, die zwar keine Gefängnisse, aber Käfige der Seelen sind, zu überschreiten brauchten. Auf unseren protestantischen Gymnasien und Universitäten wird uns dieser Mann nicht richtig geschildert, und man macht ihn für die Fehler derer verantwortlich, welche den Verfall seiner Lehren eingeleitet haben, was für die Gewaltigsten nicht angängig ist, andernfalls müßte auch ein Christus für die Sünden, die in seinem Namen die Welt schaudernd erblickt hat, verantwortlich gemacht werden. Nach eingehenden Studien habe ich mich überzeugt: der Mann hat sein Ziel, sich von allem irdischen Tand zu befreien, erreicht; er war rein, wenn auch fanatisch, aber ganz gewiß kein Bösewicht, sondern ein gewaltiger Geist, der seinem Ideal, der Verherrlichung der Kirche Petri und der Jungfrau Maria, mit völlig unbefleckten Händen treu geblieben ist und einen geistigen Willen in sich konzentrierte, der nach Auffindung seiner Exercitia spiritualia ihn zu der Überzeugung geführt hat, dereinst das ganze Erdenrund beherrschen zu können, wie ein Geisteskönig. Er hat das vollbracht mit fünf Jüngern, die er aus einer großen Schar von Zöglingen nach seinem Rezept zu Vollendern großer Pläne erzogen hatte. Er suchte sie in Spanien, in Paris, in Rom, oft verfolgt und vertrieben und war von einer solch gewaltigen Kraft der Persönlichkeit, daß er, dreimal vor ein Ketzergericht gestellt, es dreimal erreichte, daß der jedesmal präsidierende Papst sich unmittelbar nach seiner Verteidigungsrede in den heiligen Orden der Brüder Jesu aufnehmen ließ. Wenn man ferner erwägt, daß seine Schüler einst den ganzen Erdkreis geistig und materiell in ihren Bann schlugen, so darf man wohl die Frage aufwerfen, ganz abgesehen von jedem Werturteil über die Jesuiten, was gab diesem Mann und der größeren Schar seiner Jünger die enorme Kraft zu solchen Leistungen? Denn wenn wir ihm, dem Stifter des Ordens und seinen fünf Auserlesenen, auch alle Fähigkeiten des stark suggestiven Geniemenschen zusprechen wollten, so ist es doch wohl ausgeschlossen, daß auch die größere Schar seiner Schüler, welche die eigentliche Kleinarbeit der geistigen Unterwerfung des Erdballes vollbrachten, einer um den anderen urgeniale Leute gewesen seien, sondern es muß objektiv in seiner Lehre, in seiner Methode etwas stecken, was von enormer Bedeutung ist und vielleicht niemals ernstlich von Nichtjesuiten nachgeprüft ist. Ich will hier nicht näher eingehen auf seine ihm zugeschriebene Moral mit dem doppelten Boden und der berüchtigten Lehre von der Heiligung der Mittel durch den Zweck, obschon ich glaube, daß dies nur eine gefährliche Nebenrichtung seiner Grundidee war und gerne zugebe, daß etwas von dem Herrscherstolz in ihm gesteckt haben mag, der eine Wahrheit für sich und eine für die anderen hatte, worauf folgende Anekdote, die, selbst wenn sie nicht wahr sein sollte, doch ihm gut auf den Leib geschneidert ist. Ignatius sitzt im Kreise seiner Schüler und fragt sie, ob sie ihm sagen könnten, was auf den ersten Tafeln des Gesetzes, die Moses vom Sinai herunterbrachte, gestanden haben möge, die er zerbrach, als er den Cancan derer um das goldene Kalb mit ansehen mußte. Niemand konnte Kunde geben. Da sprach er selbst: „Jetzt leset ihr: Du sollst keinen Gott neben mir haben, du sollst nicht stehlen, du sollst Vater und Mutter ehren und so fort mit zehnfachem Befehl für dich. Ich aber sage euch: auf der ersten Tafel schloß Moses sich selbst mit ein in den Befehl, da stand geschrieben: Ich soll nicht; ich, ich soll! Auch — ich — soll nicht! Da sah Moses die Distantia zwischen sich und jener Plebs, ging hin und änderte jedes Ich in Du. Denn es ist ein anderes, was ein Herrscher zu tun hat, ein anderes, was das Volk." Aus dieser Erzählung spricht gut und deutlich die Lehre der zwei Geleise, die, wenn wir ganz ehrlich sein wollen, noch heute jedermann folgt, wenn nicht aus starrem Prinzip, so doch aus Bequemlichkeit, Lässigkeit und Gutmütigkeit. Wer kann wohl seine letzten Gedanken, seine Geheimnisse, seine Ideale den anderen, der Menge preisgeben, ohne dafür gesteinigt zu werden? Was wurde aus den Heiligen, die mit einer eingeleisigen Idee durch die Welt kommen wollten? — Sie wurden verbrannt, verketzert. Wie ist der Ausgleich zwischen den Forderungen der Natur und denen des Staates anders möglich, als durch ein wenig

Versteckenspiel mit der eigenen Meinung resp. ein bißchen Augenzudrücken hier oder dort. Nur die eigene Meinung bescheiden zurückzuhalten ist schon ein wenig Zweiseelentum! Wir sind alle ein bißchen Jesuiten in diesem Sinne, uns mangelt nur die prinzipielle Schulung. Wenn wir die Rolle, welche im Staate die Konvention, der gesellschaftliche Zwang, das Buhlen um die Gunst der Großen, Reichen oder der Vielen dieser Erde spielen, recht ehrlich betrachten, so gehen wir fast alle auf zwei Geleisen. Ja, die sog. goldene Mittelstraße ist auch nur ein Weg, auf dem man eigentlich aus Jesuitismus weder rechts noch links zu gehen wagt. Und was den berühmten Satz: „Der Zweck heiligt die Mittel“ anbelangt, so mag man mir als Chirurgen es nicht verargen, wenn ich ihn voll und ganz täglich, stündlich anerkenne, denn das zwangsweise Narkotisieren trotz allen Aufbäumens der Patienten, das Hineinschneiden in Fleisch und Sägen am lebenden Gebein ist ein scheußliches Mittel und wäre entsetzlich, wenn nicht ein so heiliger Zweck, wie die Gesundung, es annehmbar machte. Ja, und die fromme Lüge in der Medizin, die überall üblich ist, die Rezepte verschreibt (ut aliquid fieri videatur), zum Trost, als eine Art Ablaßzettel, und welche die Wahrheit verheimlicht, weil ihre Verkündung eine Brutalität wäre? Ein Dilemma, aus dem nur der Seufzer des Pilatus: „Was ist Wahrheit?“ retten kann — sind das nicht zwei Geleise?

Aber mir kommt es hier nicht auf eine Apologie des Jesuitismus an, obwohl ich finde, daß seinen Jüngern manchmal Sünden hart vorgehalten werden, die auch andere begehen, sondern ich möchte nur den Kern herausschälen aus den psychologischen Erkenntnissen des Ignatius von Loyola, weil hier für mich eine Quelle segensreichster Handhaben zu stecken scheint und ein tiefer Einblick in den Mechanismus des menschlichen Geistes. Es sind die Exercitia spiritualia militaria nämlich eine Art sicherer Unterweisung in der Kunst, seiner Affekte schrankenlos Herr zu werden, eine Schulung zum Dichterwort: „Sei stets dein Herr und nie dein Knecht", eine kaum versagende Anleitung zum Siege der Vernunft über die Triebe. Was tat Loyola, wenn er Schüler suchte? In einem dunklen Zimmer ließ er in unverdrossenem, schweren Geistesringen den Zögling irgendein besonders ergreifendes Bild, z. B. Christus am Kreuze, die Jungfrau Maria, auch wohl einmal Profanes, irgendein nacktes Weib, mit bewußtem Einschluß sexueller Dinge bis auf das Titelchen beschreiben und half ihm die feinsten Details durch Fragen, z. B. nach dem Aussehen der Schnittwunde Christi in der linken Brustseite, des sickernden Blutes usw. herausfinden und sich so fest einprägen, daß das Bild, ein Kelch, ein Blumenstrauß, ein Weib leibhaftig vor dem inneren Blick haften und reproduzierbar blieb. Wer jemals, wie ich, aus noch zu erörternden Gründen solche Übungen mit anderen und mit sich selbst angestellt hat, der weiß, welch eine enorme geistige Konzentration dazu gehört, vom Einfachsten zu dem Kompliziertesten fortschreitend zwingende Innenbilder in sich oder anderen zu erzeugen. Manchem gelingt es nur mit unendlicher Mühe, selbst die einfachsten Bilder, wie einen Fetzen Papier, visionenhaft[1]) deutlich vor die Seele treten zu lassen, anderen leichter. Die ersteren wurden von Loyola als ungeeignet nach vielen vergeblichen Versuchen abgelehnt. Doch das ist nicht die Hauptsache. Ist solch eine Übung von Vorstellungsbildern beendet, sie dauerte gewiß stundenlang, so kam der unerbittliche Befehl, in aller Strenge dem Schüler ins Ohr gedonnert: „Wehe! Wenn du innerhalb der nächsten 24 Stunden auch nur ein einziges Mal dies eben beschworene Bild (bei dem oft Wollust und Gier bewußt eine Rolle spielten) in den Kreis deines inneren Gesichtes treten läßt! Wehe! wenn deine sündigen Gedanken auch nur mit einem Hauch die Vision berührt, sofort, sei's Tag oder Nacht, du meldest mir, daß du ungehorsam warst im Geiste!" Kam dann ein Bekenner, so waren empfindliche Strafen, Kasteiungen, unauf-

[1]) Visionen, Halluzinationen, zweites Gesicht, Träume sind sämtlich Funktionen der Phantasie. Loyola ließ also die Stromumkehr vom Zentrum zur Peripherie, gleichsam das Klavier von den Saiten zu den Tasten bis zur Virtuosität üben, d. h. also den Neurogliamuskel der Einschaltung, um nachher die Ausschaltung der Affekte in die Hand zu bekommen.

hörliche Gebetsübungen die Folge, auch die Geißel mag geschwungen sein. Dann begannen diese Übungen von neuem. — Was bezweckten sie? Einen Menschen heranzuzüchten, der imstande war, seine Vorstellungen, seine Affekte, seine Triebe ab- und anzustellen wie mit einem Kurbelzug. Gewaltsame, grausame Tyrannei des Geistes! Doch welch ein Mensch ging dann aus solcher gelungenen Schulung hervor! Denn, und das ist das Wunderbare, Loyola wußte, wahrscheinlich aus siebenjähriger Selbstkasteiung, daß die Muskelübungen zur Abstellung der Vorstellungen indirekt die Spurmechanismen der Affekte, der unterbewußten Triebe, der schwankenden Verlokkungen der Sünde, der geheimen Aufträge, der Verschwiegenheiten, ja die des Selbsterhaltungstriebes zu stählernen Klammern einer grandiosen Willenskraft umbilden mußten.

So konnten Persönlichkeiten gezüchtet werden, die fast nur Geist und Wille waren, stets Herren ihrer selbst und von einer Energie der Selbstüberwindung, die im Dienste einer zentralen Idee unendliche Machtfülle suggestiv auszuströmen imstande waren. Man denke sich einmal diese Athleten der Hirnmuskeln mit den tiefliegenden Feueraugen, die doch so ruhig und sanft blicken konnten, mit den bleichen, von der gewaltigen Denkarbeit scharf gefurchten Zügen, den schmalen, sinnenlosen Lippen, — welch eine Wirkungsfülle mußte von ihnen ausgehen! Ein großer Ruf ging ihnen voraus. Diese ersten, reinen, unverfälschten Jesuitenpatres waren gewiß unter der Bildnerhand Loyolas zu Genies des Willens, Napoleons der Gedanken, Mirabeaus der Redegewalt geworden und das allein durch systematische, freilich grausame und unaufhörliche Schulung des Gehirns zu einer virtuosen Technik der Registrierschaltungen. Diese Angelegenheit hat aber durchaus nicht nur die Bedeutung einer psychologisch-historischen Analyse — aus diesem Grunde würde ich sie nicht so ausführlich besprochen haben —, sondern in ihr ist ein bisher ganz übersehenes praktisch enorm wichtiges Heilverfahren verborgen. Als solches habe ich es oft erprobt und will hier davon berichten. Es ist nämlich klar, daß bei jeder Form von Neurasthenie, Platzangst, Furcht- und Angstneurose, Halluzinationen im Beginn, Sexualneurosen aller Art es nur einen exakten Weg der Heilung geben kann, das ist die Erlernung der selbsttätigen, willkürlichen Abstellung alles Triebhaften, Affektgemäßen, Gedankenfluchtartigen durch die systematische Kräftigung derjenigen Neurogliamuskeln, welche die Stromabsperrungen gegen die unterbewußten Motive, Einbrüche, Überflutungen des Gehirns und namentlich des Vorstellungsregisters vollziehen. Es hilft nicht, für diese Muskeln direkt an der Stelle der defekten Hemmung, etwa durch Zuspruch, den Versuch zu machen, jeden derartigen Gespenster- und Gedankenzwang zu unterdrücken —

im Gegenteil, jeder bewußte Appell an die geschädigten Barrieren und erschlafften Isolatoren reißt ein größeres Loch im Gewebe der Vorstellungen, macht die Passage des Unterbewußten in die Bahnen der Verlusterregungen nur noch wegsamer, weil alle Arten überanstrengter Muskulatur durch neue Funktionsreife nur noch schlaffer werden. Sie bedürfen einer Zeit absoluter Ruhe, um dann von ganz anderen Zonen her des Hirnmuskelsystems sekundär zur selbsttätigen Aufnahme seiner sperrenden Funktionen anzuregen. Einem Sänger, dem seine Stimmbänder überanstrengt werden, einem Geiger, der sich überspielt hat, empfehle ich doch auch nicht, die schadhaften Organe zu üben, sondern ich suche auf die Kräftigung seiner Gesamtmuskulatur durch Sport, Turnen und hygienische Lebensweise einzuwirken unter zeitweiser völliger Außerfunktionssetzung seiner geschädigten Einzelmuskeln. Solange ich die gelähmten Bündel der Neuroglia, welche die unterbewußten Motive hindurchlassen, nicht elektrisch direkt reizen kann, bleibt nichts übrig, als das ganze Gebiet der Willensorgane zu kräftigen durch Maßnahmen, die eben dem Plane und der Methode des Ignatius auf das Haar gleichen. Es hilft auch nichts, nach Freuds Vorschlägen solche sog. eingeklemmten Motive „abzureagieren", d. h. die Seele durch Bekenntnisse und Erkenntnisse etwa „erotischer Früherlebnisse" von ihnen zu entlasten. Denn selbst wenn man sich unter diesem Einklemmungsvorgang erotischer Frühinsulte etwas denken könnte (Erinnerungen können doch nur im Phantasieregister, also nur im Bewußten ihren Sitz haben, Affekte sind aber Dinge der inneren Sekretion und des Sympathikus), so ist gar nicht einzusehen, wie durch ein einmaliges Stromöffnen (anders heißt doch das „Abreagieren" nicht) Dinge definitiv ausdampfen könnten, die sich immer von neuem erzeugen müssen und immer lebendig bleiben, immer vorhanden sind und nur durch Absperrung, aber nicht durch Öffnung der Passage ins Bewußte unterdrückt werden können. Ich glaube, in Freuds hervorragender Persönlichkeit liegt etwas, ihm vielleicht selbst nicht völlig klares Loyolahaftes, und seine Methode, die ich nicht aus eigener Anschauung, sondern nur aus Berichten und Arbeiten seiner Schüler kenne, wird schließlich mit diesen meinen Anschauungen zu vereinen sein; auch bei ihm könnte, wenn er von dieser Neurogliamuskulatur erfährt, der Gedanke Zugang finden, daß in seinen Heilbestrebungen vielleicht doch ein Faktor zur Stärkung der ganzen Muskulatur der Neuroglia gelegen ist und daß auch seine Heilungen hinauslaufen auf eine funktionelle Absperrung der Motivspannungen. Ein Motiv ist doch funktionell und nicht materiell, es kann also auch nicht wie ein hohler Zahn ausgezogen werden[1]). Meinerseits erreiche ich eine

[1]) Auch sonst ließe sich manches gegen Freuds Anschauungen sagen, wozu hier keine Veranlassung ist. Den Hauptfehler seiner Theorie

Absperrung der Motive durch allgemeine Willensübungen (Exercitia spiritualia voluntaria), also indirekt durch systematische Kräftigung der gesamten Neuroglia, indem ich in leichten Graden von Neurasthenie, Gedankenflucht, Schlaflosigkeit als Folge von Angstneurosen diktatorisch den Patienten vorschreibe, zwei- bis dreihundert Klimmzüge des Gehirns an gleichgültigen Dingen zu üben. Z. B. vom morgendlichen Aufstehen an müssen alle Maßnahmen der Säuberung, Hygiene und der Bekleidung in einer ganz streng wiederholten Reihenfolge vollzogen werden, die in einer langen Liste hintereinander aufzuschreiben und auszuführen sind. Ebenso verlaufen die Akte des Frühstücks, des Arbeitsweges, die Modalitäten der Berufstätigkeiten in einer streng vorgeschriebenen Form; jede Stunde, möglichst jede Minute oder Sekundenfolge enthält ihre eisern festzuhaltende Willenskette und so fort bis zum Schlafengehen. Befolgen die Patienten diese Methode peinlich und unverdrossen, so merken sie

sehe ich in dem Mangel mechanistischer Vorstellbarkeit der von ihm vorausgesetzten Vorgänge. Darin liegt der Mangel der Lehrbarkeit seiner Methoden.

Die Medizin muß methodisch übertragbar sein, oder sie wird immer problematisch sein. Alle ihre Siege sind auf methodischem Wege erfolgt. Ich fürchte, Freuds Erfolge sind Wirkungen seiner Persönlichkeit, nicht seiner Methode. Die Mediziner haben bei uns, in protestantischen Ländern, die ganze Erbschaft der katholischen Kirche angetreten, sie haben auch wohl oder übel das Beichtgeheimnis mit übernommen, ohne eigentlich für dieses „Abreagieren" von Geheimnissen vorgebildet zu sein. Auch Freuds Bemühungen sind Entlastungen der Seele durch eine Art Beichte!

nach einiger Zeit ganz von selbst, daß sich ihr Zustand gebessert hat. Ganz naturgemäß: in das ganze Gebiet der Willensaktionen des Gehirns und Rückenmarkes kommt Zucht, Ordnung, Drill, und aus einem flatternden, irrlichternden Gedankenspiel, aus bunten Willkürlichkeiten und Plötzlichkeiten wird Herrschaft über den Ablauf der Denkbahnen. In schwereren Fällen, bei Platzangst, Halluzinationen, fixen Ideen usw. kommt man mit diesen einfachen Methoden nicht aus, sondern hier setzt ein volles Loyolasches Programm ein: zunächst die Übungen, sich alle möglichen Gegenstände zwingend innerlich bis zur vollendeten Treue des Spiegelbildes vorzustellen, gleich hinterher dann der Befehl, den betreffenden am Tage geübten Bildkomplex binnen vierundzwanzig Stunden überhaupt nicht, auch nicht mit den Möwenschwingen der Phantasie zu streifen. Andernfalls sofortige Berichte. Schwere, grobe, ernste Scheltworte, Drohen, die Behandlung aufzugeben, wirken hier auch ohne Geißel und Arreststrafen. Ich habe die Freude gehabt, mehrere Männer mit Platzangst und eine Frau mit Gehörhalluzinationen vollkommen zu heilen. Das sind die Methoden, welche ich Ignatius von Loyala danke.

Aber wir sehen ja jetzt in diesem gewaltigen Kriege, den uns eine Welt von Neidern aufgenötigt hat, den Triumph einer gleich wirkungsvollen Geistes- und Leibesschulung, auf den die Welt atemanhaltend hinstarrt wie auf ein Wunder. Gegen eine fünf- bis siebenfache Übermacht hält das heilige Deutsche Reich im Bunde mit Österreich-Ungarn, der Türkei und den Bulgaren sich die Feinde nicht nur vom Halse, sondern hat sie selbst in die Erdhöhlen gejagt. Was sind diese Schützengräben, diese Maulwurfskriege anders, als ein Kompliment vor der teutonischen Gewalt, der man sich kaum noch, wenigstens im Westen, in offener ehrlicher Feldschlacht zu stellen wagt. Was hat diese glückliche Fügung der Dinge vollbracht, worauf beruht neben dem Segen der Allmacht diese enorme Entfaltung unserer nationalen Kraft? Auf unserer Organisation, unter dem Anerkenntnis des Gedankens, daß Freiheit nichts anderes bedeuten kann, als die freudige Unterordnung des Ichs unter eine große, würdige Idee. Es ist ein Geist, ein Rhythmus, ein Schwung, ein Wille in allen den Helden da draußen und auch in den Duldern im Innern, die das größte historische Ereignis der Weltgeschichte gezeitigt hat. Der preußisch-deutsche Militarismus, sagen unsere Feinde. Die Barbarei des Drills, der Kadavergehorsam! Sie bedenken nicht, daß die wahrscheinliche Wirkung dieser unserer Erfolge ihre Unterwerfung und später ihre schleunige Annahme dieses im Kern echt psychologischen Systems in Bausch und Bogen sein wird. Es ist die Inkarnation des kategorischen Imperativs Kants und der geniale Staatsgedanke Friedrichs des Großen, die in Deutschland lebendig die deutsche Einheit schuf und nun den Sieg des deutschen

Geistes über alles Internationale vorbereitet. Wunderbar ist, daß ein psychologisch gewiß nicht viel grübelnder Haudegen, der alte Dessauer, der eigentliche Erfinder des Drills, des Parademarsches, des Strammstehens, des Gamaschendrills usw. mit seiner Methode hier in direkte Konkurrenz mit dem asketisch-fanatischen Sohn der Kirche, eben Loyola, tritt. Woher nahm er diesen Tiefblick in die Psychologie der nationalen Masse, wie der Spanier in jene der einzelnen Menschennatur?

Gewiß ist, daß der Drill und die katholisch-jesuitische Schulung Dinge sind, die aus unserer Kultur kaum jemals verschwinden dürften, denn sie sind psychologische Meisterwerke.

Es kommt mir nicht bei, etwa unserem herrlichen deutschen soldatischen Bildungsgang auch nur einen Schatten von Jesuitismus aufzubürden: beide Formen von Schulung gehen im Ziel weit auseinander; was dort im Dienste eines päpstlichen Kultus und eines Dogmas den Geistern eingepeitscht wurde, geschieht hier in einer mannhaft starken, würdigen, segensreichsten Erziehung für Gott, König und Vaterland, also für die herrlichsten Kostbarkeiten einer Nation. Aber dennoch, für den Psychologen ist eine Brücke von einem zum anderen System vorhanden, wenn auch die Methoden völlig verschieden sind. Dort war ja freilich die Dressur des einzelnen, die Heranbildung von Genies des Willens zur Entfaltung eines internationalen Geisteszwanges die Hauptsache, und hier ist das Ziel die Durchbildung der ganzen Nation zu Einzelgliedern einer ungeheuren Organisation der Unterordnung unter den Willen des höchsten Kriegsherrn, seiner Heerführer und seiner Regierungsorgane. Hier ist die ganze Nation zum Helden geworden, und der einzelne ist stolz, durch Pflichttreue und Hingabe an die Idee des Ganzen die gewaltigen Impulse der unbezwinglichen Einheit nicht zu stören. Und doch ist eins beiden gemeinsam, ein nicht beim ersten Blick Offenbares, ein beinahe Unbewußtes, was eben interessanterweise einen Mechanismus voraussetzt in dem Nervensystem der Soldaten, dem wir eben diese Besprechungen gewidmet haben: die Schulung der einzelnen, sich der Idee hinzugeben mit Leib und Seele, ohne auch nur einen Rest von Eigennutz und Sonderwillen, eine eingeübte und mühsam erzogene Auslöschung des Egoismus zugunsten der Erhaltung der Nation, die einer systematischen Absperrung der Triebe, hauptsächlich des Selbsterhaltungstriebes, sehr nahe kommt. Wie diese enorme, psychologische Leistung der militärischen Erziehung, abgesehen von ihrem übrigen Bildungssegen, zustande kommt, möchte ich hier kurz berühren.

Es ist gewiß, denn viele aus dem Kriege verwundet Heimgekehrte haben es mir bestätigt, daß im Getümmel der Schlacht, soweit noch offene Kämpfe vorkommen, eine fast der Bewußtseinsblendung gleichkommende Starre des Geistes eintritt, bei der der einzelne handelt, und zwar zweckgemäß, ohne dabei eigentlich ein volles Bewußtsein seines Tuns zu haben. Es sind mir Fälle erzählt worden, wo Heldentaten, heroische, aktive Kampfhandlungen statthatten unter einer vollkommenen Abblendung der Erinnerung (Amnesie!), so daß den Kämpfern erst nach dem Ende der Schlacht von Augenzeugen berichtet wurde, was alles sie im rasenden Ansturm gegen den Feind vollbrachten. Man könnte meinen, wenn so ein Mann im Blutrausch der Schlacht, also halb unbewußt, Tapferkeit bewährt, so sei das eigentlich kein Heldentum. Die Sache liegt aber doch anders. Es ist eben eine Wirkung der soldatischen Erziehung, daß er tapfer bleibt unter allen Umständen, auch wenn seine Großhirnrinde im fürchterlichen Anprall der menschlich entsetzlichen Geschehnisse in hypnotischer Starre arbeitet; daß er, zwar halb unbewußt, doch noch die Haltung hat, als habe er noch zweck- und zielbewußt die Heldenseele in sich lebendig und wirkend.

Das ist der Kern der Sache. Der psychologische Sinn der militärischen Erziehung ist eben der, aus einer Masse von einzelnen einen Organismus zu machen, der, ganz gleich, was seine Triebe oder Vorstellungen sagen, doch einheitlich handelt, und zwar allein auf die Willensimpulse seiner Führer hin. Eine Kompanie, ein Regiment wird in der Hand der Vorgesetzten ein Instrument der zweckgemäßen Aktion, ihre Ideen spielen und agieren im

Willensorgan des einzelnen, der gleichsam nur ein Kraftelement in dem Riesenorganismus eines Heereskörpers geworden ist. Es ist also eine Art Abtretung des Eigenwillens an die Intelligenz der Führung, welche solchem Heere die ungeheure, kaum versagende Schlagkraft gibt und die nur denkbar ist, wenn bei jedem einzelnen Mann übungsgemäß Empfindung und Vorstellung fast abgestellt wird und nur der Kampfesinstinkt, der Wille, dirigiert wird vom Kommandowort des die Situation von höherer Warte überschauenden Führers. Eine so ungeheure Verschiebung der einfachsten Grundfunktionen der Seele bedarf natürlich der allergewaltigsten Einübung und Vorbereitung, und hier wiederum finden wir ein Gesetz bestätigt, dessentwegen wir uns diesen Blick in das militärische Geschehen gestattet haben. Es werden nämlich gar nicht Tapferkeitsübungen in der Kaserne vorgenommen, es wird nicht direkt einstudiert, wie man sich nicht fürchten soll und wie man die eventuelle Todesangst überwindet. Darüber fällt kaum ein Wort auf den Kasernenhöfen, sondern es wird Haltung geübt, Parademarsch, Richten, Schwenken, Gewehrübungen werden eingedrillt, Strammstehen, Grüßen, Meldungen, Turnen, Dauermarschieren, Hitze, Kälte ertragen — genug, alles das getan, was eben den Begriff des Drillens ausmacht.

Dazu kommt die Ordnung in der Kaserne, die

Körperpflege, die Kameradschaft, der gemeinsame Gottesdienst, kurz alles Dinge, welche dem Geiste anderer Armeen so unangenehm wie fremd sind und die doch eine merkwürdige Wirkung haben. Nämlich ohne direkten Appell an den Mut und die Tapferkeit sind beide doch in vollster Pracht vorhanden, wenn es plötzlich an den Feind geht.

Ich will natürlich nicht bestreiten, daß auch in anderen Armeen ähnliche Schulung vorgenommen wird, aber der spezifisch preußische Drill würde nicht so oft innen und außen angegriffen sein, wenn man nicht glaubte, in milderer Form dieselben Massen psychologischer Erfolge zu erzielen. Das ist aber ein schwerer Irrtum, z. B. gerade unser oft selbst von Militärs gegeißelter Parademarsch hat, ohne direkt die enorme Beinmuskelausdauer bei schlechten Wegen im Auge zu haben, es doch erreicht, daß die Marschfähigkeit der deutschen Truppen beispiellose Leistungen, die Freund und Feind anerkannt haben, erzielte. Auch hier wird an einer scheinbar rein ästhetischen, fast zwecklos erscheinenden Nebenübung die Hauptsache, der Zusammenschluß, die Einheit der Truppenmassen, virtuos eingeübt.

Die Armee wird ein von vielen Millionen Muskeln einheitlich bedienter Nationalwille.

Daß aber diese Schulung der schönsten Truppe der Welt dieses bewirkt hat, daß ein Volk wie ein Fechter in der Arena der Kämpfe stets aufrecht steht, wenn auch aus tausend Wunden blutend, auf gewissermaßen indirektem Wege erreicht wird, das bestätigt in zwingender Weise, was wir vorhin bei der Behandlung nervös Kranker für so überaus wichtig erklärt haben, daß man nämlich gewisse Gruppen von Hirnmechanismen am besten kräftigt, wenn man nicht sie selbst, sondern fern abgelegene Muskelmechanismen der Hemmung auf das Höchstmaß der Leistungen bringt. Es sind gleichsam künstlich aufgefüllte Nebenkanäle, welche im Endeffekt dem Hauptstrom seinen rasanten Sturm ins Meer der Ereignisse garantieren.

Man könnte natürlich zahlreiche Beispiele aus den Erziehungsgebieten der Schulung zum Leben, zur Kunst und Wissenschaft herbeiziehen, welche alle dasselbe beweisen: da es eine Muskulatur des Willens im Gehirn gibt, so gilt es, diese zu stählen; dabei wird stets der indirekte Weg der allgemeinen Willensgymnastik dem direkten Appell an Einzelsysteme zur Zielstrebigkeit vorzuziehen sein. Das war es, was ich durch die Psychoanalyse zweier so extremer Methoden, wie Jesuitismus und preußischem Drill, erhärten wollte.

KRIEGSSTIMMUNG

Wen durchzuckt es nicht mit freudig-heiligem Staunen, daß das deutsche Volk in der Gesamtheit, das Volk Beethovens, Kants und Goethes, im Grunde ein Kriegervolk, ein Volk von heldenhaften Gesinnungen geblieben ist? Wo sind die Parteiformeln in Kunst, Wissenschaft und innerer Politik, wo sind die Kämpfe um Moderne oder Klassizität, um Freiheit oder Reaktion, um Evolution, Feminismus, Rassenhaß, Dogmatik hüben und drüben? Alles aufgeblüht und emporgerissen, wie Spreu zur einen Flamme! Alles verweht wie Nebel, der die klare Spur des Stromes zum Meer der Taten verdeckt hatte. Und das alles, weil jede Gruppenbildung der Meinungen, ja weil jede, auch die überragendste Persönlichkeit mit ihrer selbst prophetischen Sondergesinnung so gleichgültig, so absolut ausradiert erscheint vor dem Emporflammen des einen, das allen gemeinsam ist: der Idee des Krieges, der die Seele des Volkes und jedes einzelnen in zwei Grundbestimmungen elementarster Natur zerreißt: in die Lust zu kämpfen und zu siegen und in den bangen Zweifel, ob wir untergehen.

Jetzt gibt es kein Genie, kein noch so bedeutendes Talent auf Sondergebieten des kulturellen Lebens mehr; alles ist nivelliert und seelisch uniform zugunsten des Gesamtwillens der Nation, und sei der Mensch eine noch so herrliche, einsame

Edeltanne, die ragend stand und Wiesen schmückte: sie muß das stolze Haupt beugen und muß zurück in den Wald der Bäume, die sturmgepeitschte Wächter des Heimathügels sind. Das ist das Brausen und das Wirken von Urideen der Menschheit, von denen Goethe einmal gesagt hat, daß sie das einzig Unsterbliche des Lebens sind. Was geschieht in der Seele des Menschen, wenn diese Elementarspannungen sich über das gesamte System unserer nervösen Reizbarkeit in unhemmbaren Strömen entladen?

In den ruhigen Zeiten des Friedens beherrschen uns nicht solche Grundgewalten (wenn sie auch immer sprungbereit in uns lauern) wie die Instinkte der Erhaltung, der Familienliebe, des Daseinskampfes, sondern ihr gleichsam unterirdisch in der Seele flutendes Grundgefühl ist überlagert von Aktionsströmen der Gegenwartsorientierung, von dem Aufpostenstehen gegen die Forderungen des Tages und des Jahres. In dem ungeheueren Gewühl der Momentmotive des strömenden Lebens sind es Formeln, die uns die Orientierung erleichtern und die uns gefangenhalten. Öffentliche Meinung, Konvention, Takt, Standesunterschiede, Parteimeinungen, Moden — was sind sie anders als Sklavereien der Formel? Die Formel, das Schlagwort, ist ein Produkt der Bequemlichkeit, der Arbeitssparung, der Verführungstechnik. Mit Formeln wirbt man Anhänger, mit Formeln schlägt man Gegner tot. Obwohl Grundstimmungen für den einzelnen entscheidend sein mögen, welcher Formel er seine seelischen Arme in Fesseln gibt: im Frieden, in den Zeitläuften stiller Kulturrevolution beherrscht die Formel, die geschickte Prägung des gangbaren Schlagwortes den Markt, vor allem den politischen. Ganz anders, wenn die Formeln überbraust werden von dem Orkan einer zündenden Idee! Ideen sind Goldbarren, Formeln sind Münzen. Der Parteikampf ist der Kleinkrieg der Entwicklung, Krieg ist der Daseinskampf der Ideen. Wie kommt dieses Aufbrodeln des Grundstromes von Urgefühlen und seine Überschwemmung aller seelischen Sonderdomänen zustande?

Die kriegerische Stimmung eines Volkes mit ihrem zornigernsten, oft rasenden Schwertzücken oder mit seinem Zagen und Bangen ist, philosophisch betrachtet, eine Rückstauung der Kulturgefühle in Urempfindungen. Das ist sicher, wenn auch längst die Menschheit gelernt hat, diese uralten Instinkte zu organisieren und zu technisieren. Was wäre ein bis an die Zähne bewaffnetes Volk ohne die Beseelung jedes Kriegers mit einem einzigen Ideenkomplex, dem der Opferbereitschaft für Haus und Herd und alles, was sein ist? Jede Heldenseele ist geladen mit der Not eines Urvolkkämpfers. Die Kampfstimmung ist seelisch dieselbe Funktion, ob sie für eine Baum- oder Felsenhöhle, einen Hain als Heimat und Schlupfwinkel oder ob sie um Zelt, Haus, Palast oder Dom in Flammen steht. Die Idee, daß es ums letzte geht, ist stärker als alles; darum kennt unser Kaiser nach seinem schönen Wort keine Parteien, sondern nur Deutsche, weil das elementare Aufbäumen der Volksseele keinen Formelkram mehr anerkennt, sondern in jedem Volksgenossen, dem höchsten wie dem ärmsten, einen Funktionär ihrer tiefgewurzelten Daseinsidee anerkennt, wertet und liebend umarmt. Ja, diese rasante Gewalt reißt alles nieder, was die andere Grundfunktion der Seele, der Trieb der Erhaltung des Ichs, an Bedenken, Zweifel, Furcht und Angst etwa ihr heimlich zuflüstern möchte. Der ungeheure Massenkontakt der Ideen, die rhythmische imitatorische Empfänglichkeit der Seele für elementare Kraftspannung wird lebendig und kann Zögernde, Zagende, Feiglinge zu Helden machen. Wohl denen, die da hineingerissen sind in den Flammenstrom der ausrückenden Kämpfer, mit der Möglichkeit, ihre Spannungen der Seele stündlich, täglich in Aktion zu setzen, wohl denen, die dabei sind! Doch (oft schon ist so gefragt) wie steht es um die Zurückbleibenden, die die tausendmal größere Qual des Zusehens, des Abwartens, des Beiseitestehens im Vaterlande durchzukosten haben? Wohin soll sich dies Grübeln, dies Starren vor einem schwarzen Vorhang der kommenden Dinge, diese schreckliche Untätigkeit des Abwartens entladen?

Es genügt hier nicht für die Zurückgebliebenen,

mit einem Heldentum des Mundes, mit einer Hysterie des Nachrichtendiskutierens, mit kindischen Alarmerfindungen und phantastischer Lügensucht die Seele gleichsam in parallele Wallungen zu den Heldentaten derer da draußen aufzupeitschen, es genügt auch nicht, begeistert in die Lobgesänge auf die todesmutigen Helden einzustimmen: es muß ein Entschluß, eine Erlösung durch den Willen, durch alles Feuer des Zagens und der blutig ausmalenden Angst geboren werden, ein fester Wille, ein Held zu sein wie jene, jeder an seiner Stelle. Ja, auch jeder Zurückbleibende hat der Möglichkeit einmal fest ins Auge zu sehen, daß auch ihn der Tod erreichen kann, und er hat gleich jenen Heroen der Waffen, gegen welche schon jetzt der Glanz eines Themistokles oder Leonidas zu erbleichen beginnt, sich einmal fest damit abzufinden: wenn es sein müßte, bin auch ich bereit. Das würde auch den Daheimgebliebenen jenen würdigen, leise lächelnden Ernst der Entschlossenheit in die Züge drücken, den wir unter Tränen an allen zu den Waffen Gerufenen in tiefster Ergriffenheit erkennen konnten. Was ihre Söhne konnten, sollten auch die Mütter in festem Entschluß gegen ihre Grundgefühle in banger Sorge und geahntem Schmerze fertigbringen, und jeder Zagende sollte sich klarmachen, daß er absolut kein Recht hat, an sich zu denken und sein kleines Geschick voraus zu bejammern, wenn Millionen helmschwenkend in die Arena des größten Dramas der ganzen Weltgeschichte einrücken. Fort mit dem Mitleid mit sich selbst und hinein kopfüber in die Welle des Willens aller zum Siege! Was kann uns allen anderes geschehen, als etwas, von dem wir längst wissen, daß es uns unausweichbar droht: der Tod? Was ist erwünschter: ein Sterben im Bett an winzigen Bakterien oder alten Organverkümmerungen oder ein Tod, von dem wir wissen, daß er ein Opfertod ist für das Heiligste und Höchste? Wer hätte die Luft der deutschen Lande noch atmen wollen, die Luft der Dichter und Denker, wenn sie verpestet wäre vom Odem von Kosaken und Erbfeinden?

Hinweg in diesen Zeiten mit der Todesfurcht. Der Tod ist immer der gleiche, heilige, unendlich weihevolle Augenblick, und immer währt er nur einen Moment. Immer reißt nur in einer Sekunde der Faden, der unsere Seele an diese Welt der Materie knüpft, und die Natur hat viele Möglichkeiten, das Schreckhafte dieses Augenblicks zu verhüllen, dem Bewußtsein zu entziehen. Da sind Halluzinationen, Ohnmachten, Einschläferung der Seele möglich aus Gnade der Natur, die es fraglich machen, ob die Qual des Sterbens wirklich jemals voll ins Bewußtsein gelangt. Es ist die Furcht vor diesem Augenblick, die ihn so schrecklich erscheinen läßt. Er ist nicht schrecklich. Die Grausamkeit der Feinde kann keinen so quälen, wie die Furcht es sich ausmalt. Grausamkeit kann nur empfinden, der sie verübt, sein Opfer leidet nicht mehr als jeder andere, der im Bette stirbt, weil die Wohltat der Verwirrung der Gedanken, der Narkose aus Erstarrung, des Raubes des Bewußtseins dem mörderischen Gelüst des Unmenschen für uns zum Segen in die zerfleischenden Arme fällt. Frauen! Euch ängstigte die Phantasie über die Art eines möglichen Todes, der Tod ist immer der gleiche kurze Schritt ins Jenseits, ob Gift, ob Mord, ob Kugel, Schwert oder Krankheit ihn bringt. Macht euch dieses wahre Wort einmal ganz klar, und dann wartet eisern und fest geworden ab, was kommt.

Bedenkt, daß erst eine Kette von Heldentaten hätte durchbrochen werden müssen, wie sie die Geschichte aller Völker noch nicht geschmiedet hat, ehe ein Feind den Fuß auf eure Schwelle setzen konnte.

DER KRIEG UND DIE NACHGEBORENEN

Zu all den vielen sorgenden Gedanken, die die Patrioten unserer Tage an der Schwelle des neuen Jahres bewegen — und das sind wohl in diesen bangen Monden des Opferns die Frauen nicht weniger als die daheimgebliebenen Männer — gehören nicht nur die brennenden Sorgen um Dauer, Ausgang und Ende dieses gigantischen Völkerringens, dieses Krieges, wie ihn unser Planet noch nicht gesehen hat. Auch die dunkle Frage: Was kommt nachher? fängt schon an, die Spinnrädchen unserer Phantasie schnurren zu machen, und hier und da wagt schon ein rühriger Geist über das weite Feld der Möglichkeiten unserer Entwicklung und der politischen Neugestaltung seine Scheinwerfer der Erkenntnis dahinzucken zu lassen. Es ist gewiß eine mißliche Sache um das Prophezeien, aber so leicht wird kein Denker oder Dichter eine andere wie die hoffnungsfrohe Überzeugung in sich tragen, daß es vorwärts, bergan, höhenauf mit uns gehen muß und wird! Nur gerade im Frauenherzen, am stillen Herd der Behütung aller Mysterien der Erhaltung der Rasse, man möchte sagen, im Schoße der Unsterblichkeit, tauchen wohl bange Gedanken auf, wie es um den späteren Bestand der Art, um den zahlenmäßigen und gesundheitsgarantierten Ersatz so vieler Heldenväter und -söhne bestellt sein mag. Nicht nur, daß ein Blick in unsere erschreckend spaltenreichen Verlustlisten uns erzittern macht in dem Gedanken an das wahrhaft katastrophale Zusammenbrechen und Fortgemähtwerden so vieler millionenhafter Entwicklungs- und Fortpflanzungsmöglichkeiten, ja auch die trübe Aussicht bietet sich dar, daß ja die meisten der dennoch Wiederkehrenden Organismen repräsentieren, die durch Strapazen, Entbehrungen, Seelenschock und Gefahrenpassage als erheblich geschwächt erscheinen müssen. Nicht nur, daß die Daheimgebliebenen im Sinne des Daseinskampfes und der Entwicklung nicht als die „Tüchtigsten" zu gelten haben, man sollte meinen, auch die siegreich zu Herd und Heim Zurückkommenden müßten irgendwie an ihrer Gesundheit Schaden erlitten haben. Wenn man ferner bedenkt, welche Ströme von Intelligenz, Erfindungskraft und Geniuslicht verlöschen mit den Strömen des fließenden Herzblutes, so mag es scheinen, daß auch hier, in der geistigen Sphäre des Wiederersatzes nationaler Spannkräfte, ein solch mörderischer Krieg selbst dem Sieger schwere, vielleicht unnachfüllbare Lücken reißen müßte. Und doch: die Erfahrung aller Feldzüge lehrt etwas unendlich Herrliches, Großes, Verblüffendes. Die Lücken werden ausgefüllt, ersetzt, die Hekatomben der Sterbenden werden kompensiert, ja überkompensiert, durch eine Flut von Neugeborenen: die Zahl der männlichen Nachgeborenen steigt und steigt, bis nach Verlauf von etwa zehn Jahren die Neusaat die

Todesernte wettgemacht hat. Wie kann das geschehen? Um uns davon ein Bild zu machen, müssen wir ein bißchen allgemeine Naturwissenschaft überschauen und ein wenig hinabsteigen zu Fausts „Müttern", damit sie uns etwas verraten von den ewigen Gesetzen ihres Waltens und Webens am großen Teppich des Lebens.

Die Natur kennt trotz ihres ewigen Spiels von Variation und Artverwandlung (diese Seite des Darwinismus ist seine schwache Stelle, weil wir nirgends eine solche Umwandlung von Art in Art direkt beobachten können) keinen gierigeren, eigensinnigeren, eiserneren Willen als den, unter allen Umständen die Art zu erhalten, ihren Bestand zu garantieren. Von den Bakterien bis zu den Menschenrassen — ein einziges, eisernes, zähes Festhalten an der einmal entstandenen Art mit allen ihren Kriterien. Ein Gesetz, das so weit geht, daß z. B. bei Schiffskatastrophen wahnsinnige erotische Taumel die Menschen ergreifen und sie zwingen, der letzten, krampfhaften Erhaltung der Art alles zu opfern, Würde, Rücksicht, Scham und Scheu. Es geht so weit, daß, wo Gefahr und Bedrohung durch Not oder Krankheit den Bestand der Individuenzahl zu schwächen beginnen, wie etwa bei den Ärmsten unter uns, bei Geisteskranken, bei Tuberkulösen, die Fruchtbarkeit die höchsten Ziffern erreicht. Wie man auch die Tatsachen zu deuten versucht hat, im Effekt sind es eben Tatsachen: die Gefährdung der

Art hat Überkompensationsversuche und Mehrgeburten zur gesetzmäßigen Folge. Einem der fruchtbarsten Epidemiologen und Hygieniker der Jetztzeit, Adolf Gottstein, gelang der Nachweis, daß, wo eine Epidemie, z. B. die Diphtherie, die Zahl der Kinder in einem Jahre geradezu dezimiert hat, dieser Ausfall durch Mehrgeburten in den gefährdeten Bezirken in spätestens 10 Jahren überkompensiert wird. Der Krieg 1870—71 hat eine solch gewaltsam gerissene Lücke in der mannbaren Jugend innerhalb weniger als zehn Jahren durch Mehrgeburten männlicher Kinder vollständig ausgefüllt, und die Entwicklung Deutschlands zu einem 70-Millionen-Volk hat gezeigt, daß, wo ein Aufstieg ist im Volk, ein Krieg nicht nur nicht verlöschend, sondern geradezu befeuernd wirken kann. Freilich, das trifft wohl nur zu bei Völkern, die eben im physischen und intellektuellen Aufstieg sind, die an sich schon in einer Phase der Weitausspannung ihrer nationalen Kräfte begriffen sind. Man kann es ruhig sagen, die Mehrgeburten eines Volkes, das heißt das Überwiegen der jährlichen Geburtenziffer über die jährliche Sterbezahl, ist schon das Morgenrot des Anstiegs, das Frührot künftiger Siege. Es ist also so, daß ein noch so grausamer Krieg mit unendlichen Opfern an Mannesleben diesen Aufstieg nicht zu unterbrechen vermag. Denn für Völker mit an sich schon sinkender Geburtsziffer ist diese Rechnung nicht richtig, sie kompensieren nicht, sie siegen aber auch nicht. So nahm Frankreich auch nach 1870 an Geburtenzahl ab, Japans Kinderreichtum wuchs vor und nach seinem siegreichen Kriege mit Rußland. Das sind die Gesetze des Ausgleichs und der Regulation in beinahe mystischen Zusammenhängen, für die die kalte, bebrillte Statistik gar keine Formel hat, und die man geruhig in den Bereich weisen und unbegreiflichen Naturwaltens beziehen darf und zu jenen Hamlet-Dingen rechnen muß, von denen sich auch die Gelehrtesten nichts träumen lassen. Für diese fast transzendentale, über die Wahrnehmung reichende Regulation ist mir immer am charakteristischsten ein Bericht der französischen Austernfischer in der Zeitschrift „Prometheus" um die 90er Jahre herum erschienen, in der folgende ergötzliche Geschichte von der Austernmutter berichtet wurde. Die Austernfischer hatten bemerkt, daß jede Auster im Jahre ungefähr 100 000 mal Kleine bekommt und hatten beobachtet, daß fast 70 000 der jungen Brut einem kleinen Seekrebse zum Opfer fallen. „Es müßte eine schöne Austernernte geben," so dachten sie, „wenn es uns gelänge, den gierigen Krebs von unseren Bänken fern zu halten." Darum zogen sie so feinmaschige Drahtgitter um ihre Austernbänke, daß kein kleiner Seekrebs mehr an die Brutstätten der Austernmütter herankam. Was war die Folge? Eine Verblüffung. Die Austernmama stellte wie auf Verabredung und auf Beschluß — jede für sich — ihre Riesenproduktion ein und begnügte sich fortan mit jährlich 30 000 maligem Wochenbett. Für unsere Verhältnisse eine immerhin noch tüchtige Leistung. Aber die Notwendigkeit der Überkompensation der dem Krebs zu opfernden Brut fiel fort, und sie bemühte sich nicht mehr so oft wie unter den Damoklesschwertern der lauernden Seekrebse! — Wer will mir sagen, wie sich diese Regulation der Weisheit und Ökonomie abgespielt hat? Sollte sie selbst eine Folge des Fortfalls eines etwa chemischen Geschlechtsreizes durch die Gegenwart der kleinen Seekrebse sein, so ist meines Erachtens das Wunder nicht geringer. Denn wie kam dieser winzige kleine Krebs dazu, eine für die Austernfischer so große und gewichtige Rolle im Haushalt der Natur zu übernehmen?

Hier wie überall im Leben sind eben Mysterien am Werke, und es gibt Zusammenhänge, die sich gänzlich einer sogenannten rationellen Betrachtung entziehen. —

So kann es keine Frage sein, daß unsere Trauer um den Untergang so vieler Heldensöhne in diesem Kriege wenigstens durch ein ungeheures Vertrauen in die allmächtige Regulation der Naturgesetze insoweit gemildert wird, daß uns um den Wiederersatz der Mannheit unseres Volkes nicht allzu bange sein braucht. Der Krieg 1870 hat Deutschland zehn Prozent Männer gekostet; mag dieser Riesenkampf, was ich nicht glaube, zwanzig Prozent fordern, damit erlischt noch lange nicht der Strom der Nacherzeugung eines ausgleichenden und ebenso lebensfähigen Geschlechtes, ja er gerät nicht einmal ins Stocken. Mag die größere Liebessehnsucht der Wiederkehrenden und die höhere Opferbereitschaft der Heimatfrauen, die Dankbarkeit, die bereitwilligere Hingabe an den Helden und Sieger diesen naturgewollten Ausgleich erklären, oder mag hier das Walten eines höheren Willens wundertätig am Werke sein — hier ist jedes Zagen voreilig und unberechtigt. Man bedenke auch, daß für die Nachgeborenen, geistig und seelisch, die Felder der Betätigung freier und unbesetzter werden und daß der nationale Sporn, den Enkel und Söhne fühlen werden, es ihren gefallenen Ahnen nachzutun, dazu beitragen muß, langsam und in frohem Gelingen die Schätze an Intelligenz und Schöpferkraft, die mit den Eroberern unserer Freiheit unwiederbringlich dahingeschmolzen sind, wieder zu erzeugen und zu überstrahlen. Es ist ja das schönste Vermächtnis, das eine große Zeit des Opferns am Altar des Vaterlandes den Epigonen hinterläßt, daß sie den kategorischen Imperativ des Heldentums in unsere Seelen pflanzt: „Seht zu, daß ihr uns gleich werdet!“ Sollte es auch nicht denkbar sein, daß in den Herzen der Frauen eine reine, höhere Sehnsucht nach dem Heldenmanne still als Frucht so vieler Berichte heroischer Taten emporreift, die sie in manchem Sinne viel inniger, zwingender und naturergebener für die Mutterschaft vorbereitet als ein langer, satter Frieden, in dem sich allmählich die Idealstellung des Mannes, sein Liebeskönigstum verschob zugunsten einer immer deutlicher werdenden Machtstellung der Frau? Ich glaube wenigstens, daß erhöhte Liebe, berechtigtes Aufsehen zum echten Manne den heiligsten Auftrag der Natur, dem wahrhaft Geliebten Söhne zu schenken, vorbereiten und somit das sicherste Mittel sein wird, die Mehrgeburten in unserem Volke zu garantieren.

DER SINN DER KUNST

Ich war in München am Tage des hundertjährigen Wiegenfestes Schillers. Die ganze Stadt hatte Flaggen, die Straßen waren girlandendurchzogen, die Tauschstätten zwischen Ware und Geld geschlossen. Eine echte Feststimmung, wie sie in Deutschland eben nur München aufbringt, pulste in den Herzen der Bewohner. Abends Studentenaufzüge, in Wagen und zu Roß, in vollem Wichs, mit Bannern und Schlägern, mit Bändern und Fackeln. Illumination und Freudenrausch eines ganzen Volkes. Da kam mir ein wehmütiger Gedanke: „Wird je ein Arzt und sei er der Beste unter uns, für alle Zeiten von einem Volke so gefeiert werden wie dieser Dichter?“ Ich sagte mir selbst ein glattes: „Niemals!“ Das ist doch eigentlich ungerecht, dachte ich, und ich ließ die Großen unter uns Revue passieren, die Rokitansky, die Virchow, Koch, Langenbeck, die Schroeder, Ehrlich, Bier usw., die alle Taten getan haben, für die ihnen ein Volk die Füße küssen sollte. Auf keinem aber hafteten meine vergleichenden Gedanken so wie auf Albrecht v. Graefe, von dem ich viel durch meinen Vater wußte, der ihm ein intimer Freund und Fachgenosse war, dem Christusmenschen in der Medizin, dem man nachrechnen kann, daß er 10 000 Blinde sehend gemacht, dem genialsten Arzt, den die Welt gesehen. Ich stellte eine Probe an und fragte gelegentlich diesen und jenen aus der Schar der durch die Straßen flutenden Bürgersleute, indem ich sie in ein Gespräch über Schiller, von dem sie eine ganze Menge Details wußten, verwickelte, ob sie einen anderen Großen, Albrecht von Graefe, kennten. Leere Gesichter, leeres: „Nein.“ Aber, wenn ich dann fragte, ob sie Bierbaum kennten oder Erich Hartleben, so hieß es fröhlich: „Ei freilich!“

Also wir teilen uns mit den Mimen in die schmerzliche Gewißheit, daß uns die Nachwelt keine oder bald welkende Kränze flicht. Wie sonderbar ist das. Ein Virchow, der den Staat als Politiker vielleicht übel beraten hat, entdeckte den Staat der Zellen in uns, ein Koch erschloß ein Weltreich kleiner Lebewesen — beide zum höchsten Heil gerade der Massen, ihrer Kinder, ihrer Frauen, des Liebsten, was ihr Herz besitzt. Und doch — sie kennen sie nicht, bald wird ihr Lied ganz am Ohr des Volkes vorbeigeweht sein. Stets wird die große Masse auch der Gebildeten der Nation einen Goethe über Helmholtz, einen Leonardo über Galilei und Newton, Schiller über Kant in Bewunderung und Dankbarkeit, diesen beiden Quellen des Ruhmes, stellen. Ob ein Helmholtz den Nobelpreis bekommen hätte, ist fraglich, ein Zola sicher. Es hilft nichts, die Massen stellen den Dichter, den Künstler in der Walhalla ihres Gedächtnisses allzeit höher als alle anderen Geistesnaturen. Und das Volk hat recht. Doch davon später.

Jetzt zu der Kunst selbst, was ist sie, was bedeutet sie am rollenden Rad des Lebens?

Die Kunst ist eine im „Geist und in der Wahrheit" Geborene, deren Vater Sehnsucht und deren Mutter die Phantasie war. Denn es gibt keine künstlerische Ambition ohne Sehnsucht nach dem „Höheren" und die Sehnsucht kann nur durch schöpferische Phantasie erfüllt werden, dem echten Künstler nie zur Genüge. Er fühlt sich immer auf dem Marsch und läßt das Erreichte hinter sich wie eine Ruhestätte, ein Wirtshaus auf dem Wege. Sehnsucht ist das nach vorne gerichtete Gewissen, wie die Reue die Warnung des Gewesenen ist. Sie ist das Verlangen nach Glück und Harmonie in der Zukunft. Wenn das böse Gewissen die Pein ausdrückt, die entsteht, wenn es uns klar wird, daß unser Handeln von gestern uns in Widerspruch zu unserem besseren Wollen, zu unserer Bestimmung gebracht hat, wenn Reue der Ausdruck für den unharmonischen Konflikt einer selbstverschuldeten Arhythmie zu dem Rhythmus unseres naturgewollten Aufstiegs ist, so ist Sehnsucht wie ein ständig strömendes Gebet, es möge uns Natur und Wille erlauben, dem in unserer Brust schimmernden Ideal nachzukommen. Sehnsucht ist ein seelisches Arm- und „Sehnen"-reißen, ein Spannen unserer Willensfunktionen, uns durch unsere Taten unserer Begabung und Bestimmung würdig zu zeigen. Es gibt auch scheinbar eine Sehnsucht nach rückwärts, nach besseren, einstigen

Zeiten, nach Verstorbenen, Heimat usw. Aber, wenn wir näher zusehen, ist auch diese Sehnsucht, wie die künstlerische, ein Wunsch, ein Verlangen oder eine Überzeugung, daß die Zeiten wiederkommen könnten oder sollten, die Hoffnung, bald mit den Lieben im Tode eins zu werden, das stille Zucken der Muskeln, doch noch einmal die Heimat, das alte Haus, den Garten, den alten Nußbaum wiederzusehen. Also auch diese Sehnsucht bezieht sich auf die Zukunft. Sehnsucht ist oft ein Suchen nach einem Ziel, ein sich einer Tat Entgegengeborenfühlen. Darum oft so schmerzlich ziehend, treibend, lockend, so unbestimmt und doch innerlich lastend, wie eine herannahende Krankheit. Es kennt sie jeder Schaffende, diese Inkubationszeit, eine Art Krankheitsentwicklung der Keime vor ihrem Fieberausbruch!

War Sehnsucht der stille Baumeister, dem der Entschluß zum Bau eines Seglers der Zukunft heranreifte, so ist die Phantasie der konstruierende Ingenieur und die Tat ist die Werft, von der aus er ins Meer gelangt. Nirgendswo erweist sich die Anschauung, daß die Phantasie ein Rückwärtsstrom der Ganglien, eine Art Umkehr der Strömungen, eine rückläufige Nervenbewegung ist so zwingend wie in der Kunst. Spiegelt sie nicht die ganze Welt noch einmal, alles schon einmal Betrachtete, Empfundene, Erlebte in ungezählten Möglichkeiten, Schattierungen, Gegensätzen usw.? Ist sie nicht eine Spinnerin, die die Welt auf einem geheimen Stickrahmen noch einmal erstehen läßt, aber alles in tausendfältig variierter Bewegung? Ist die Phantasie so nicht zum Differentiale von Tier und Mensch geworden? Denn ein Tier hat eben nicht die Möglichkeit, vermöge der Rückwärtsschwingung der Nervenbahnen sich selbst, durch Selbstbeobachtung, mitten in die beobachtete Welt zu setzen und den Versuch zu machen, sich nicht nur auf Erden, sondern auch im Kosmos zu orientieren. Ein Tier weiß nichts von Zukunft und Fürsorge, anders als in Anpassungsinstinkten, der Mensch sucht Ursache und Wirkung. Der Eintritt der neuen Funktion des Stromumschaltens in die rechte Gehirnhälfte war die Geburtsstunde der Metaphysik, des Denkens einer Möglichkeit auch über dem Realen, es war die Geburtsstunde des Handwerkes und der Kunst, die uns scharf vom Tier unterscheiden. Wir haben mit dem Handwerk, welches das gedachte Spiel mit Möglichkeiten erschuf, unsere Organe verlängert, vertieft, verbreitert, wie wir mit der Kunst die Welt erneuert, vielfältigt, ja höher als die Wirklichkeit gehoben haben. Ein Handwerk hat das Tier außer den ihm wie uns angeborenen Organen nicht, es hat nicht Hammer noch Spaten, nicht Wehr oder Waffen; es hat sich selbst nichts hinzugesetzt, gleichsam aus dem Nichts der Gedanken hinzugeschaffen, es hat aber auch keine Kunst. Denn die Kunstformen, die das Tier besitzt, besitzt es am eigenen Leibe, oder sie sind, wie die Nester der Webervögel, die Wachszellenspeisekammern der Bienen, die Ausführung variationsloser Instinkte, die funktionell fest mit dem Organismus in eins verschmolzen sind. Ist nicht das Nest eine nach außen verlegte, brütende Gebärmutter, oder ist nicht die Gebärmutter ein organisches Vogelnest im Leibe? Die Waben sind nach außen projizierte Absonderungen wie Speisekammern, die die Affen in die Backe verlegt haben. Das sind keinerlei Produkte der Kunst, sie sind mitgeborene Notwendigkeiten, die ganz etwas anderes bedeuten als das menschliche Jongleurspiel mit unbegrenzten Möglichkeiten. Hier liegt überhaupt der volle Gegensatz zwischen Natur und Kunst. Da eine Idee die Welt geschaffen haben muß, so war sie die Allmacht, der bildende Künstler, und wahrhaftig, ihre Phantasie schuf Kunst in tausendfach schöner und vielgestaltiger Form. Aber dem Menschen ward die Fähigkeit, nicht diese Natur nachzuahmen, denn das wäre ebenso vergeblich wie überflüssig, sondern, im Kaleidoskop seiner Phantasie jedes Kunstwerk der Natur in sich zum Menschentum „verdichtet" anders, eben menschlich beseelter noch einmal, tausendmal aufzubauen. Erst die künstlerische Phantasie macht uns die Welt ganz zu eigen und setzt rückwärts die Menschenseele in die Werke der Natur. Es ist, als ward den Künstlern der Auftrag, die Welt empfindsam (ästhetisch) zu revidieren, wie es der der

Wissenschaft ist, sie in eine Beziehung von Ursache und Folge zu setzen. Dort das anschauende, ahnende, nichts beweisen wollende „Wie?“ der Kunst, hier das bohrende, grübelnde, ohnmächtige „Warum?“ Was heißt es nun, ein Künstler zu sein?

Der Künstler ist eine Persönlichkeit, die imstande ist, die drei Orgelregister des Gehirns in höchster Vollendung ihrer Funktionen hemmungslos zu meistern. Die drei Register heißen bekanntlich in unserer Definition: „Vox sensitiva“, „Vox phantastica“, „Vox heroica“, d. h. es gibt einen vollendeten Sensualismus, eine ungeheure Sensitivität, die nur dem Künstler eigen ist, die „adjektivischen“ Dinge der Welt mit einer Feinheit zu registrieren, die eben nur den Begabtesten zu eigen ist. Welche Kraft der Beobachtung, welcher Blick für Situationen, Mienenspiel, diese Fähigkeit, den Dingen und den Seelen in die Brust zu schauen, wie durch eine Schusterglocke, diese Intensität der Wahrnehmung für Klangfarbe, Rhythmus, Tonreinheit und dieses Herausfühlen, welche unendlichen Spannungen in einem einfachen Ton enthalten sind. Ich glaube, ein Musiker ersten Ranges fühlt förmlich körperlich das Beben der noch nicht losgelassenen Renner eines schlichten, gehaltenen Akkordes: wie sie ausweichen wollen nach rechts, nach links, stürmend in die Halbtöne nach oben und nach unten, die ganze Schar der Gäule mitreißend übers Feld der Widerstände (Dissonanzen) und gestreckten Bahnen. Denn dem Künstler ist alles in Bewegung, darin fühlt er des Empedokles „Alles fließt“, ist also auch intuitiver Philosoph. Alles ist ihm in rhythmischer Spannung und zittert vor Gier nach neuer Spannung und neuem Ausgleich. Wie sieht das Auge des Bildhauers den Reiz einer rhythmischen Schöpferkraft als Bildnerin der Rundung und der schöngewölbten Fläche, den Schwung der Glieder und das geistige Strömen des Antlitzes! Wie lebendig wird dem Architekten das Auf und Nieder, das himmelhoch Jauchzende der Linien und die klammernde Umarmung von Stoff und Wille! Wie fein des Malers Auge für die Spannung zwischen Form und Farbe, zwischen Stimmung und Gestalt! Welche Tiefen in der Fläche, welche Höhen im kleinsten Rahmen und welcher Sturm der Bewegung im farbig Festgebannten!

Das eben alles geschieht durch den vollendeten Anschluß, den alles Empfundene (intensiv ästhetisch Empfundene!) zur Phantasie hat, d. h. zu einer auf das Höchste gesteigerten Fähigkeit, die Welt in eigener, ganz persönlicher Form umzugestalten. Denn nur dadurch kommt das Wunder zur Gestalt, daß der echte Künstler in seiner Art, zu sehen, nie dagewesen und niemals nachzuahmen ist. Er ist eben die Individualität, der Einzelfall in der Historie der Kunst in höchster Vollendung. Das ist auch die Lösung des Rätsels, warum es trotz Goethe, Shakespeare und Beethoven immer noch wieder Genies geben muß, weil die Natur reich genug ist, mit jedem ihrer Sonntagskinder eine ganz neue Morgenröte, eine ganz neue Erdenwelt entstehen zu lassen, für die das Gewesene gar nicht gewesen zu sein brauchte. Das ist der Schlüssel zur Klassizität: der ganz Eigene, der ganz Unnachahmliche, der nie Dagewesene ist eben ein Klassiker und steht im Herzen des Nachempfindenden ganz ebenbürtig da. So steht ein Menzel zu Michelangelo, ein Johann Strauß zu Beethoven — ebenbürtig! Denn das Genre ist das Gleichgültigste von der Welt: Echtsein ist alles!

Aber es kann höchste Sensitivität und höchste Phantasiespiegelung vorhanden sein und doch noch keine Kunst, ein Anschluß fehlt. Das ist der Fall des Publikums, der Kunstgenießer, der enthusiastischen Masse. Wie könnte Kunst so wirken, wenn sie dem Genießenden nicht eben die Erfüllung seiner eigenen Kunstsehnsucht, d. h. Gestaltenkönnen, das ihm versagt ist, in vollen Schalen böte! Viele Menschen, ja fast alle sind musikalisch, d. h. es wirkt in irgendeinem Betracht die Musik auf sie, und viele haben die ganze Sensibilität des Komponisten selbst in ihrem Phantasiereichtum, aber sie bedürfen seiner, ohne ihn würde ihre innere Begabung in ihnen unerfüllt brodeln und gären, vielleicht sie krank, hysterisch machen. Das ist ja nur allzuoft bei der Neurasthenie feiner Seelen der Fall: die Sehnsucht reizt ohnmächtigen Willen, die Tat flammt niemals auf, die Anschlüsse sind nicht zu erzwingen. So ist es jeder Kunst gegenüber, die ja ihre Formen nur erhält durch die Leichtigkeit bestimmter Anschlüsse aus dem Willens- und dem Aktionsregister und der bevorzugten Sensitivität aller Sinnestaster, Auge, Ohr, Gefühl und Geschmack. Denn es gibt auch eine Kunst der Zunge, die Kochkunst, und eine Kunst des Tastens, die Zärtlichkeit, vielleicht auch eine Kunst der Dunstwolken, die alle Beziehungen zur höchsten Kunst der Seele, zur Liebe, haben. Wie dem auch sei, es ist die Intensität der Dreieinigkeit der Register, die Leichtigkeit der Anschlüsse von Sinnen, Phantasie und Können, die den Künstler macht. Die Phantasie höchster Vollendung ist das gemeinsame Arsenal aller Künstler, Empfindsamkeit und Gestaltungskraft bilden Meldereiter und Aktionskolonne. Jedes so geborene Kunstwerk trägt dieses Zeichen der heiligen Dreieinigkeit von Gefühl, Vorstellung und Wirken wie ein Insiegel des höchsten Dreiklangs von Real, Ideal und Aktion — die Marke der Meisterschaft. Es kann nichts helfen, das Maß einer Persönlichkeit, auch der Nichtkünstler, ist doch das Maß ihres künstlerischen Einschlags! Ihr Wert richtet sich nach der Höhe der Erfüllung, welche ihrem Künstlertum gegönnt ist. Talent ist alles, und Talent ist der Besitz von Fähigkeiten, die man nicht erlernen kann. Kein Zwang, keine Schulung, keine Dressur erreicht die eingeborene Leichtigkeit der Organe der Projektion nach außen, den Umsatz von Produktion in die Tat. Es ist die Tragik der Talentlosen, daß sie den Anschluß nicht bekommen, und daß sie den Irrtum begehen, sich für talentvoll zu halten, weil sie zwei Register vielleicht ganz frei beherrschen, aber das dritte, das der Auslösung ihrer Spannungen nicht!

Sie sollten Zuhörer bleiben, d. h. den Boden der Ergriffenheit durch Kunst ohne Können nie verlassen. Ja, so hart ist das Gesetz der Meisterschaft, daß es diesen vollen Strom der Projektion der Innenwunder meist nur einem System des Ausdrucks gestattet, daß aber da, wo unendlich viele Anschlüsse möglich sind, dem Talent der Fluch des Dilettantismus mit auf die Reise gegeben ist. Denn nur ganz wenigen Universalgenies ist es verstattet, auf vielen oder gar allen Registern spielende Anschlüsse zu besitzen, wie einem Goethe, der doch auch ein dilettantischer Zeichner und kümmerlicher Musiker blieb, der seinen Defekt an dieser Stelle aber reichlich durch unerhörten Wohlklang der Sprache und göttliches Sprachgefühl und durch visionäres Urphänomen-Empfinden ausgleichen konnte, oder wie einem Leonardo da Vinci, der trotz seiner nie dagewesenen Ahnungen ein phantastischer Ingenieur blieb. Das aber kann man von jedem begabten Manne fordern, daß er an einer Stelle wenigstens ganz gewiß ein Meister sei, von diesem Schusterschemel

Hans Sachsens kann man tief in die Welt sehen. Das ist doch wohl auch der Grund, wenn die höchste Künstlerschaft der Frau eine Unmöglichkeit scheint, ihre Phantasie ist ganz im Banne ihrer ureigentlichen Bestimmung der Liebe und der Erhaltung der Unsterblichkeit. Aber gerade darum halte ich die Frau für den wesentlichen Teil bei der Erschaffung des Genies, weil sie soviel unerfüllte Sehnsuchten dem Sonntagskind ins Herz streichelt. Übrigens ist es interessant, daß unsere Genies fast durchgehends aus reichlich unglücklichen Ehen stammen. Sollte die gespannte Polarität der Gegensätze dem Werdenden die ungewöhnliche Schwungkraft der Seele übermitteln?

Ehe wir nun den Gründen für die enorme Schätzung, Höherschätzung der Kunst vor allen anderen Geistesgebieten tief im innersten Herzen eines Volkes nachspüren können, müssen wir einen kleinen Einblick tun in das Wesen der Masse, des Publikums, welches ja den eigentlichen Resonanzboden für alle Seiten künstlerischer Betätigung bildet.

Was ist die Masse? Eine aus Einzelindividuen zusammengesetzte Menge. Aber, das ist das Merkwürdige, in dieser Menge geben die Summen der einzelnen Seelenkräfte nicht etwa eine Diagonale aller die Masse bildenden seelischen Individualitäten ab, sondern es entsteht in der Masse, ja schon in der Gesellschaft, in einem Theater oder Konzertsaal, eine ganz neue Einheit, ein seelisches

Kollektivindividuum, das über dem verdunkelten Raume lagert wie ein schwarzes, vieläugiges und vielohriges Ungetüm, eine Art zerreißungsbereite Bestie, die etwas ganz anderes wieder ist als die Seele des ganzen Volkes. Ein Theaterpublikum kann ablehnen, was ein Volk behält und preist, und umgekehrt. In einem geschlossenen Raume nämlich hat das einzelne Individuum nichts zu sagen. Es fließen die seelischen Spannungen unbewußt und unkontrollierbar ineinander über, und die stärkste Persönlichkeit geht in diesem Kollektivgefühl der neuen psychologischen Einheit über den Köpfen restlos auf. Nun addiert sich sonderbarerweise in einer solchen Gemeinschaft von Menschen nicht das Positive (oder wenigstens nur bei ganz bestimmten Voraussetzungen), sondern fast als Regel die Verneinung, das Negative. Das kommt daher, weil die Negation dem einzelnen den Hochmut des Klügerseins vortäuscht und weil das „Nein" gewöhnlich das Realere, Handgreiflichere, Offenbarere ist. Das ideale Erschauen von Möglichkeiten, überhaupt der Reichtum, durch das Gute hingerissen zu werden, ist erheblich seltener, darum addiert es sich auch schwerer oder bleibt allein in der Menge. Es ist einfach bequemer, die Fehler als die Tugenden einer Leistung zu erkennen. Darum wirken die halbunbewußten Unlustbekundungen, höhnisches Räuspern mit der Heuchelei der Zufälligkeit, Unruhigwerden, Hin- und Herrücken usw. viel leichter infektiös und suggestiv als die Symptome der tiefer blickenden, an sich schon viel seltneren Fähigkeit, das Gute zu bemerken. Auch sind die Mittel der positiven Sympathieäußerungen beschränkter: Freudenmimik, leuchtende Augen, Behaglichkeitsgefühle werden weniger leicht bemerkt als jene häufigeren, heimlichen Zeichen des Unbehagens. Es hilft nichts, man muß es anerkennen, in einer geschlossenen Gesellschaft hat Mißgunst, Roheit, der schlechte Instinkt die Oberhand. Die Jasager sind hier viel seltner als die Verneiner. Das Anerkennen ist viel ehrgeizloser als das Angreifen. Man will seinen geistigen Erhaltungstrieb lieber auf Kosten der Produzenten behaupten, als aufgehen und aufgelöstwerden in der Persönlichkeit eines höheren Autors. So kann es kommen, daß gerade die besten Werke eines auffälligen Neuerers zunächst abgelehnt werden, das Trägheitsgesetz, der Konservatismus des Überkommenen wird geradezu herausgefordert durch die Sonderpersönlichkeit des Schöpferischen. Jeder Schauspieler weiß, daß dieses graue Etwas da unten vor den Reihen jeden Abend ein anderes ist, und er richtet sich ganz genau danach, um unnötige Reizungen der Bestie des Abends zu vermeiden. Und doch, manchmal erträgt sie Geißelhiebe, ohne zu murren, ja klatscht in die tausend Hände, selbst wenn sie verhöhnt, verspottet wird. Das kommt daher, daß Mensch vor Menschen ein konventionelles Versteckenspiel treibt: es tut dann jeder so, als sei er natürlich nicht gemeint, als träfe alles den anderen, doch nicht ihn. Auch diese Pose steckt an, und so kommen oft Beifallssalven selbst bei kühnstem Angriff auf das Publikum zustande. Man denke nur an die Erfolge von Karl Sternheims glänzender Komödie des Bürgertums, man beobachte auch, wie Fachgenossen eines verspotteten Standes (der Arzt am Scheidewege!) gerade die heitersten Beifallsspender sein können. Anders im Falle einer Ablehnung. Dann wird der spärliche Anerkenner, falls er sich durch Klatschen bemerkbar machen sollte, schnell durch Zischen in die Schranken gewiesen.

Ganz anders verhält sich ein Volk, als eine Masse. Das Volk hat ohne Frage sichere Instinkte, ob ein Kunstwerk in der Richtung seines Gesamtmarsches liegt, es weiß nichts von der Eitelkeit, sich zu behaupten, oder von der Heuchelei, sich nicht getroffen zu fühlen, die Kunst ist seine Angelegenheit, sie ist ein Stück seines nationalen Lebens, und darum ist beim Volke stets die Objektivität, beim Publikum die Subjektivität in Addition. Darum schwankt auch das Geschick eines Kunstwerkes solange hin und her, oft Jahrzehnte, bis eben die Gesamtheit der Richter oder eine Mehrheit des Volkes ihm Auge in Auge gegenübergestanden hat. Darum mag Erfolg oder Nichterfolg eine Kassenfrage sein, für die Schatzkammer des nationalen Gedächtnisses und seiner Dankbarkeit beweist dies gar nichts. Das Volk wägt ruhig ab und läßt sich Zeit, das Publikum verfällt leicht in Enthusiasmus oder leidenschaftlichen Protest, welche beide Feinde einer tieferen Bildung und Erziehung sind. Das Gefährlichste aber ist die Formel, der Kristall der Kritik, oft in ein Wort kondensiert, mit dem man den ganzen Lebensmut eines Menschen wie mit einem Beil totschlagen kann. Die Formel ist die tödlichste Feindin des Künstlers, übrigens aller öffentlichen Persönlichkeiten, auch des Staatsmannes, des Fürsten. Es gibt nur ein Rezept dagegen, immer neue Seiten zu zeigen, so daß kein Schlagwort sich prägen läßt, weil im allgemeinen der Intellekt der Menge doch nicht reicht, weitauseinanderliegende Botschaften mit einem kurzen Blick ganz zu umfassen. Solche Formeln, wie von der „konfusen Unaufführbarkeit“ des Fidelio, der „Überspanntheit“ der Neunten Symphonie, von der „Sinnlichkeit“ Wagnerscher Musik (als wenn nicht alle Kunst sinnlich wäre), von der „Endlosigkeit“ Bachs — können dann wie Quadersteine über einer Schönheitssaat liegen, die erst nach Jahrzehnten von vielen Händen mühsam gehoben worden sind. Wir müssen uns also, wenn wir vom Sinn der Kunst sprechen wollen, die Unterschiede ganz klarmachen, die zwischen Masse und Volk bestehen, weil nur das Volk ein endgültiges Urteil sprechen kann, wenn oft erst auch nach Generationen. Ist das Urteil einer Menge eine Eintagsfliege, so ist das des Volkes definitiv. Die Menge will sich in der Kunst erregen, amüsieren, etwas für ihr Geld haben, sie hat im allgemeinen von dem Talent mehr als von dem Genie, wenigstens des noch nicht „anerkannten", während das Volk von der Kunst sein höchstes Gut fordert, sie brünstig und still innerlich sich assimiliert, aus Schöpferischem die Saaten seiner Zukunft herausspürt.

Nun können wir es endlich sagen, welchen Sinn wir in der Kunst vermuten! Sie ist eine Vervielfältigerin meines Lebens, sie schenkt mir neben meinem Leben tausend andere, tausend neue. Sie verdoppelt, verdreifacht, verhundertfacht mein eigenes Ich. Man kann nicht alle Schönheiten der Erde sehen und wäre man ein Krösus auf Weltreisen, nicht alle Landschaften, alle Bauwerke — die Kunst kommt und legt sie vor uns hin. Und, wenn wir imstande sind, mittels Sensibilität und Phantasie die Rhythmen des Künstlerauges in uns zum Gleichschwung wieder zu erzeugen, so sind wir einen Augenblick in ihn hineinversetzt, stehen gleich ihm vor der Schönheit und saugen sie mit seinem trunkenen Auge ein. Es ist einfach, als würde uns die Hemmung, die uns Natur gesetzt, gelöst, und als wären wir es, die das Berauschende geschaffen. Ich kann es wohl verstehen, daß ein alternder Lord, dem ein Kinderbild von Reymonds gestohlen wurde, sich, da es unauffindbar blieb, das Leben nahm. Ich kenne das Bild, es war hier ausgestellt, es war ein kleines Mädchen mit Augen als schaute ein froher Gott uns an. Ich kann das holde Gesicht nicht wieder verlieren.

Ich kann nicht alle Akkorde selbst schaffen, Schönheit der Melodien selbst erfinden — der Künstler kommt und färbt die Welt mit Tönen, läßt Totentanz und Höllenpein, die süße, dem Nichtkünstler, auch wohl dem Künstler selbst unbegreifbare Wonne eines Adagios dahinschweben, als schwebe die Kunst selbst über eine Blumenwiese, und dann der Chor der Freude und dann das Zittern und Beben der Klarinetten, das Knieschlottern der Pauken beim Ausklang der Stelle: „Brüder! Überm Sternenzelt muß ein lieber Vater wohnen!“ Erst die mit aller Inbrunst des Gläubigen hinausgeschriene jauchzende Sicherheit und endlich die leise vom Zweifel vibrierende Frage in dem Orchester: ob es wohl auch wirklich so ist? Das ist die genialste Stelle der Musik, die ich kenne. Kann ich sie vergessen?

Und nun die Venus von Milo, der Kopf des Antinous, die Sixtinische Madonna, der Moltkekopf von Begas? Kann man das je vergessen, ist es nicht unser Eigentum geworden?

Wie wenige verhältnismäßig können die Pracht des Petridomes, die Glockenstühle des Mailänder Gotteshauses, diese Wunder mit eigenen Augen sehen — die Kunst kommt und schenkt alles, die schönen Frauen, die Landschaften, das Meer, das Spiel der Wolken und den Traum der Gletscher!

Sie macht nicht nur reich, die Kunst: sie läßt

mich hundertfach auf Erden sein und Zeuge hundertfacher, fröhlicher, ernster, tragischer Situationen. Sie setzt auch in Konflikte und Entspannungen, von denen ich ohne Bühne wahrscheinlich nicht eine erlebt hätte, sie läßt mich Helden, Dulder, Schuft, Verbrecher sein, ja, ins Erlebnis eines Weibes, eines Kindes preßt sie mich hinein, das Unbekannteste, das Leben anderer wird mein. Denn, wenn ich nicht der Held der Bühne sein kann, wenn schlechte Darstellung, schlechte Dichtung mich nicht zwingt in seine Bahn, so daß ich mich verschmelze mit ihm zu einer Einheit, die nur am Schluß ein tiefes Aufatmen löst, so war das Stück oder die Aufführung verfehlt. Diese Garantie neuer Erlebnisse von oft noch viel größerer Intensität, als sie das Einzelleben bringen kann, gibt der Kunst diesen eminenten, geradezu biologischen Wert. Sie zwingt mich heraus aus meiner eigensinnigen Bahn, lehrt mich mit anderen Augen sehen, und variiert mein Leben so tief und fein, daß sie fast wie die Wissenschaft belehrt. Sie stellt mich dauernd vor die Wahl der Entscheidung, vor eine Autorität, vor der ich, wenigstens innerlich, bekennen muß, auf welche Seite ich mich stelle. Das ist zugleich auch die sittliche Macht der Kunst. Sie erzieht den Härtesten zur Toleranz, den Kältesten zum Mitleid oder Grauen, sie warnt, sie höhnt, sie geißelt, und immer bin ich's, um den das Ganze sich handelt, wenn ich recht zuzuhören verstehe. Je naiver das Publikum, desto mehr geht es mit: das ist eine alte Theatererfahrung. Hingabe an die Illusion, auch bei höchstem Intellekt ist die einzige Möglichkeit, ein Kunstwerk ganz auszuschöpfen. Das nur Interessanteste ist ein Fluch der Kunst. Man kann nichts Tödlicheres über ein Kunstwerk sagen als dieses: „Sehr interessant!", denn die Kunst hat gar nichts mit dem Denkprozeß zu tun, sie ist nur Empfindung, Phantasie, Bildschaffung. Verstand, Kritik, Zweifel morden den Kunstgenuß. Ich erlebe nichts, was ich ausdenken muß. Kunst geht an mir vorbei wie ein Reiterheer, wie ein Ereignis.

Dies Erlebenlassen, diese Auflösung meines Ichs in tausend andere, dieses Hineinversetzen meiner Existenz in soundsoviele Situationen, Probleme und Weltanschauungen, meine Entwicklung zu anderen besseren Möglichkeiten, das ist es, was die Kunst zu einem Prinzip der geistigen Auslese gestaltet, was sie dem einzelnen und der Nation so unentbehrlich macht. — Verstehen wir nun, warum das Volk einen Schiller über einen Graefe hob? Verstehen wir jezt, warum es für einen Geiger, für einen Sänger Millionen hingibt und sich um den frierenden Gelehrten gar nicht kümmert?

Abgesehen davon, daß der gesunde Instinkt eines Volkes den Gedanken an ein lustiges Stück dem Nachdenken über die Heilbarkeit des Leidens vorzieht, weil dort Sonne und kein Schatten liegt, es fühlt auch ganz klar heraus, daß es seinen Lebensstrom mit Leben tränkt, mit einer Flut von neuen Erlebnissen und daß es dagegen im Einzelfall, wo einer der Seinen leiden mußte und geheilt werden könnte, es töricht wäre, auf diese Möglichkeit hin sein Haupt demütig vor der Wissenschaft zu beugen. Sie ist für den Notfall gut, das Leben der Kunst braust ihm jeden Tag, jede Stunde entgegen. Es liebt das Volk die Kunst wie sein eigenes Leben. Ein Volk ist wie die einzelne Persönlichkeit so groß, wie seine künstlerische Sehnsucht ist. Wie weit aber die Sehnsucht eingreifen kann in das künstlerische Leben eines Volkes und seiner Richtung, dafür möchte ich zum Schluß noch ein Beispiel geben aus einer Revue der musikalischen und unmusikalischen Völker.

Mir scheint hier eine merkwürdige Beziehung zu bestehen zwischen Mensch und politischer Sehnsucht. Deutschland, zerrissen durch den Blutpflug des Dreißigjährigen Krieges, durchschüttelt vom kampfartigen Verlangen zur Einheit, zur Nation, — wurde das musikalischste Volk der Erde. Die Slawen, die Ungarn, die Zigeuner, alle Völker mit Sehnsucht nach staatlicher Freiheit sind ihm beinahe ebenbürtig. Italien, das ähnlich wie Deutschland stets das Land der fremdländischen Eroberer blieb und sich nach geschlossener Nationalität durch Jahrhunderte sehnte — war wahrlich musikalisch. Dagegen England, das Land der politischen Freiheit, der Herr der Meere, ward politisch — und ward, wie mein Freund Oscar Schmitz sagt, das Land ohne Musik. Ähnlich hat Frankreich, das Land des Sonnenkönigtums, einst der Herr des Kontinents, Musik geschaffen, die eine Spielerei bleibt gegen die Wucht der deutschen Musikgedanken oder die Schwermut der slawischen oder die weiche Schönheit der italienischen Musik.

Vielleicht findet man einmal auch andere solche Züge spezifischer Sehnsuchten zur Kunstform heraus, z. B. die der Norweger und der Schweden als Beziehung vom Sonnenverlangen zu dem düsteren Pessimismus der Dichtungen August Strindbergs und Henrik Ibsens. Wir wollen glücklich sein, ein Volk der Dichter und der Denker zu heißen und wollen es gern verstehen, wenn dies Volk die Dichter über die Denker stellt. Aber wir wollen die Seltenen am höchsten preisen, welchen es kraft ihrer Natur gegeben war, die Synthese von beiden in sich zu vereinigen.

Solch ein Begnadeter war Lionardo, Goethe, Schiller und einer, den so wenige zur rechten Zeit erkannt, der Dichter unserer Zeit, den meinen Freund zu nennen ich ein Schicksalsglück hatte — August Strindberg.

GENIE UND TALENT

„Allein die Möglichkeit von Genies auf dieser Erde ist ein Beweis für das Dasein Gottes!" — Ich habe es so irgendwo einmal gelesen. In der Tat, sind sie nicht die berufenen Verkünder einer den stolzesten Nacken beugenden, unergründbaren Harmonie? Sind sie nicht höchst eindringliche Spiegel vom schöpferischen Geschehen im Weltall, die an sich winzig, aber mit der Intensität von Scheinwerfern kühn in die fernsten und tiefsten, unnahbaren Zusammenhänge hineinleuchten? Was heißt „klein und groß" in dieser Welt der Unbegrenztheit des Gewaltigsten und des Winzigsten? Wie es Töne der Höhe und Tiefe gibt, für die das Schneckenklavier unseres inneren Ohres keine Tasten hat, so gibt es auch nach oben und unten Dimensionen, bei denen uns unsere Zahlenbegriffe und Maßstäbe gänzlich im Stiche lassen. Ist auch ein Menschenindividuum, am Ozean des Lebens gemessen, an sich noch nicht ein Sandkorn, so können einzelne unter ihnen doch eben wegen der Konzentration von Bewegungsrhythmen Wirkungen ausüben, die noch durch die Jahrhunderte nachhallen, ja, von denen wir nicht einmal wissen können, ob sie nicht auf unsichtbaren Gespinsten werktätig eingreifen in allerfernstes Geschehen. Wer weiß, ob nicht Gedanken, Vorstellungen so materiell sind, wie ein Hammerschlag auf glühendes Eisen, und wer weiß, ob nicht die enormen Explosionen, Revolutionen, Eruptionen, welche Genies hervorbringen, Tore sprengen, die zu Tempeln führen, weit ab von Menschentum und Erdensphäre? Es ist das Bezeichnendste für ein Genie, daß es den Mit- und Nachgeborenen eine neue Weltanschauung aufzwingt. Der Gott in ihm kündet stets den Gott in einem eigenen Spiegel. Es ist schlechterdings unmöglich, daß es ein, wenn nicht von Ehrfurcht vor dem Unerforschlichen getragenes Genie geben könnte. Jedes Genie muß religiös, muß gläubig sein, nicht im kirchlichen Sinne, sondern im Sinne einer tiefdemütigen Anerkennung der Bestimmung der Welt zu höchstem Ziele. Kein Menschengeist kann so eitel sein, daß er im Gefühl genialischer Kräfte sich selber irgendein Verdienst an seinem inneren Leistungsreichtum zuschreiben könnte. Es ist für ihn selbst durchaus überraschend, wenn seine tiefsten Erkenntnisse ihm gleichsam unbegehrt in die arbeitenden Hände gelegt werden, und seine Dankbarkeit ist zu groß, zu innig, um nicht die Sehnsucht zu spüren, einem Wesen, als dessen Widerschein nur er sich fühlt, seinen Dank zu sagen. Ist er doch selbst berauscht von der Schönheit, Tragweite, Kristallhelle der Gedanken, von denen er allein zunächst vor allen Menschen (und oft für immer allein) empfindet, daß sie von etwas Höherem stammen müssen, dessen Mandatar er ist. Nirgends finde ich das Verhältnis von Arroganz und Demut besser gezeichnet als in einem Bekenntnisse Goethes: „Es gibt wenig Menschen, die wie ich, im Vollbesitze ihrer königlichen Persönlichkeit, sich Genüge sein lassen könnten — aber warum soll ich die Harfe in mir nicht loben, da ich sie weder selbst erschaffen habe, noch rechtlich zu spielen verstehe!“ Man achte auf den ungeheuren Selbststolz, auf die, beinahe möchte man sagen, Selbstverliebtheit im Vordersatz und dann diesen grandiosen Umschwung zur Demut, der doch nichts anderes bedeutet, als „ich muß die Allmacht in mir ehren und mich ihrer würdig halten“. Und ist denn das stolze Wort von seiner königlichen Persönlichkeit nicht rein objektive Wahrheit? Ich kenne Leute, die eine Weltreise zu Fuß antreten würden um ein paar „Stunden mit Goethe“. So ist wohl etwas Wahres daran, daß Genies etwas Gottheit in sich tragen, die uns in ihren Bann zwingt, freilich manchmal lange, nachdem das überirdische Licht, das sie durchglüht hatte, wieder zurückgenommen wurde und der Leib, den es eine Zeitlang zur Offenbarung höchster Zusammenhänge zwang, zerfallen ist.

Mit keinem Wort wird soviel Mißbrauch getrieben, oft bis zur Blasphemie, als mit dem Worte „Genie“ und „genial“, und nirgends finden soviel falsche Vertauschungen zweier leichthin verwandter Begriffe statt, wie zwischen Genie und Talent. Es würde mich nicht wundernehmen, wenn jeder Leser beim Durcheilen dieser Zeilen sich erinnerte, an dieser Verwicklung der Begriffe selbst schon gelegentlich teilgenommen zu haben.

Trotzdem es eine ganze Literatur über die Unterschiede von Genie und Talent gibt und die Aphorismensammlung über ihr Verhältnis zueinander eine kleine Bibliothek füllen würde, möchte ich doch versuchen, ein weniges zu diesem Thema beizutragen, weil unsere besonderen Anschauungen über den Hirnmechanismus ja beinahe zwingen, uns mit diesem Thema auseinanderzusetzen. Wir wissen ja alle, daß uns die Anatomie, wie ja bei sämtlichen Funktionen abnormer und besonderer Chararaktereinheiten, hier, bei der Gehirnsektion gänzlich im Stiche läßt. Das Gehirn eines Helmholtz wies nichts, aber auch gar nichts auf, was in irgendeinem Verhältnis zu der überragenden Persönlichkeit dieser gewaltigen Gottnatur gestanden hätte, in keiner Weise wollte sich dem eigentlich erstaunenden und kopfschüttelnden Blick der Untersucher, welche den Mut hatten, in ein solches Gehirn hineinzuschneiden, ein Aufschluß darüber ergeben, wie es nur möglich sei, daß eine solche Distanz von diesem Gehirn zu dem eines Durchschnittsmenschen so gar keine Spur im Anatomischen gelassen hatte. Ist das überhaupt nicht wunderbar, daß so häufig selbst bei den sicher „abnormen“ Irren nichts, auch nicht eine Andeutung eines abnorm arbeitenden Organs sich finden läßt? Eine Tatsache, die unsre Ansicht kräftig zu stützen geeignet ist, daß die

Seele eben eine Qualität für sich ist, daß Gehirn und die Nervensubstanz nur ein Funktionär ihrer Aufträge, eine prismatische Harfe des Lichtes ist, wenn ich so sagen darf, durch welche sie sich offenbart. Ist diese Harfe defekt geworden oder im Bau mißlungen, wie bei Irren oder bei angeborener Idiotie, so ist eben das Instrument unbrauchbar und die Seele verläßt früher oder später den ungeeigneten Leib, vielleicht um ihn von neuem, besser, tönender, noch einmal aufzubauen. Wo aber der Bau aufs wundervollste gelungen, wo die Unsichtbare virtuos und ungehemmt durch mangelhaften Mechanismus der fünfzehn Millionen die leicht angebenden Tasten der Hirnorgel durchrauschen kann, da kann sie spielen mit unerhörten Thematen und unerschöpflichen Variationen. Es muß also trotz allem Kopfschütteln der Anatomen und Philosophen doch im letzten Sinne auf den Apparat ankommen, denn Seele ist überall, nur das zureichende Instrument entscheidet, ob sie ihre tieferen Einsichten in irgendeiner Form durch die komplizierten Widerstände der Ganglien zwängen kann. Aber es liegt eben an der funktionellen Leichtigkeit der spielbaren Tasten auf und ab, ob Seelisches zutage tritt, nicht an einer besonders „genialen" Struktur des Gehirns. Deshalb wird auch alles Wiegen und Wägen der Gehirne bedeutender Menschen ebensowenig ergeben, wie Virchows durch vier Jahre zum großen Teil von mir mitgemachte Schädelmessungen. Es ist eben alles funktionell, und Geistig-Seelisches läßt sich nicht messen, auch nicht Rasseneigenschaften, oder durch Färbungen, Zerfaserungen, in chemischen Retorten sichtbar aufzeigen als Prozeß im zuständlich gewordenen Zellmaterial. So ist es auch mißlungen, zahlenmäßig der Frage näher zu treten, ob die Zahl der Ganglien bei Genies mikroskopisch zahlreicher sei. (Mikroskopisch pro Mikromillimeter gezählt und auf die graue Hirnmasse übertragen.) Auch hier ergab sich weder in Form noch Zahl ein Überschuß. Man sollte auch meinen, daß die Zahl von fünfzehn Millionen Ganglieneinheiten eine Kombinationsreihe ergäbe, die für alle geistigen Möglichkeiten noch für ein paar Jahrhunderte ausreichen würde, selbst wenn das „Überhirn", was wohl kommen wird, von nun an sich rapide entwickelte. Also nicht darum kann es sich handeln, daß das Genie tatsächlich ein Plus an Ganglienzellen besitzt, sondern nur darum, daß es einen Überschuß von Ganglienfunktionen zur Verfügung hat, gegenüber der großen Masse der Alltagsmenschen, ja auch der Begabtesten unter ihnen. Damit stimmt auch gut die gesamte Biologie der Genies überein. Es kann also nicht richtig sein, was Fr. Nietzsche meinte (in Konsequenz seiner verstiegenen Idee vom Übermenschen), daß die gesamte Menschheit ein periodischer Urweg zum Genie sei, d. h. daß die ganze Karpfenaussaat der Menschheit in

Milliarden Keimen nur dazu da wäre, um von Zeit zu Zeit ein paar Genies heranzubilden — und zwar darum nicht, weil diese Anschauung eben eine organische Aus- und Umbildung stillschweigend voraussetzt, die beim Genie gar nicht vorhanden ist. Das Wesen des Genies ist die funktionelle Leichtigkeit des Tastenspielens und die Neuaufnahme von Ganglien-gruppen, und diese Funktion, der Neuanschluß ganzer Kategorien von Hirnzellen in die kombinatorische Verbindung fernliegender Möglichkeiten miteinander, welche eben den Alltagsmenschen noch fehlt, resp. die bei Durchschnittsnaturen noch im Hemmungszustand liegen.

Das Genie und seine Wirkung liegt stets in der rhythmisch gerichteten Verlängerungslinie der Entwicklung des Menschengeschlechtes überhaupt. Es ist die Vorausnahme eines Funktionsreichtums, den erst spätere Generationen ganz in sich wiederholen. Sie sind die ersten sprungartig erreichten Leitersprossen der Natur zu ihrem ständig erstrebten Aufstieg. Sie sind Vorposten, erste Reisende in der Antarxis nie betretener Geistgefilde. Einsam oder mit wenigen Genossen gehen sie mitten durch das Leben in anderen unbetretbaren Gärten, deren Ausgang aber in neubesonntes Land, zu Wohn- und Werkstätten kaum geahnter Vervollkommnung führt. Sie gleichen Moses, der Kanaan gesehen, es aber nicht erlebte, wie sein

Volk hineinströmte in die Gelände, da Milch und Honig fließt. Denn das ist die Tragik der Genies, einen so großen Funktionsvorsprung zu haben, daß die Mitgeborenen, deren Ganglien gerade vor dem problematischen Gebiet in Hemmung verharren, innerhalb dessen das Genie neue Kabelanschlüsse gewann, seine ganze Welt rundweg ablehnen müssen, eben weil sie dieselbe in ihrem Geiste nicht spiegeln, nicht mit aufbauen können. Und doch wird das Tor genialer Ereignisse nach Generationen zu einem kaudinischen Joch, durch das alle Nachgeborenen geistig ihre Straße ziehen müssen. Erst tönten die neueingespannten Glokken ganz einsam; in keiner Menschenbrust ein Echo! Doch bald wird die neue Tonfolge, immer wieder anprallend an die gehemmten Register eines oder des anderen Mitlebenden zum Zauberstab, der aus dem Felsen Quellen schlägt; die Jünger tragen den Zauberklang weiter an tausend gewiß noch taube Ohren; selbst der Bekämpfer, der Kritiker, der rasende Gegner trommelt mit ohnmächtigen Hämmern immer wieder gegen die gesperrten Glockentüren seiner Mitmenschen, und so übt sich die Wahrheit selber langsam die Funktionen im Menschenhirn ein, deren sie bedarf, um überhaupt gehört zu werden. Geniale Ideen sind also Wachstumsreize. Sie erzwingen, wenn sie in der Verlängerungslinie des organischen Aufstiegs liegen, die wir Ziel der Menschheit, Rhythmus ihres Marsches in die Ewigkeit nennen, das Hochschnellen der Chausseequerbäume, die der immer bereite Erhaltungstrieb des Beharrens beim einmal Erreichten, dieser seelische Konservatismus dem Geisterheer der Gedanken zu jeder Zeit entgegensetzt. Genies sind stets die Etappenführer dieses allgemeinen Aufrückens der Menschheit, die Quartiermacher der sicher anrückenden Armee neuer Gedanken.

Denn das unterscheidet ja Genie vom Wahnsinn so scharf, daß die abnormen Aperçus, welche durch Absonderlichkeit der Ganglienkombination, durch das Abweichen vom Hergebrachten beiden gemeinsam sind, trotz alles geistigen Raketenfeuers nicht zu Herdflammen werden, welche die Menschheit einst auf vorgezeichneten Höhen entzünden kann.

Die nicht in der Richtung der Entwicklung liegenden Ideen, wie z. B. die Nietzsches, die gewiß starke Züge des Genialischen trugen, können wohl Fackeln werden am Menschheitswege, die als ein seltsam Licht in der Erinnerung haften bleiben, aber doch verlöschen, weil sie nicht Wegweiserkraft genug hatten, um bis oben auszureichen und hier von neuem aufzuflammen. Das eine ist organisch funktionell, ein vorwärts schreitender Rhythmus, das andere nebengassengleich, exzentrisch und schließlich arhythmisch.

Wenn hiermit gesagt wird, daß das Genie urgesund sein muß, um seine Mission zu erfüllen, so muß doch dem Einwand begegnet werden, erstens, daß es doch echte Genies mit schweren geistigen Störungen gegeben habe, und zweitens, daß doch notorische Genies früh gestorben seien (Mozart, Schubert), ja daß sie durch Selbstmord geendet sind (Heinrich von Kleist). Auch Schiller war leidend, Chopin starb ebenso wie der Däne Jakobsen an Schwindsucht. Ich gebe gern zu, daß auch Genies geisteskrank werden können, obwohl die ganz Hochstehenden ein auffallend hohes Alter erreicht haben (Lionardo, Goethe, Bach, Helmholtz). Ich habe selbst darauf schon hingewiesen, wie gefährlich Ganglienbegabung ohne die sichere Steuermannshand des Sympathikus, ohne die Phlegmafaust dieses unbewußten Regulators sein kann. Da gibt es aber die blendenden Halbgenies, die wie etwa Grabbe und der Dichter Büchner (nicht der Kraft-Stoff-Bruder), eminente Vollgriffe tun können in den Blumengärten der Phantasie, die aber doch niemals die Ideenfruchtbarkeit der urgesunden Typen erreichen. Die modernen Genies haben vielfach einen hysterischen Zug, und wer einst die Geschichte der Kunst unserer Zeit vor dem gewaltigen Kriege schreiben will, muß ein guter Kenner der Hysterie sein. Selbst bei dem machtvollen Kleist ist ein sadistischer Zug zu bemerken (Penthesilea, Käthchen von Heilbronn), und ich weiß nicht, ob diese Form der Hysterie es nicht war, die Goethe so schändlich hart, so kleinlich ablehnend gegen ihn gemacht hat. Die jungsterbenden Genies hat vielleicht ihre rapid einsetzende Erfüllung ins allzufrühe Grab gelegt; mich will es wenigstens bedünken, als ob es mit Mozart und Schubert ähnlich ist wie mit den „genialen" Wunderkindern, sie sind junge Greise, Frühvollender ihrer Möglichkeiten. Ich bin nun einmal der beinahe fatalistischen Ansicht: es stirbt niemand, der der Welt Offenbarungen zu geben hat, eher, als bis er alles gesagt hat, was er sagen sollte. Könnte die phänomenale Produktivität Mozarts und Schuberts nicht darauf beruhen, daß sie schon in jungen Jahren alles gesagt hatten, was ihnen aufgetragen war?

Aus diesen Erwägungen ergibt sich, daß der eigentliche Richter über die Genialität oder Nicht-Genialität einer Persönlichkeit die Richtung ist, welche die nachrückende Menschheit nimmt. Die Umgebung kann nicht richten, denn alle Ideen sind infektiös, auch die nicht organischen, auch die perversen, die deletären, die irren Flammen des Geistes können einen Brand, der um sich greift, entzünden. Nur die Zeit, dieses Sieb der Werte, entscheidet, was Gold war, was Flitter! Darum könnte ganz gut das Genie unter uns sitzen — wir sähen nichts — als seine Absonderlichkeit. Die Leute, die wußten, was ein Beethoven, ein Schubert, ein Goethe, ein Helmholtz in Wirklichkeit für unser nachrückendes Weltsehen bedeutete, würden mein Zimmer, in dem ich jetzt schreibe, kaum ganz ausfüllen. Fangen wir doch jetzt erst, also nach fast hundert Jahren, langsam und allgemein an zu begreifen, was für Offenbarungen ein Goethe und Beethoven, die leider auch zu Lebzeiten stolz aneinander vorbeigingen, uns, die ihrer Spur folgen mußten, gebracht hat. Das Verhältnis, die Distanz von Genie zur Umwelt ist so zwingend, daß man beinahe mit vollem Recht den Satz umkehren kann und sagen: „Der Erfolg, der große durchschlagende Erfolg eines sogenannten genialen Menschen, den er noch erlebt, ist ein Unterpfand, daß er keins war, denn die Gegenwartsmasse irrt sich dem Genie gegenüber naturgewollt, erst die kommende Masse scheidet biologisch Bestehendes von hemmender, vorgetäuscht aufstiegartiger Funktion. Man könnte einwerfen, es gibt doch Genies, die nie ans Tageslicht getreten sind, erstickt von dieser Schwere des Widerstandes oder vielleicht von vornherein zu resigniert, um überhaupt die Hand zu rühren. Das gibt es eben nicht: Genie ist eine Zwangslage, die Hand, die Sinne, der Geist eines Genies müssen arbeiten, müssen schaffen, sie müssen wirken, sei es in Marmor, Tönen, Farben oder in geschriebenen Rhythmen. Wer nicht den ungeheuren Spannungstrieb neu geladener Systeme, den Preßdruck neuer innen gefühlter Stromverkettungen empfindet und damit den Zwang, sie nach außen erkennbar zu projizieren, der ist eben nicht ausersehen, nicht berufen, kein Genie, so sehr auch eine gewisse Leichtigkeit der Assoziation den Eindruck des Genialen vortäuschen kann. Jedes Genie sprengt die Kette seiner inneren Einsamkeit und Scheu, jedes Genie offenbart sich, es bekommt eine Art Epilepsie seiner Aussagen. Wenn nicht in ständiger sukzessiver Arbeitsfolge, so doch in Anfällen und Pausen, z. B. in den sog. Dichterperioden der Literaturgeschichte. Fleiß ist eine Funktion des Genies, wie der alte Menzel sagte: „Genie ist Fleiß!"

Man sei also vorsichtig mit dem Prädikat Genie oder genial. Es gibt noch nicht eins unter Tausenden, welche so benannt werden, und man bedenke stets, daß erst ein Jahrhundert zu Gericht sitzen muß, um einen Geisteskämpen freizusprechen von dem Verdacht, ein Usurpator zu sein und ihm, freigesprochen, den ewigen Lorbeer zu reichen. Wenn man dem Attribute „genial" diesen Verdacht, es sieht so aus, als ob Genie vorläge, ausdrücken will, so habe ich nichts gegen seinen Gebrauch einzuwenden, es enthält ja ohnedem schon durch falsche Anwendung einen hämischen, leicht mit „verbummelt", „versoffen", „verkommen" assoziierten Klang. Ganz unangängig aber ist es, auf irgendeine Form der Reproduktion, Schauspielkunst, Virtuosentum, Deklamation, den Ausdruck „Genie" anzuwenden. Hier mag der Ausdruck „genial" hingehen, weil er besagen will, daß der betreffende Künstler voll fähig war, zum Genie dessen, der ihm Wege wies zu höchsten Menschheitsleistungen, aufzusteigen und diesen Flug den andern, dem Publikum, als sehr wohl möglich aufzuweisen. Der geniale Reproduzent ist ein Funktionär, ein Erfüller, Testamentsvollstrecker der Dokumente des Genies, als solcher ihm verwandt und wesensverbunden.

Was aber ist nun das Talent? Eine Veranlagung, welche die Leichtigkeit überkommener Funktionen der Ganglien und ihre Anschlüsse besitzt, ohne die Fähigkeit, selbst neue Funktionen zu schaffen.

Einer, der die ganze Meisterschaft des Genies besitzt, die einmal vorhandenen Register mühelos, angeboren spielend auszuüben, ohne diese Meisterschaft in ein noch nie gespieltes Register schieben zu können. Ein Geiger vor der verschlossenen Tür zur Orgel. Ein Segler auf dem Wasser, der sehnsüchtig den ersten Flieger der Lüfte über sich sah. Ein Könner, kein Erkenner. Ein Schachspieler mit der Meisterschaft des Gewesenen, des ihm leicht Erlernbaren von früher, ohne daß ihm je einfallen kann, eine neue Eröffnung siegreich für alle Zeiten zu sehen und durchzuführen. — Ein Mann, der Klavier spielt, aber nie sich selbst und seiner titanischen Sehnsucht nach unbestiegenen Wolken einen zwingenden Ausdruck verleihen kann. Der diese Wolken, auf denen Götter träumen, zwar sieht, aber weiß, daß ihn keine Tonleiter an ihre Seite bringt. Ein Mensch, der alle Mosaiksteine der gewesenen Bilder in der Hand hat, aber daraus kein Neues setzen kann.

Ist das Genie der Erblasser, so hat das Talent eben den Auftrag, peinlich sich an die Vorschriften zu halten, es erfüllt die nachgelassenen Dekrete des Genies. Es lebt von ihm, da es die Fähigkeit hat, es leichthin darzustellen. Ja, es kann kommen, daß ein Genie an Fähigkeit der Spielfertigkeit der des Talentes nachsteht. Sei's eigene Deklamation, sei's eigene Musik, ja selbst in Malerei und Bildhauerkunst kann es kommen, daß in talentvollen Schülern die Ideen des Meisters besser zutage treten, als bei dem Schöpfer der neuen Rhythmen selbst. Wagner konnte sich selbst nicht spielen, er konnte überhaupt nur die Ouvertüre zum „Freischütz" fehlerlos spielen, wie mir sein alter Mitarbeiter Levy erzählt hat. Er sang falsch und seine eigenen Kompositionen ganz anders gestaltet, als er sie geschrieben hatte. Wagner ist vielleicht das glänzendste Beispiel dafür, daß das Gedächtnis, die Fähigkeit zu behalten, in umgekehrten Verhältnissen zur schöpferischen Fähigkeit eines Geistes stehen. Die Reproduktionskraft ist um so geringer, je höher die Produktionskraft steigt. Es mag davon Ausnahmen geben, sie sind aber selten. Meist täuscht das scheinbare Gedächtnis des Genies: es produziert nämlich aufgenommene Gedanken immerfort in neuem Lichte, es assimiliert sie sich und prägt sie um, und da kann es scheinen, als habe es einen enormen Gedächtnisapparat, während nur seine Gedankenkombinationsfähigkeit enorm war.

Goethe hat sich unendlich viel angeeignet, vom Faust bis zur Farbenlehre: aber wie eigenartig, überall mit dem Insiegel seines königlichen Stempels versehen, ging alles Fremde durch die Kristalle seines prismatischen Erschauens. Auch Goethe hatte eigentlich ein schlechtes Gedächtnis, mußte er doch jedesmal den alten Gelehrten Meyer nach griechischen Maßen fragen, wenn es seinem Rhythmusgefühl einmal einfiel, sich antiker Form zu nähern. Wie viele unter uns haben die Struktur der Sapphischen Ode behalten, ein Goethe nicht. Dagegen behielt er alle Physiognomien, nicht im Gedächtnis schlechthin, sondern als Typen seiner hinter jeder Form ideensuchenden Seele.

Es ist dies Verhältnis von Produktion und Reproduktionskraft auch ganz verständlich, weil eine Folge des wesentlichen Unterschiedes von Genie und Talent. Je fertiger, sprungbereiter die Ausnutzung überkommener Mechanismen, wie beim Talent, ist, um so seltener wird ein gleichmäßig starkes Funktionieren neuer Bahnen sein, und umgekehrt. Es ist ja wirklich so, als wenn der menschlichen Organisation doch nur ein relativ beschränktes seelisches Kraftmaß zuerteilt ist, so daß leichthin, wo auf manchen Gebieten der reiche, volle Glanz der Sonne liegt, andere Regionen des Gehirns beschattet, ja verkümmert sein müssen. Das ist der Kern der Lombrososchen grenzenlosen Übertreibung, deren er sich schuldig gemacht hat, wie ein klatschender Philister, der seinem hochgestellten Nachbar was anhaben möchte. Weil geniale Naturen funktionelle Defekte, eine „dumme Ecke“ aufweisen, deshalb braucht doch nicht jedes Genie Stigmata des Verbrechers oder Gestörten zu besitzen. Wenn Goethe eine leise Neigung zu Selbstverkleidungen gehabt hat, brauchen wir deshalb mit Lombroso anzunehmen, daß er auch Diebesleidenschaften hatte und darum ein großes Stück Platin und die Prismen eines Jenenser Gelehrten trotz mehrerer Mahnungen nicht herausgab? Er hatte sie noch nicht genügend studiert oder liegenlassen müssen im Drang einer unerhört universellen Betätigung — das ist doch wohl wahrscheinlicher.

Noch auf einen Widerspruch zwischen Genie und Talent möchte ich aufmerksam machen, das ist die ganz verschiedene Begabung bei beiden, in Form öffentlicher Reden die Sprache zu beherrschen.

Ich glaube nicht, daß ein Genie jemals ein feuriger, hinreißender Redner oder ein Improvisator im Sinne eines Meisters vom Stuhl oder des Bramarbas d'Annunzio sein kann. Es stolpert in seinen eigenen brausenden Gedankenbrandungen, während ein Talentmensch eine Pracht der Rede zuwege bringen kann, die Diamanten der Gedanken gleichen. Bismarck sprach stockend, Virchow direkt schlecht, Helmholtz schwer und tiefsinnig leise, Langenbeck, der produktive Chirurg, zögernd, zagend, aber v. Bergmann in unerhörtem

Fluß, im Vollbesitz des ganzen Wissens seiner Zeit, ohne einen Schritt darüber hinaus. Du Bois-Reymond war einer der gewaltigsten Heroen des gesprochenen Wortes — doch Goethe schlug jedesmal „das Herz bis in den Hals", wenn er öffentlich sprechen sollte, was er sehr ungern tat. Seinem Phonographen Eckermann freilich hat er anscheinend lange Reden gehalten, ich glaube nur, daß alles ganz anders geklungen hat, als dieser Phonograph Goethischer Gespräche sie reproduzierte. Ich möchte doch glauben, daß sich alles viel malerischer vollzogen hat.

DIE SONNE ALS ARZT

Wenn wir vor uns hin zwei winzig kleine Spiegel, von eigener Hand verfertigt, auf den Tisch stellten, und zwar müßten diese Spiegel noch hunderttausendmal kleiner sein als die Spitze der feinsten Nadel — und nun von diesem Spiegelpaar verlangten, sich zu tummeln, von sich selbst aus immer wieder gleiche neue kleine Spiegel zu erzeugen, und sie beauftragten, durch Jahrtausende hindurch stets etwas über uns, ihre Schöpfer auszusagen, wenn wir so etwas vermöchten, dann lösten wir das Sonnenproblem! Denn so ist es mit der Sonne:

„Sie schuf sich selbst den lichten Wunderspiegel,
das Menschenauge, sich zu schauen, und ihre Siegel
tief in die Menschenbrust zu senken!"

Sie hat uns gefertigt, unsere stete Neuanfertigung uns selbst überlassen und uns befohlen, uns die schönsten und tiefsten Gedanken über sie zu machen. Das ist unstreitig das sehr merkwürdige Problem der Sonne, ja der Welt. Ob da, auf diesen amphitheatralisch geschichteten, eisig kalten Marmorblöcken, in seinen Kratern und ewigen Eismeeren wohl auch etwas ausgesagt wird über den Allschöpfer, die Sonne? Wir können getrost „Gewiß!" sagen, denn auch Kristalle reden von unendlichen Herrlichkeiten und fernsten Reichen des Lichtes, und für den Hörenden — jeder, der tief und innig in die Natur lauscht, hört etwas und liest im Buch der Bücher — für ihn singt sogar der schwarze Kohlenkristall ein hohes Lied einer gestorbenen Welt, und wenn wir ihrem inneren Gesinge so recht auf die Spur gekommen sind, so vernehmen wir einen seltsam kanonischen Gesang, einen fast messianischen Chor: „Die Sonne ist der größte Arzt der Leiden!"

Das kann uns ein Stückchen Kohle künden, wenn wir sie zwingen, in Retorten und Schalen unter dem Rhythmus des Feuers und flüssiger Essen ihre Schwanenlieder zu singen und zugleich wieder aufzuerstehen zu neuen unerschöpflichen Gestalten, zu Gebilden, die sie einst besaß, als sie noch sonnetrinkende Pflanze war. Das ist ein rechtes Osterlied: „Auferstehn! ja auferstehn!" Denn, was heute im Jahrhundert der Kohle und ihrer Abkömmlinge ans Licht geboren wird: die glühendsten Farben der Hunderte von Anilinen, die tausend Düfte von Veilchen und Rosmarin bis zur Rose, alle Parfüms, die Heilmittel alle, vom Chinin bis zu den Aspirinen und Kokainen, Ersatzstoffen des Opiums und der berauschenden Äther — das alles ist begrabene Sonne und wird nun im wunderschönen Ostersegen auferstandene Güte, segnende Gnade, heilender Trost. Alles Strahlen aus der Hand des größten Arztes: der Sonne! Wem fällt da nicht ein, daß auch die Hauptverwandlung der Sonnenurkraft, die elektrische Energie, heute längst im Dienste der modernen Sonnenpriester, denn das sind wir Ärzte in letzter Linie doch wohl alle, auch für Leiden aller Art oft wirksamer ist als ihre direkte, heute, wie stets herabscheinende, himmlische Gnade.

Wir kommen ihnen immer mehr auf die Spur, den uralt-alten Sonnentrinkern, Strahlenschlukkern und Lichtgrabschauflern, den sogenannten radioaktiven Substanzen, wie Radium und Mesothorium, welche ihre Strahlenmacht noch so konzentriert in sich bewahren seit Jahrmillionen, daß sie direkt versengen und verbrennen wie Mittagssonne, die wir als Kinder in einer Glaslinse verdichten und Pulver zur Explosion und Papier zum Verkohlen bringen sahen durch unsern alten, lieben Lehrer der Physik. Der Gute ahnte wohl nicht, daß er schon damals das im Radium später verwirklichte Prinzip zum Kampfe gegen die böseste Menschenseuche, den Krebs, in Händen hielt. Erst verhältnismäßig spät haben die Ärzte gelernt, daß gegen die Tuberkulose der Knochen und der Gelenke, ja auch in vielen Fällen von innerer Tuberkulose die direkte Sonnenbestrahlung wie Zauber wirken kann, wobei uns noch das eine Rätsel bleibt, daß die Sonne des einen Ortes durchaus nicht immer dieselbe, gleichsam verdichtete Heilkraft hat wie die eines anderen.

Da muß wohl in der wunderschönen Schweiz und in Frankreichs Süden der große Doktor Sonne seine Wolkenblender, seine atmosphärischen

Reflektoren, seine Dunstabsauger und Luftschichtenfiltrierapparate aus besonderer Gnade noch ganz anders stellen und heilhandhaben als bei uns im Tale oder auf nordischeren Höhen. — Wie viele Geheimnisse vom Entstehen und Erlöschen der Epidemien liegen begraben im Walten und Schalten der Sonne, und die alten Griechen hatten eine hygienisch fein witternde Nase, wenn sie ihrem Lichtgotte Apoll den Beinamen des Seuchentöters gaben. Sonnenlose Jahre sind stets die schwersten Epidemiejahre, und im grellen Sonnenlichte sterben sekundenschnell Milliarden unserer grimmigsten Lebensfeinde! Welch unentbehrlicher Blutbildner ist die Sonne, und Bleichsüchtigen, Verwundeten, sich Erholenden, Alternden, Gichtischen und Siechen kann man als dankbare Schüler unserer größten Meisterin, der majestätischen Zauberin, kein anderes Rezept verschreiben als: Dreimal täglich ein paar Stunden Sonne! Sonne! Sonne!“

Was noch alles, und hoffentlich bald, gefunden werden wird gegen Leid und Krankheit, es wird seine letzten Beziehungen zum weltendurchspannenden Netz der Sonne haben, sei es, daß wir die Wirkung direkt aus ihrem goldenen Strom lenken, sei es, daß im Laboratorium in ständiger Osterfeier immer mehr von alten verschluckten und begrabenen Wundern zur Auferstehung gezwungen wird.

Was aber die Frühlingssonne den wunden Seelen an balsamischer Arznei zu spenden vermag, das kann ein Dichter besser sagen als ein Arzt!

DIE MACHT DER DUNKELHEIT

Es gibt ein allgemeines, ehrliches und überraschtes Staunen der Bewohner unserer lichtdurchfluteten Großstädte über die unendliche Dunkelheit der Nacht. Wirklich, wir Kinder der elektrischen Zeit, wir mit dem Lichtfieber und Bewegungswahn behafteten Modernen wissen es kaum noch, wie schwarz sie ist, so eine echte, pechrabendunkle, ägyptische Finsternis!

Wir sitzen der Natur eben nur gerade noch an einem Seitenaste auf, wie Spatzen auf dem Telegraphendraht, und ahnen nicht mehr, daß es etwas unendlich viel Dunkleres gibt als unser Schlafzimmer oder ein Restaurant, in dem plötzlich hysterische Drähte ihre Launen aufsetzen. Höchstens, daß wir aus dem Eisenbahnkupeefenster einmal einen Blick riskieren in die schwarze Unendlichkeit, die wir durchsausen . . .

So beschleicht uns denn ein eigentümliches, an Hilflosigkeit und Verblüfftheit gemahnendes Gefühl, wenn wir, einmal dem Lichtwellenmeer entflohen, Zeugen werden, wie die Natur ihre tiefschwarze Sammetmaske über das abgespannte Antlitz zieht. Etwas wie stilles Demutatmen löst sich aus, zugleich mit dem beschämenden Empfinden, wie fremd sie uns geworden ist, diese schweigende Welt der Dunkelheit.

Wer nicht das Glück hat, ein Fleckchen Erde draußen im Lande sein eigen zu nennen, kann nur in Feiertagszeiten der Wunder einer Wanderung über das nächtige Gefild, durch den finsteren Wald, entlang einem dunklen Strande teilhaftig werden. Jeder aber, der einmal dies sehr zu empfehlende Experiment angestellt hat, wird empfinden, wie erquicklich solch ein außergewöhnlicher Gang ist, und wenn er ein guter Selbstbeobachter ist, wird es ihm nicht entgehen, daß dabei merkwürdige Verschiebungen an der Tastatur seiner Seele sich vollziehen. Man wird ein ganz anderer im schwarzen Mantel der Nacht, als man im Lichtstrom des Tages gewesen ist. Die Nacht hat einen Zauberstab, der merkwürdige Urbewußtseinszustände und schlummernde Grundgefühle heraufbeschwört und alles das sonderbar tief hinabrückt, was bewußt, intellektuell, gegenwartswertig und sprungbereit für Logik und Orientierung ist. Die Gescheitheit wird ein horchendes, nach Innen lauschendes, betrachtsames Stillhalten, die Klugheit wird zum Instinkt; es ist, als vernähmen wir in uns das Blätterumwenden alter Dokumente der Vergangenheit, als riefe uns etwas aus der Dunkelheit zu: „Komm her zu mir, Geselle!"

Das ist der Zauberbann alter Menschheitserinnerungen und Stammesreminiszenzen aus grauen Vorzeiten, da unser aller Urahnen noch kämpfend, suchend, spürend der Nacht gegenüberstanden und Fähigkeiten der Sinne besaßen, die uns im geborgenen Stadthaus allmählich verlorengegangen sind. Sie tauchen aber doch leise auf, wenn das ertrinkende Licht den Hauptführer der Orientierung, das Auge, ausschaltet. Dieser Ausfall, dieser plötzliche Diebstahl unserer mächtigsten Waffe schuf alle Dämonien und Spukgestalten, mit denen wir die Nacht bevölkern; aus ihnen rauscht die Quelle des Phantastischen, der Märchen und Sagen, die uns durchwehen mit einer sonderbaren schaurig-schönen Symphonie der Stille, aus der wir nur langsam einige deutbare Motive heraushören.

Hier aber waren unsere Urväter ganz zu Haus, und wer einmal mit einem alten Förster so den Wald durchwandert hat, der staunt, wenn der Lehnsherr des Waldes jedes huschende Geräusch, jedes Knacken im Unterholz, jeden noch so leise verhallenden Schrei der Kreaturen zu unterscheiden vermag. Das war ein Eichhörnchen, da floh ein Reh, da klopft ein Häher, da knickt das Unterholz hinterm durchbrechenden Geweihträger, da knirscht im Winde Ast an Ast, da geigen Tannenzweige aufeinander! Was alles murmeln nächtig am Strande verrauschende Wellen und wie knistert die feine Spitzenwäsche der spülenden Fee —! Was ballt die Faust der Finsternis über die Wiese, was leuchten die Weiden? Erlkönig! Erlkönig!

Wahrlich! Die Nacht hat die Dichtergehirne geschaffen, sie zog ihre schwarzledernen Dämpfer über alle Tasten der denkenden Klaviatur des wissenden Geistes und schob den Strom der Seele in die Tiefen der Hirnorgel, wo der Traum die Fittiche schwingt und alle Möglichkeiten Rhapsodien singen. Und das gerade ist das Heilsame, das Erquickliche, das Beruhigende an einem solchen Spaziergang im nächtlichen Gelände ohne Laterne, Mond und Sterne, daß er uns endlich einmal wieder so etwas wie Kinderdemut vor der Natur wiedergibt: das elementare Gefühl, daß wir doch ihr letzten Endes angehören mit allen Fasern, Fibern und Nerven trotz allen Prometheusstrahlen von Fortschritt, trotz unseres Ikarushochmutes und Titanenwahnes vom Beherrschen der Elemente!

Nimmt uns die Nacht an ihre Brust, so sind wir alle gleich vor unser aller Mutter, der Natur. Sie allein macht uns ehrfurchtsvoll, löscht jeden intellektuellen Größenwahn und zwingt uns in ihr ruhiges Schweigen. Wie klingen Worte so schwer, so hohl in dem stillen Weben des mächtigen Zauberliedes, wie haben wir genug zu tun mit inbrünstigem Lauschen, wenn die schweigende Königin der Stille ihr Lied singt! Das ist es gerade, was wir armen Großstädter und Berufsmonomanen brauchen, das demutvolle Stillstehen unserer klimpernden und klappernden Ganglienmaschinen, das Abgelöstwerden von allem Intellektuellen, das Emportauchen unseres reinen und unterbewußten Ichs, bis wir uns selbst die Masken vom konventionellen Antlitz nehmen und vor der Natur uns prüfen können, ob's der Mühe wert ist, ein Mensch zu sein.

Von Eduard v. Hartmann über Nietzsche, über Tolstoi, Dostojewski, Strindberg bis zu Rathenau, Freud und Bergson dringt der Schrei: genug des ewigen Wissenwollens! Besinnt euch alle auch einmal auf die Tiefsee der Güte, auf Unterbewußtes und Unbewußtes, gebt Raum der Intuition, der großen Prophetin, macht der Ahnung Platz und glaubt endlich, daß sie als echtes Urgefühl mehr ist als Beweis, daß alle Verstandestätigkeiten doch nur sklavische Dienerschaften sind im Palaste eines offenbarenden Vorempfindens. Was macht denn Menschengröße groß, wenn nicht die Sicherheit dessen, mit dem sie ein Kommendes vorausahnt? Wäre ein Plato, ein Leonardo, ein Goethe so gigantisch, wenn ihre Ahnungen sich nicht erfüllten, ohne daß sie imstande waren, den dienenden Ganglien ihres Gehirns die Glaubhaftigkeit anzubefehlen? Was ist denn Wissenschaft anders als die Umprägung der Wunder in gangbare Münze!

Wer Feiertage dazu benutzt hat, um einen tiefen Blick auch einmal in dieses mächtige Reich der Dunkelheit der freien Nächte zu tun und sich nicht begnügen ließ mit der Lust der Tage, der wird vielleicht diese Anregung zum Studium der schwarzen Zauberbücher der Nacht gerne hinnehmen. Er wird seine etwas verschobenen Register: „Bewußt und Unbewußt“ wieder zurechtrücken und staunend empfinden, wie schön Goethes Wort ist von den Genüssen der Geheimnisse, die

von Menschen nicht gewußt,
Oder nicht bedacht,
Durch das Labyrinth der Brust
Wandeln in der Nacht!

DAS GEHEIMNIS DER MUTTERMILCH

Wenn wir es einmal ruhig überdenken, wovon sich eigentlich alles Lebendige, Mensch, Tier und Pflanze, ernährt, und dabei ganz absehen von Zubereitung und Form unserer Mahlzeiten, sondern nur ihre Herkunft betrachten, so muß die Antwort, verblüffend genug, lauten: Das Lebendige lebt vom vernichteten Leben! Man mache mir einen Einwand, und ich will ihn widerlegen, Halt, mein Lieber! könnte jemand sagen: Wir können doch, ohne Tiere zu schlachten, z. B. von den Eiern der Vögel allein leben!

Gemach! Das ist kein Einwand, denn Eier sind werdende Geschöpfe, und indem wir sie aufzehren, vernichten wir zum Leben Bestimmtes, etwas, was lebendig war oder wenigstens werden sollte.

Aber! kann ein anderer sagen: Es gibt doch Vegetarier, d. h. Pflanzenköstler! Wir könnten doch, wie ganze Völkerstämme des Orients, vom Mais oder Reis allein leben!

Ja! würde ich antworten, aber sind die Pflanzen nicht lebende Wesen? Je weiter die Wissenschaft fortschreitet, wird man erkennen, daß die Pflanze alle Merkmale des Lebendigen in jedem Sinne an sich trägt. Schon heute weiß man, daß sie atmet, trinkt, verdaut, sich dem Lichte zukehrt, Blutfarbstoffe in ihrem Grün und Rot und Purpur in sich hat, daß sie Nerven hat, und bald wird der Dichtertraum erfüllt sein, daß sie auch eine Seele besitzt.

Aus Zellen ist alles Lebendige aufgebaut, aus kleinen, lebenden Bausteinchen, nicht größer als der hunderttausendste Teil eines Stecknadelköpfchens, und schon der Entdecker der Menschenzellen, Virchow, hat es gesagt, daß jedes Zellchen auch ein bißchen Seele haben müsse.

Also auch Pflanzennahrung ist Nahrung mittels Vernichtung von Lebendigem und Beseeltem. Gibt es wirklich keine Ausnahme? Ist es denn ein Irrwahn, der in vielen Gelehrtenköpfen spukt, daß es einst möglich sein wird, unsere Nahrung fabrikmäßig und in chemischen Werkstätten unter Umgehung des Schlachthofes und Gemüsegartens herzustellen? Davon wird später noch die Rede sein. Jetzt will ich eine Ausnahme von unserm Satze, der sich beinahe wie ein Menschheitsfluch anhört: Alles Lebendige lebt von der Vernichtung der Mitgeschöpfe, nennen. Ja, es gibt eine Ausnahme, das ist die Ernährung durch Milch, vorzüglich durch Muttermilch. Sprechen wir unserm Thema gemäß nur von der Muttermilch, so muß ich sagen: Die Ernährung mit dieser ist, soweit ich sehe, der einzige Fall, wo das junge Menschenkind seine vollwertige, einzig richtig abgemessene, wunderbar angepaßte Nahrung erhält, ohne jedes Opfer am Leben, ohne jede Vernichtung eines anderen, im Gegenteil, hier ist eine heilige Freude, ein offenbares Lebenshochgefühl in der Seele der

Mutter, das oft an Empfindungen seelischer Lust streift, wenn sie das Kindlein, diesen kleinen Träger ihrer eigenen Unsterblichkeit, diese liebliche Garantie ihrer Fortdauer durch fernste Zeiten, an ihre Brust legt. Kann doch jedes Weib die Mutter eines ganzen Geschlechtes, eines ganzen Volkes werden. Die säugende Mutter! Welch ein von allen Künstlern der Erde heilig gesprochenes Bild, an dem auch im Leben nur der Herzloseste vorbeigehen könnte, ohne etwas von dem heiligen Schauer eines lieblichen Wunders zu verspüren. Wird hier nicht der tiefe Sinn des Märchens offenbar, in dem der Pelikan seine Brust zerreißt, um seine Jungen zu nähren? Ist hier nicht das Bild der Mutter Erde, die von ihren Hügeln und Tälern, aus ihren Furchen und Höhlen Leben, nichts als Leben spendet?

Aber betrachten wir den Vorgang auch ohne jegliche Beihilfe poetischer Beleuchtung ganz nüchtern im Lichte kalten, wissenschaftlichen Erkennens: er bleibt doch ein Wunder. Die Mutter mit dem Kinde ist nicht umsonst das höchste Menschheitssymbol!

Die Ernährung mit Muttermilch ist tatsächlich ein Wunder und hat noch unenthüllte Geheimnisse gerade für den Naturkundigen und die Ärzte. Einmal wie gesagt, ist sie die einzige Ernährungsart, die ohne Vernichtung arbeitet. Zweitens sind in ihr die Nährstoffe in einer solchen Vollkommenheit verteilt, daß sie geradezu als unersetzlich und ideal bezeichnet werden muß. Aber das ist ja eine Binsenwahrheit, von Wissenschaft und Praxis, von Volkswirtschaftlern, wie von der Erfahrung unserer Mutter und Großmutter tausendfach bestätigt. Aber im Alltäglichsten verbirgt sich oft das Rätselhafteste. Wir sind es so gewohnt, daß wir über sein Geheimnis gar nicht mehr nachdenken.

Wenn das Ei im Mutterleibe befruchtet ist, fängt eigentlich schon das Wunder der Milchbereitung an. Denn dieses kleine, winzig kleine Zellchen, frei im Innern des mütterlichen Nestes, ohne Verbindung mit den Organen der Mutter, zuvörderst ohne Nervenleitung oder Blutgefäßübermittlung, auf dem so etwas wie eine Meldung des Geschehenen fortgeleitet werden könnte, befiehlt den Drüsen der Brust, sich vorzubereiten auf die Aufgabe der Ernährung! Die Drüsenzellen wachsen auf das Kommando dieses Lebensstäubchens mit ungeheurer Schnelligkeit. Es ist, als wenn Millionen Keime aus dem Schlafe erwachten. Durch viele Monate dauert dies Weben und Werden, bis die Brust strotzt von neu gewordenen Zellkugeln und Saftreichtum. Millionen abgestoßener Drüsenzellen haben sich in feinste Fetttröpfchen aufgelöst, wie auf einem Hügel sind lauter kleine Fetträubchen gewachsen und lassen ihre überreifen Beeren frei in die eiweißreiche Nährflüssigkeit übergehen. Diese enthält alle Stoffe, die das junge Menschlein braucht: Eiweiß,

Stärke, Zucker, Eisen, Kalk, Phosphor, Kochsalz, Kali usw., alles genau in den Prozentsätzen, daß Wärme des Kindes und steigender Anbau (Wachstum) auf das idealste gewährleistet sind.

Nach umständlichen chemischen Berechnungen vom Ernährungswert der einzelnen Stoffe, die unser großer Nährmittel-Gelehrter Prof. Rubner angestellt hat, erfüllt die Milch, dieses weiße Blut, in ihrer Zusammensetzung ein vollkommenes Ideal nicht nur zur Hervorbringung der nötigen, gleichmäßigen Körperwärme und der gar nicht geringen Muskelarbeit eines kleinen, immer strampelnden und sich werfenden Weltbürgers, sondern auch für ein ständiges Wachstum, d. h. für den Anbau von neuem Gewebe. Kein Kunstprodukt, selbst in sklavischer Nachahmung der Natur, kann mit diesem Nährmittel wetteifern. Im Gegenteil, würde man eine Flüssigkeit herstellen, genau nach dem Vorbild der Muttermilch, der damit gefütterte Säugling würde schwer leiden, nicht gedeihen, ja sicher zugrunde gehen. Da steckt eben ein Geheimnis, das auch die Wissenschaft nicht völlig aufhellen konnte. Ein berühmter Professor der Nährmittelchemie, Bunge, fütterte in einer Versuchsreihe Mäuse, ein Dutzend mit Milch, ein zweites Dutzend mit einer genau nachgemachten künstlichen Milch. Das Ergebnis war, Lebenbleiben der mit natürlicher Milch gefütterten Tierchen und Tod der andern mit Kunstmilch ernährten Serie. Das gibt zu denken: wieder eine Bestätigung unseres Satzes, daß Leben nur mit Lebensstoffen erhalten bleiben kann. Und so wird es auch wohl bleiben, denn die ersten Versuche, Hunde mit chemisch gewonnenem Eiweißstoff zu ernähren, schlugen fehl. Außer den rein chemischen Körpern, wie Salzen, Metallen, leimigen Flüssigkeiten usw., muß jede Nahrung etwas enthalten, was wie eine Neusaat, wie ein Befruchtungsvorgang, wie ein Schlüsselein des neuen Lebens wirkt. In der Nahrung muß etwas enthalten sein, was ganz allein all die kleinen Zelltüren öffnet, damit die Millionen neuer Wichtelmännchen, welche die Knochen zimmern, die Gewebe flechten, die Nervenleitungen ziehen und den Thron der Seele, das Gehirnchen, bauen, herausspazieren können aus ihren Wunderkammern, in denen sie ohne diese kleinen Zauberstäbchen ewig schlummern blieben. Das ist am wunderbarsten bei der Muttermilch, weil sie verhältnismäßig so arm ist an Eiweißen, dem scheinbar wichtigsten Nährmittel für den Menschen, daß schon hier Lehrsatz und Erfahrung gar nicht stimmen.

Hier ist eben eine offene Frage, und nur in unserer Annahme, daß in der Milch selbst Saatenkeime sind, die die Teppiche des werdenden Lebens befruchten, wie Körner das Ackerland, liegt eine Möglichkeit des Verständnisses. Wenn dem aber so ist, so wird es erst recht über alle Chemie hinweg einleuchtend, warum gerade die Muttermilch für jedes Junge der einzig einwandfreie Nährstoff ist. Nun wird es uns klar, warum auch die Kuh- oder Ziegenmilch nur ein schwacher, kläglicher Notbehelf ist zur Aufpäppelung unserer Kleinen. Die Tiermilch, von der Natur bestimmt zur Aufzucht von Jungen gerade ihrer Art, kann nur in engen Grenzen die Ernährung von Jungen fremder Art und Bildung gewährleisten. Kuhmilch soll eben Kälbern ihren Aufbau möglich machen, d. h. zu Wesen entwickeln von ganz anderem Bau und ganz anderer Bestimmung als Menschenkinder. Und so wird es ganz verständlich, daß mit fremder Milch genährte Junge allerhand Krankheiten allein aus der fremdartigen Zusammensetzung der Milch beziehen. Es gibt Säuglinge, für die die Kuhmilch schlechterdings ein Gift bedeutet. Ebenso wie fremdartiges Blut, ins Blut eines anderen Wesens einverleibt, ein schweres Gift sein kann, ist für manche Kinder fremde Milch ein gefährlicher Nährstoff, ganz abgesehen von den schweren Ansteckungsstoffen, die mit ihr eingeführt werden können. Daß trotzdem so häufig Kinder gedeihen unter Kuhmilch, liegt an der ungeheuren Anpassungsfähigkeit des lebendigen Körpers an die veränderten Bedingungen: unter allen Umständen wird beim Übergang zur Viehmilchernährung mit dieser Anpassung den kleinen Körpern eine gewagte Anstrengung, eine wirkliche Leistung zugemutet, die manche leicht, andere unter schweren Gefahren vollziehen. Ausschläge, Verdauungsstörungen, Wachstumsabarten usw. sind die nur zu bekannten äußeren Anzeichen der Anstrengungen, die ein kleiner Körper machen muß, um sich dem unnatürlichen Vorgang der Entziehung der einzig naturgewollten Ernährung durch Muttermilch anzupassen. Wie könnte sonst die Statistik uns so schlagend beweisen, wieviel mehr Kinder, die gesäugt wurden, am Leben bleiben, als solche, die aus der Flasche trinken müssen! Es ist und bleibt ein Umweg, eine Unnatur, eine Nahrungsmittelfälschung, wenn man den Kindern etwas anderes reicht als die Mutterbrust!

Die Natur hat geheimnisvolle Wege, um ihren allmächtigen Willen auch gegen die menschliche Intelligenz und jede List durchzudrücken, und wir können es zwar noch nicht beweisen, aber sicher vermuten, daß außer der deutlichen höheren Sterblichkeit der künstlich ernährten Kinder auch sonst der Stamm der Überlebenden allerhand Schaden an Leib und Seele nimmt durch diesen Kniff menschlicher Kultur, ihre Säuglinge gleichsam an tierische Brüste zu legen, wie einst der Sage nach die Gründer Roms durch eine Wölfin ihren Lebenssaft erhielten. Wer will wissen, ob nicht die Steigerung der Menschenwürde von Geschlecht zu Geschlecht durch Ernährung gleichsam vom Stamm des eigenen Lebensbaumes eine erhebliche Hemmung erfährt durch diese scheinbar so naheliegende Tränkung aus fremden Lebensbächen! Wer will wissen, ob im Lebenskampf auch des Erwachsenen diese Überlegenheit der echten Muttermilchkinder sich nicht einst wird augenfällig beweisen lassen? Daß die Muttermilch den Säugling überlegen macht gegen seinen künstlich ernährten kleinen Lebenskonkurrenten im Kampfe mit Seuchen, schleichenden Krankheiten und Ansteckungen, ist ganz unzweideutig erweisbar, vielleicht ist es im geistigen Kampf ebenso. Wir glauben es bestimmt, und so sei es denn den deutschen Frauen immer von neuem eingeschärft: Wollt ihr eure Söhne und Töchter zu echten Menschenblüten heranerziehen, so reicht ihnen die eigene Brust und glaubt an die Gesetze der Natur, an die Überlegenheit und Allmacht ihrer Einrichtungen, die nie ein Mensch ungestraft abändern kann.

Sie kann sich furchtbar rächen, und ist immer am Werke, jeden Eingriff in ihre Gesetzmäßigkeit manchmal langsam, manchmal schnell zu bestrafen. Die meisten Mütter machen es sich nicht klar, daß es eine Ungeheuerlichkeit ist, den allgemein üblichen Brauch mitzumachen und die Kinder mit Tiermilch zu ernähren. Es sollte das stets nur ein Notbehelf sein, wenn die naturgegebene Quelle aus irgendwelchen Ursachen gänzlich versagt oder unzureichend ist. Gott sei Dank gibt es einen Instinkt, der die Mutter zwingt, mit Wonne ihr Kind selbst zu nähren, aber die Kultur mit ihrem wachsenden Bedürfnis nach Bequemlichkeit arbeitet mächtig gegen diesen Trieb der Frauen, selbst zu nähren, an und sucht ihn zu ersticken. Der Staat sollte Prämien aussetzen für Ernährung durch Muttermilch, wie dazu ja auch seitens der Fürsorgestellen vieler Gemeinden durch Einrichtung von Säuglingsprämien ein gar nicht hoch genug einzuschätzender Anfang gemacht worden ist. Wahrlich, der Zuwachs an vollwertigen Staatsbürgern wird früher oder später jedes Kapital reichlich aufwiegen!

Denkt nach, ihr werdenden und gewordenen Mütter, einen Augenblick über dieses Geheimnis der Natur, welches in eure Brust gesenkt ist! Glaubt fest an dieses Wunder, das Wissenschaft und Kunst immer von neuem offenbaren und nie ganz enträtseln werden! Fühlt euch im Einklang mit der allmächtigen Natur, wenn ihr ihre Priesterinnen, die Vollstreckerinnen ihres Willens werdet, und laßt es euch in euch recht deutlich werden, daß es ein heiliger Dienst ist, zu dem sie euch beruft: ein geheimnisvoller Dienst für die Euren, für das Volk, für die Menschheit! Ihr werdet die Wunder der Welt am reinsten schauen, wenn sie sich offenbaren an euren, mit eurem eigenen weißen Blute genährten Kindern!

DER MYTHOS VOM STOFFWECHSEL IM GEHIRN

Die Medizin und die Lehre von den Nerventätigkeiten behauptet bis auf den heutigen Tag, daß alle Geschehnisse im Gehirn und Rückenmark, überhaupt im Gesamtnervensystem, abhängig seien von Ernährungsflüssigkeiten und ihren Spannungen zwischen den verschiedenen, einander berührenden Membranen. Wenn durch eine gespannte Wand einer tierischen Haut sich beiderseits Flüssigkeiten verschiedener Konzentration und Mischung ansammeln, so findet diesseits und jenseits einer solchen organischen Scheidewand ein gegenseitiger Austausch der verschieden gespannten Lösungen statt, der erst nach völligem Ausgleich der chemisch-physikalischen Differenzen zur Ruhe kommt (Diffusion). Solche Vorgänge bezeichnet man als diosmotisch, als eine Osmose. Dieselbe spielt für die Aufnahme von Nahrungssäften, z. B. im Darm, in den Drüsen gewiß eine große, entscheidende Rolle, ja, alle Anbildung flüssig-gelatinöser Substanzen im Gesamtzelleben, der ganze Austausch von verbrauchtem und neu heran geführtem Nährmaterial wird durch diese osmotischen Spannungen zwischen Gefäßen und Geweben hüben und drüben bedingt sein. So meint man auch den Prozeß der Ganglienfunktionen, das, was wir Erzitterungen, Aufleuchten, elektrische Strahlung nennen, zurückführen zu können auf eine solche Osmose, d. h. auf den Austausch von Nährsäften und flüssigen Zerfallprodukten zwischen Saftgefäßmembranen und den Hüllen der Ganglien.

So soll z. B. bei der Betäubung mit ätherischen Substanzen die Blutflüssigkeit, geladen mit Narkosemitteln, auf dem Wege der Osmose den Ganglienkügelchen gewisse Fettsubstanzen (Lipoide) entziehen und dadurch das Bewußtsein ausgelöscht werden, etwa wie man mit einem Schwamm eine Kreidezeichnung von der Tafel fortwischt. Wir fragen nur ganz leise zweifelnd hier an, woher denn beim Erwachen aus der Narkose dieses Bewußtseinsfett oft so blitzschnell wieder in den Zellnäpfchen sich einfindet, daß der Mensch geistig unbeschädigt erwacht und sogleich wieder orientierungsfähig ist? Wir fragen aber ganz laut und deutlich: wenn alle psychischen Prozesse in dieser Weise durch stoffliche Flüssigkeits- und Spannungsveränderungen erklärbar sein sollen, wo ist denn der Stoffwechsel, wenn eine Kugel den Augapfel nicht eher treffen kann, als bis blitzschnell vorher das Augenlid einen instinktiven, reflektorischen Lidschlag versucht, einen Versuch, den es mit einer Durchschießung des Augendeckels bezahlen muß? Kann man sich ein Bild machen von der Schnelligkeit eines Stoffwechsels, der auf die nicht fühlbare, fast nur ahnbare Bewegung einer sausenden Kugel gegen einen Augapfel den Schutzmechanismus der Lidmuskelnatur in Aktion versetzt ohne jede vorangegangene Berührung? Ich vermag es nicht zu denken.

Kann man sich ferner vorstellen, wie ein gesprochenes Wort von vier Buchstaben (Lump!) den Stoffwechsel blitzschnell zu einer Ohrfeige anregt? Wo ist der Stoffwechsel, wenn jemandem die Lettern einer Depesche mit einer Trauernachricht in schmerzvollem Aufschrei der Seele ohnmächtig hintenübersinken lassen? Wie kann ein Stoffwechsel überhaupt das Wesentliche sein an einem Organ, welches direkt von Gespenstern durchhuscht wird wie ein Menschenhirn. Das kann nicht sein, und es ist nicht schwer, die Gründe aufzufinden, die überhaupt den Stoffwechsel und die Ernährung des Gehirns, als ursächlich oder bedingend für seine geistigen Funktionen, reichlich illusorisch machen[1]).

Gewiß wird das Gehirn wie jede andere Zellkombination ernährt, aber es ist eine eigentümliche Tatsache, daß das Gehirn an sich wie alle

---

[1]) Faßt man aber die Diosmose so auf, daß sie es ist, welche die elektrischen Ionisierungen, Transformationen, Illuminationen und Erzitterungen auslöst, so erhalten wir wieder unsere elektrische Spannung, für welche jedoch dann der Osmosentheorie jede auch noch so naive Erklärung für die Ein- und Ausschaltung fehlt. Sie sagt: diese Hemmung wird durch Nerven besorgt. Ist das eine Erklärung? Wie kann ein Nerv den anderen hemmen? Doch nur durch Stromeinschaltung in bestimmten Apparaten, wie z. B. bei den Antagonisten (Herzbeschleuniger und Herzverlangsamer) an eigenen kleinen Muskelkästchen (Krausesche Endplatte) also einer Art Neurogliamuskulatur.

Wer leitet dieses Spiel? Die Umwelt, sagt der konsequente Materialist, auch meine Gedanken sollen determiniert sein. Trostlose Weltanschauung! Der Mensch als Korkstück auf dem Wasser.

Nervensubstanz ungeheuer spärlich mit Blutgefäßen, um so reichlicher freilich mit Saftbahnen ausgestattet ist, welche sich zu förmlichen Strömen sog. Gehirnrückenmarkswasser (Zerebrospinalflüssigkeit) sammeln. Ebenso sind die Nerven, selbst die dicksten Stämme, ganz spärlich mit Blut ernährt. Trotzdem haben sie, wie mich zahllose Nervenoperationen bei Verwundeten dieses Krieges gelehrt haben, eine richtige Schwellkraft, eine Art Erektilität, ein Anschwellungsvermögen, was sie alle im Leben oft doppelt so dick erscheinen läßt als an der Leiche. Die lebende Nervensubstanz hat eben weniger Ernährungs- als Saftfüllungsfähigkeit, sie ist, wie ich behaupte, ein erektiles Gewebe, schwellbar durch die Saftfüllung, welche wir bei der Neuroglia des Gehirns eine so große Rolle im Sinne der Stromhemmung spielen sahen. Nur, daß man bei Nerven diese Neuroglia Neurilemm nennt und daß sie hier definitive Isolationen vollzieht, während im Gehirn diese An- und Abschwellung wechselnde Ein- und Ausschaltung von Strömen elektroider Natur bedeutet. Im Nerv läuft der Strom stets dieselbe Bahn, und wenn sein Umhüllungstrikot (das Neurilemm) verletzt wird, so daß Kurzschlüsse entstehen, so entsteht ein kranker Zustand, ein Unlustgefühl im Gehirn, der Schmerz[1]).

[1]) Schmerz ist die Unlustempfindung seitlichen Kurzschlusses elektroider Systeme, eine abnorme Tastmeldung mit dem Charakter der Bedrohung (siehe Schleich, Schmerzlose Operation. 5. Auflage bei Springer, „Die Theorie des Schmerzes“ und „Von der Seele“, S. Fischer, Verlag).

Es ist beweisbar, daß der Stoffwechsel im Nervengebiet minimal sein muß, denn die Nervensubstanz bleibt selbst bei völligem Stillstand des Stoffwechsels nach dem Tode noch Stunden nach Erlöschen des Kreislaufes und der Herztätigkeit elektrisch reizbar. Es ist deshalb sogar nicht ausgemacht, ob nicht das Gehirn eines Geköpften noch einige Zeit nach der Enthauptung geistig wetterleuchtet. — Ferner findet man in dem Hirngrau schon bei jungen Kindern „verkalkte" Zellen. Kalk setzt sich aber nur an Gewebe mit minimalstem Stoffwechsel ab. Selbstverständlich führen schwere Läsionen der größeren Hirngefäße auch zu Stoffwechselstörungen (Erweichungsherden) in der Hirnsubstanz, aber merkwürdigerweise ist eine vermehrte geistige Anregung, also ein Plus, ein Überschuß von Tätigkeit innerhalb der gefährdeten Zone das erste Anzeichen des beginnenden Absterbens von Hirnprovinzen. Bei Stoffwechselnachlaß müßte doch Daniederliegen die Folge sein. Das stellt alle Kausalität auf den Kopf. Oder will jemand behaupten, daß die Leute, die Kalkröhren im Gehirn haben, statt der federfeinen, elastisch zuckenden, kleinen Gummischläuche der Gesunden, die Arteriosklerotiker, etwa nicht aufgeregtere Menschen sind als alle anderen mit gesunden Arterien, bei denen eine gewisse Gemütsruhe die Gesundheit bedeutet? Überhaupt, wer ist der

Mensch mit dem größten Maß der geistigen Unruhe, des flatternden, zittrigen Gedankenspieles? Der Greis mit seiner schlechten Ernährung und seinem daniederliegenden Stoffwechsel, oder der Mensch der Gefaßtheit und Geistesstärke bei üppigstem Stoffwechsel der Jugend? Daß das Kind ebensoviel plappert und tausendfache Turnübungen seiner ewig strampelnden, langenden Glieder macht, liegt nicht an einem erhöhten Stoffwechsel des Gehirns, sondern an dem Wachstumreiz der Zellen, der sie zur Entfaltung und spielerischen Einübung der Kräfte dauernd anfeuert. Die schlecht ernährten, blutleeren, also mit gewiß schlechtem Stoffwechsel des Gehirns ausgestatteten jungen Mädchen sind nervös, neurasthenisch, unruhig, zittrig, leisten also mehr nervöse Arbeit als das gesunde Bauernkind, welches mit seinen roten Pausbacken von einem gottgesegneten Phlegma der Bewegungen beglückt erscheint trotz ausgiebigstem Stoffwechsel!

Das sind so einige Beweise gegen einen besonderen Einfluß des Stoffwechsels und der osmotischen Prozesse auf den Ablauf seelischer Tätigkeiten, die mir nur so zuströmen aus dem Kreis meiner Beobachtungen und die ich beliebig vermehren könnte — sie alle aber lassen den Verdacht rege werden, daß die Lehre von dem Stoffwechsel als Quelle der geistig-seelischen Bewegungen ein Mythos ist.

Gegen diese mehr chemische Anschauung von

der Ursächlichkeit der Ganglienbewegung ist die unsere eine mehr physikalisch-elektrische, wie ich das in meinen Büchern von der „Seele“ und „Schmerzlose Operationen“ am Mechanismus des Schlafes, der Hypnose, der Narkose, weitläufig auseinandergesetzt habe. Nicht daß ich glaube, daß es wirklich Elektrizität ist, was hier erzeugt wird durch Reibungskontakt der Dinge außerhalb meines Ichs gegen die Rhythmen meiner nervösen Substanz, aber immerhin muß das, was hier in dem spezifischen Widerstand des Ganglienapparates handelnd und leidend, wetterleuchtend und blitzend hin und her geistert, etwas der elektrischen Kraft Verwandtes sein, wir nennen es deshalb „elektroid“. Alle Kräfte sind ja nur Ausdrucksformen einer einzigen beseelten Kraft, des undefinierbaren, schweifenden, kreisenden Äthers, welchen jede spezifische Hemmung zwingt, seine Erscheinungen proteusartig zu wandeln. Für mich hätte das Gesetz von der Erhaltung der Energien, die eine Einheit bilden, nicht entdeckt zu werden gebraucht, sie ist für diese Anschauung eine Selbstverständlichkeit. Wie es also nun auch um die Natur der durch besondere, hochorganisierte Hemmung gebrochenen Energie des Denkens bestellt sein mag, man kommt nicht herum um die Annahme des Vorhandenseins einer Art überflüssigen, angesammelten, in Reserve gehaltenen, freischwebenden latenten Maßes dieser Energieform, die gleichsam durch den herniederprasselnden Wasserfall der kosmischen und tellurischen Reize im Kontakt mit den Körperzellen dauernd gebildet wird. Niemals wird — außer beim Sterben — im Empfindungs- oder Denkens- oder Wollensprozeß diese Spannungsenergie ganz verbraucht, sie verrinnt im Gefüge des Gangliensystems, geleitet durch die Neurogliamuskel, niemals ganz, sondern, während die verbrauchten Massen stets von neuem nachgefüllt werden, bleibt immer eine schwebende Schwüle, wie eine Atmosphäre von Wetterleuchtensmöglichkeiten und Blitzschwangerschaft übrig, die es bewirkt, daß wir eigentlich keine Sekunde, selbst im Dämmer des Vor-uns-Hinstarrens oder des flachen Schlafes ganz ohne Gedanken sind. Denn, wo irgend eine Lücke im Reigen des Ganglienspiels, ein Spältchen des geringeren Widerstandes sich auftut, da fahren die Blitzfingerchen hinein und beginnen immer in der Bahn der besten Stromdurchlässigkeit ihr bald halb unterbewußtes, bald vom Willen dirigiertes Spiel. Diese schwebende Wolke von Spannkräften löst im sensuellen, adjektivischen Register einen gewissen Tasthunger, einen Empfindungsüberschuß aus, der sich in gottbegnadeten Naturen zum Kunsttriebe oder im niederen zum Spieltriebe äußert. Sie löst im Register des Muskel-Geschehens eine unbewußte Lust des Handelns, des Findens, des Entdeckens aus, die in höchster Vollkommenheit dem Geist der Wissenschaft zu eigen wird. Aber im Gebiet der Phantasie erzeugt sie, in ihrem schwebenden, dem Reiz entgegen wartenden (gegenwärtigen), seines Eintrittes gewärtigen Hingabegefühl, das durch den Tonus der Neurogliamuskeln (denn es gibt auch ein Muskelgefühl!) übermittelt wird, etwas ganz Besonderes: nämlich die innere Gewißheit von meiner Existenz, meines Daseins, meiner Persönlichkeit, meines Ichs. Sie bildet das schwebende Bett des Seins. Laßt es aus, laßt Zustände eintreten, die eine völlige Bedürfnislosigkeit nach Reizen hervorbringen, erstickt diesen Hunger nach Reizen, dieses Zittern auf rhythmische Reizbefruchtung, laßt alle Reize fortfallen, und ich bin ohne Existenz, ohne Ich, ohne Daseinsgefühl. Ich bin dann für mich auch nicht mehr da, wie in der tiefsten Schlafhemmung, wie in der Ohnmacht, in der Starre, im Schock. Freilich, im flachen Schlafe ist mein Ich vorhanden, weil die Hirnhemmung nicht so tief geht, um alle Register abzustellen und sie für die schwebende Reservekraft unangreifbar zu machen; meine kombinatorische Phantasie läßt ihre Taubenschwärme aufflattern und „ich" bin immer mitten dabei. Daß Raum und Zeit (es gibt im Traum keine Geographie und keine Zeit) eher schwinden als mein „Ich" deutet auf eine weit tiefere Lagerung des Ichgefühls in der Säule der Ganglien. Immer wieder finden wir diese räumlich-zeitliche Lokalisation der Denkprozesse, die ebenso deutlich wie die traumatische Amnesie, die Wiederkehr der Erinnerung in einem, von der Jugend beginnenden Aufstieg, dem Mechanismus des Traumes für die Richtigkeit eines Hirnmechanismus spricht, der aus tief gelagerten Anfängen sich allmählich zu höheren Baumkronen empor entwickelt hat. Ein Verhältnis, das nirgends deutlicher bemerkbar ist als im Mechanismus der Narkose. Hier nämlich werden die obersten „jüngsten" Hirnsprossen des Bewußtseins zuerst gehemmt, dann steigt der Betäubungsprozeß räumlich-zeitlich in die Tiefe, worauf Zeit- und Raumbewußtsein schwindet, dann folgt das Erlöschen der Muskeltätigkeiten und der Reflexe und schließlich bei tiefster Umklammerung aller bewußten und unbewußten Funktionen der Stillstand der Atmung und des Herzens, dann spukt noch als letzter der Sympathikus ein paarmal durch den entgeisterten Wald des Lebens, und die definitive Hemmung, der Würger Tod, drückt die letzten Flammen aus. So ist die Narkose ein Mittel, das entwicklungsgeschichtliche Alter des Nervengebäudes von der Krone bis zum Fundament zu studieren. Man kann das auch so ausdrücken, daß die Gifte unser Gehirn attackieren räumlich-zeitlich in der umgekehrten Reihenfolge ihres Entwicklungsbestandes (phylogenetischen Alters). Hier hat meine Beobachtung der Narkose und Deutung des Hirnmechanismus zu einem richtigen Hilfsmittel des Verständnisses vom Aufbau des Lebens geführt und es aufs äußerste wahrscheinlich gemacht, daß das Gehirn aus dem Rückenmark heraus entwickelt ist, wie dieses aus den Platten des Urgranites der Nerven — dem Sympathikus.

Wenn Goethe, dieser Seher und Prophet, so vieles Zusammenhängende der Gottnatur bemerkte und bewies, daß der Schädel mit allen seinen Schalen nichts ist, als ein plattenförmig aufgerollter Halswirbel, weil alle Bestandteile des letzteren an der beinernen Hülle des Hirns nachweisbar sind, so sollte mich wundernehmen, ob er nicht auch den Gedanken, den wir eben aussprachen, „von dem Auftürmen des Gehirns aus den Elementen des Rückenmarks" gleich uns im Labyrinth seiner Gedanken gewälzt hat. Es würde mich nicht überraschen, wenn darüber noch einmal irgendein Goethesches Zettelchen gefunden würde. Denn wozu sollte der Wirbel sich mit Schwanenflügeln emporgewölbt haben, wenn er nicht etwas zu empfangen, zu bedecken, zu schützen gehabt hätte: den emporsteigenden Kuppelbau des Zentralorganes?

DIE HYSTERIE — EIN METAPHYSISCHES PROBLEM

Die Hysterie ist der Wechselbalg, Proteus und Maja zugleich nicht nur in der Medizin. Auch das Forum der Gerichte kennt diesen Spuk zwischen Normal und Krank, zwischen Gut und Böse, Ehrlichkeit und Verlogenheit, Schein und Sein. Nimmt man sie als ein einheitliches Krankheitsbild, gibt man ihr nur mit dem Rahmen einen Namen, so ist sie das Vielgestaltigste, was ein medizinischer, aus dem Bereich des Lebens abgezogener Begriff bieten kann. Kaum ein System des vielkammrigen Organismus von den Knochen bis zu den feinsten Schleiern der spinngewebigen Umhüllung des zarten Kerns, des Gehirns, in der Kokosnußschale des Schädels bleibt unberührt von ihrer gespenstigen Hand. Um aufzuzählen, was alles der unheimliche Geist der Hysterie vollbringen kann an Spuk und Rumor in den Gemächern, leeren und bewohnten Häusern des Zellenstaates in unserem Leibe und in den Arkaden des Geistes, müßte man ein Register herstellen, das einem Lexikon gleichen würde. Hat man doch ihrem vielschimmernden Gewande, ihrer Metamorphosenwollust zuliebe erst eine Unmenge von neuen Worten aus einem bunten Gemisch von Griechisch und Lateinisch, das ja immer noch das Volapük der Gelehrtensprache geblieben ist, erfunden und marktfähig gemacht.

Da die Hysterie, für die meisten gleich rätselhaft in ihrem Ursprung wie in ihrer Betätigungsweise, auf allen Registern zu Hause ist, in allen Werkstätten des Lebens herumgeistert, anklopft und herumpoltert, so kann das auch gar nicht wundernehmen. Sie umlauert und durchhuscht nicht nur alle Gebiete des Nervensystems, die Bewegungs-, die Empfindungsnerven, den Sympathikus in allen seinen Schlupfwinkeln und damit auch die Hemmungs- und Ernährungsböden des Nervensystems, sie kneift, sticht, geißelt, peinigt nicht nur alle Herde und Zentralsitze sämtlicher Sinnes- und Bewegungsfähigkeiten, sie geistert auch um die Millionen kleinen Braukessel der sog. inneren Sekretion. Wir wollen einen Augenblick bei diesem Begriff verweilen, weil er für einen Teil der Hysterie eine große Rolle spielt. Unter dieser inneren Absonderung versteht man die Beimengung der Betriebsstoffe aus Drüsen, wie z. B. den Geschlechtsorganen, den Nebennieren, der Schilddrüse, der Zirbeldrüse am Gehirn usw. in die Blutbahn, im Gegensatz zur äußeren Sekretion, d. h. der Absonderung an Säften anderer Drüsen nach außen, wobei auch der gesamte Darmkanal als ein nach innen gestülptes „Außen" gezählt wird. Innere Sekretion liefert aber Beimischungen zum Blute und enthält sog. „Hormone", Betriebsstoffe, die für die seelische Tätigkeit von enormer Wichtigkeit sind, wie z. B. der Ausfall von Schilddrüsensaft das Gehirn und die Seele bis zur absoluten geistigen Stumpfheit lahmlegen kann. Im allgemeinen kann man sagen, daß die innere Sekretion Stoffe zu den Hirnsäften beisteuert, welche in gegenseitiger Abstimmung und Kompensierung die Harmonie der geistigen Funktionen herbeiführen. Hormone sind gleichsam Gesundheitsquellen, die richtig gemischt sein müssen. Beim Überwiegen resp. Ausfall des einen oder des anderen gibt es eben geistige Betriebsstörungen. Die Medizin sagt Ausfallserscheinungen. Gerade die rätselhaftesten Krankheiten, wie Zuckerharnruhr, Gicht, Zwergenwuchs, Riesenwuchs, die Verschleimung und Verleimung des Bindegewebes im Gesicht und den Händen resp. der Gesamthaut (Myxödem) verdanken solchen gestörten inneren Sekretionen ihren Ursprung. So haben auch die zum Gehirn pulsenden Säfte je nach ihrer Beimengung von sezernierten Betriebsstoffen einen großen Anteil an den Funktionen der geistigen Schaltapparate. Hier sehen wir also zwingend, daß der Geist und die Bedingungen seines Apparatspielens durchaus nicht allein im Gehirn ihren Sitz haben. Die Gesamtheit des Leibes mit Nerven, Blut, Säften, Spiel des Sympathikus und der Hautreize vom Gehirn bis zu den Fingerspitzen, das alles zusammen ist der Sitz der Seele. Das Gehirn ist nur ihr geistiger Arbeitsraum, sie selbst bewohnt den ganzen Palast des Leibes. Diese innere Sekretion resp. der Ausfall oder das Zuviel von manchen Betriebssäften hat man nun für einen großen Teil der Spukgestalten der Hysterie verantwortlich gemacht. Wir werden sehen, mit welchem Rechte. Zuvörderst wollen wir dabei konstatieren, daß die Herlenkung des Namens der Hysterie (von Hystera = die Gebärmutter) ein in seinen Folgen, die immer noch nachwirken, geradezu entsetzlicher Irrtum ist. Denn die Hysterie könnte mit ebenso gutem resp. zweifelhaftem Rechte eine „Spermerie" genannt werden, weil gelegentlich auch die gestörte innere Sekretion der sexuellen Drüsen eines Mannes Betriebsschwankungen im geistigen Bereich machen kann. Es sind nicht nur auch viele Männer hysterisch, sondern auch weibliche und männliche Kinder. Die Hysterie ist also geschlechtslos, und es wird endlich Zeit, die Frauen von dem Banne zu befreien, die alleinigen Präger und Träger der Hysterie zu sein, was die Männer wohl nur erfunden haben, um sich glauben zu machen, daß sie die Vernünftigeren seien. Das ist aber durchaus nicht der Fall und für diejenigen Formen der Hysterie, die wir hier besprechen wollen, trifft man die eigentliche Disposition ebensowohl bei Männern wie bei Frauen. Ich will hier nicht die Tausende und aber Tausende von hysterischen Störungen insgesamt besprechen, dies hieße ein Museum von Bizarrerien und eine Maskenleihanstalt durchwandern, sondern nur eine bestimmte Gruppe.

Die meisten sog. hysterischen Symptome bestehen in Ausbiegungen, Umbiegungen, Ablenkungen und falschen Richtungen der Nervenströme, in den Hemmungsstörungen zwischen den unzähligen Systemen der Vorstellung, der Sinne und der Willensstrebungen, die unter oft phantastischer Kombination Symphonien von Unstimmigkeiten bereiten, so daß man wohl sagen kann, wie ein medizinischer Witzbold sich einmal ausdrückte: die Hysterie ist eine Krankheit, bei der bald die Haarbürste, bald die Wasserleitung, bald der Stiefel und bald das Eingeweide an das Kabel angeschlossen wird, sie ist der Blödsinn in der Natur! Man muß aber hinzufügen, diese Harlekinade der Absonderlichkeiten darf niemals ein Vorwurf für die Patienten, höchstens einer für uns Ärzte sein, weil wir das wirkliche Geschehen in der Hysterie nicht besser durchschauten. Sie ist keine Illusion, kein Mätzchen, keine Komödie ihrer Träger, denn schon selbst die Sucht, die Aufmerksamkeit auf sich zu konzentrieren, wäre eine Koketterie des Leidens, die unter allen Umständen krankhaft wäre. Sie ist aber auch keine Krankheit im Sinne eines dauernden oder manifesten physischen Leidens, ihr Träger ist aber auch nicht gesund, wenn auch andererseits wieder von einer Widerstandskraft gegen physische Unbilden, welchen ein Gesunder wahrscheinlich erliegen würde. Überhaupt diese merkwürdige Eisenfestigkeit der Geisteskranken gegen Infektionen, Erkältungen, Ermüdungen, Ermattungen! Da laufen sie splitternackt herum in ihren kleinen Gefängnissen, toben, rasen, sprechen unaufhörlich, und setzen sich allen Unbilden des Wetters aus, ohne je an Lungen- oder Nierenentzündungen, ja nicht einmal an Schnupfen oder Darmstörungen zu erkranken. Sie ertragen Schädlichkeiten in dreidoppeltem Maße wie der Gesunde. Ist das nicht etwa wie der Schutz des Leibes durch eine zentrierende Idee, etwas Ähnliches, wie wenn der vom Feuer der Vaterlandsliebe beseelte Krieger Strapazen aushält, denen der Zivilist in einigen Tagen erliegen würde, einfach, weil die ihn ganz ergreifende Idee seiner Opferbereitschaft die physischen Reizbarkeiten in gewissem Grade abdämpft und Schädliches absperrt? Diese Widerstandsfähigkeit beginnt schon bei der Neurasthenie, die als eine allgemeine Hemmungsschlaffheit der Neuroglia und der Neurilemme aufgefaßt werden kann. Ein Neurastheniker gleicht einer schlecht isolierten, flackernden, zittrigen elektrischen Lampe, ein Hysteriker einer solchen mit Kurzschlüssen, Brandstiftungen und Explosionen. Die Neurasthenie ist auch vielleicht keine beschreibbare Krankheit, sondern ein Anpassungsvorgang an eine zu schnelle kulturelle Entwicklung. Die Nerven müssen sprungbereit werden, um dem Bewegungswahn der Zeit mit allen seinen nervenreizenden Konsequenzen gewachsen zu bleiben. Die Folge ist ein beinahe für unsere Zeit typisches größeres Herz und eine Unzahl von quengligen, nörgligen und lamentierenden Quälgeistern, die leiden, ohne je ernstlich krank zu werden. Die Sprungbereitschaft der Nerven erhöht aber die Abstoßung und das Fortniesen von ernsteren Krankheitserregern. Genug, auch die Hysterischen besitzen trotz ihrer ewigen Leidensklage diese stahlharte Widerstandskraft; sie werden fast nie ernstlich krank, Bazillen und das ganze Geschmeiß von belebten Infektionsträgern können gar nicht an sie heran, sie tragen etwas wie eine geistige, ablenkende Schutzhülle um sich, man kann sogar sagen, daß die Hysterie eine Krankheit ist, an der meist die Angehörigen schwerer leiden als die Kranken. Und doch ist sie eine der interessantesten Erscheinungen im ganzen Bereich des Seelenlebens, und zwar weil sie ein metaphysisches Problem enthält.

Nicht in jener Mehrzahl der Fälle, wo eben durch Abänderungen der inneren Sekretion der Säfte die Hemmungsmechanismen im Gehirn und Rückenmark derartig gestört sind, daß allerhand, man möchte beinahe sagen, konfuse Kreuz- und Queranschlüsse zustande kommen, so etwa, daß der Anblick eines Veilchens stets einen zwingenden Urindrang auslöst oder daß die Berührung von Schokolade einen C-dur-Akkord erklingen läßt. Nicht auch in solchen Fällen, wo der leiseste Schreck Sturmkrämpfe des Herzens, Erbrechen oder konvulsivisches Zucken der Arme und Beine, komplette Schüttelkrämpfe auslöst, das alles ist nach unserer Anschauung vom Mechanismus des Gehirns durch vermutbare Kurzschlüsse, falsche

Anschlüsse, Apparatstörung, Meldungsverschaltungen leicht zu erklären. Wir meinen hier diejenige durchaus nicht seltene Form dieses Zwischenstadiums von Ärgernis und Wunder, bei der durch Vorstellungseinwirkung etwas Positives, Gewebsveränderndes, Formumwandelndes oder Formabschaffendes vor sich geht. Wo also eine produktive, pathologische Gewebsumbildung statthat. Und eine zweite Gruppe, wo krankhafte Zustände imitiert werden mit einem Symptomenkomplex, von welchem der Kranke keinerlei Kenntnis haben konnte, den er aber doch haarscharf, völlig identisch mit dem des realen Krankheitsbildes reproduziert.

Im ersteren Falle, dem der Gewebsproduktion durch den hysterischen Impuls, liegt das metaphysische Problem der Inkarnation vor, im zweiten der des mediumistischen Schauens, eine Art Hellsehens von Krankheitsmöglichkeiten.

Um dies zu erhärten, muß ich einige Geschichten aus dem Kreis meiner Erlebnisse erzählen.

Eine hysterische junge Dame sitzt auf ihrem Diwan. Ein Ventilator, elektrisch bewegt, steht in der einen Ecke des Zimmers auf einem Tischchen. Bei einem Krankenbesuch sagt, furchtbar erschreckend, die junge Dame echt hysterisch: „Mein Gott, das summt ja so! Wenn das nun eine große Biene wäre." „Nun, Fräulein, dann würden wir sie zum Fenster hinausjagen. „Nein!

nein! sie könnte mich stechen. O Gott! wenn das mein Auge träfe!"

Während ich sie zu beruhigen suchte, daß ja selbst das ein reparabler, nicht tödlicher Schaden sei, schwoll während meines Zuredens und während dauernder Wehklagen das untere Augenlid der Ärmsten zu einer wirklich hühnereigroßen Geschwulst (Ödem) an, mit teigiger Konsistenz und deutlich entzündlicher Rötung von großer Schmerzhaftigkeit.

Die Furcht, die Vorstellung, die Idee allein hatten das Gewebe des Lides plastisch und positiv verändert.

Bei einem mir bekannten Gynäkologen wurde während meiner Anwesenheit ein 17jähriges junges Mädchen in die Anstalt gebracht, welche behauptete, guter Hoffnung zu sein. Von wem, wollte sie nicht sagen. Obwohl das unentwickelte Kind Virgo intacta war, sollte die Möglichkeit einer Schwängerung wegen des schwer seelischen Leids der Kleinen nicht ganz von der Hand gewiesen werden. Und siehe da! Im dritten Monat war wirklich Gravidität zu konstatieren. Im fünften fühlten wir unter wachsender Gebärmuttervergrößerung kleine Teile, hörten die Herztöne des Kindes, wie stets in der Schwangerschaft abweichend vom Puls der jungen Mutter. Im sechsten Monat subjektive Bewegungsstöße des Kindes, im neunten normaler Stand der Gebärmutter. Wir glaubten Schädellage feststellen zu können. Im 10., im 11. Stillstand, aber keine Geburt. Im 12. Erklärung des Professors: „Meine Herren, wir müssen uns geirrt haben, es ist keine Schwangerschaft, sondern eine Geschwulst. Operieren wir also.“ Der Leib wurde geöffnet und es ergab sich — nichts. Normale Gebärmutter, normale Eingeweide, keine Geschwulst im Leibe. „Also Hysterie!“ sagte kopfschüttelnd der Professor.

Wer an diesen wunderbaren Erzählungen zweifeln sollte, dem bemerke ich, daß solche Dinge gar nicht so selten sind, und daß von jedem erfahrenen Arzt derartiges Material zu diesem Phänomen beigebracht und solche „Wunder“ bestätigt werden können.

Eine Patientin meiner Klinik konnte fiebern, wenn sie wollte, und zwar bis zu der (hyperpyretischen!) Temperatur von 42 Grad. Die Thermometer sind unzählige Male gewechselt, eingeführt unter absoluter Fixation der Hände. Zunächst normale Temperatur. „Nun bitte, fiebern Sie!“ — und in 10—15 Minuten wurde der maximale Hochstand der Quecksilbersäule (Dutzende von Malen) konstatiert. Diese hyperpyretischen Temperaturen sind allen Psychiatern bekannt, auch Rud. Arndt erwähnt sie in seiner ausgezeichneten großen Abhandlung über Hysterie in der Eulenburgschen Enzyklopädie.

Ich selbst habe zweimal Hysterische gesehen, welche ihre Brustwarzen auf Kommando bluten lassen konnten (1—2 Teelöffel voll), einmal eine Negerin, ein andermal eine Russin (Stigmatisierte).

Ich kannte eine Dame, die mich konsultierte wegen eines Gelenkleidens (hysterischer Natur). Sie fragte: „Was fehlte der Dame, die eben bei Ihnen war?“ „O,“ sagte ich, „die hat einen Ausschlag!“ Sie schüttelte sich und meinte: „Brrr! dann bekomme ich auch einen!“ Und in der Tat, nach zehn Minuten hatte sie eine flache, leicht ödematöse Rötung mit Flammenrändern am Handrücken. Ich kannte sie lange. Sie hatte nie einen Ausschlag. — Ich kannte einen Mann, der bekam die Gesichtsrose jedesmal, wenn er heftig erschrak. — Von eingebildeten und vorgetäuschten Blinddarmentzündungen mit allen Symptomen: Geschwulstbildung, Fieber, Schmerz usw. ist mir berichtet worden und in der Literatur haben diese Fälle ihren Platz. Bei der Operation war stets alles normal. Geschwulst und Entzündung waren verschwunden! Ich habe Schwellungen und Verdickungen in Gelenken von Hysterischen gesehen, mit Knochenvortreibungen (Exostosen) und Arndt erzählt von einem Falle, bei dem nacheinander durch einen der Hysterie gänzlich unkundigen Chirurgen solche sonst gesunden Gelenke Zug um Zug weggeschnitten wurden.

Es gibt hysterisches Wachstum der Haare, Bartwuchs bei Frauen infolge seelischer Erregungen, Schwielenbildung ohne jede Arbeit in der Haut; anschließend an hysterische Krampfanfälle Verdickungen der Nägel bis zur Adlerklauenbildung, Ablagerung von schwarzem Farbstoff in der Haut — alles im Anschluß an schwere hysterische Erregungen!

Dann noch ein Fall aus der jüngsten Vergangenheit unserer Lazaretterfahrungen. Ein Unteroffizier, schwarz wie ein Italiener mit dunklen brennenden Augen und schwer zähmbarem, wildem Temperament kam zu uns mit beiderseits durchschossenen Oberarmkugeln und schweren Gelenkeiterungen rechts und links. Es gelang, ihn der Heilung nahezuführen, d. h. das Fieber war fort, an den Oberarmknochenstümpfen schon so weit Beweglichkeit, daß er wieder Mundharmonika spielen konnte, diese Lieblingsharfe unserer Armee. Da wurde ein Soldat ihm vis-à-vis ins Bett gebracht, mit Hirnschuß, fiebernd, halb bewußtlos, mit zeitweisen Krämpfen. Bei der Besprechung der Indikation zur Operation fiel in demselben Saale das unvorsichtige Wort: „Vielleicht ist es auch Tetanus!" Nun, es war nicht Tetanus (Wundstarrkrampf), ein Stück Schädelknochen wurde entfernt und der Patient geheilt, aber, inzwischen, am dritten Tage nach der Einlieferung des Kopfschusses bekam unser Unteroffizier mit den fast verheilten Oberarmschüssen den ersten Wundstarrkrampf (tetanischen Anfall). Und das vier Monate nach seiner Einlieferung. Alle Symptome waren vorhanden, nur Fieber fehlte.

Wir spritzten ihm Antitoxin ins Rückenmark, ohne Erfolg. Mich machte der Anblick des Patienten stutzig. Wir machten die übliche, absolut zuverlässige Probe der Impfung am Kaninchen mit dem Blutwasser des Rückenmarkskanals. Die Probe verlief negativ. Es waren auch keine Tetanusbazillen zu finden. Nach einigen Tagen dann Heilung durch kategorische Erklärung: „Es ist gar kein Wundstarrkrampf!“ Also: der Fall war ein hysterischer Tetanus. Zu gleicher Zeit wurde in einem zweiten Lazarett ein ganz ähnlicher Fall beobachtet, laut einer Mitteilung des Herrn Generalarztes Dr. Gehlau an mich.

Und nun noch einige Erfahrungen, welche beweisen, daß bis zum letzten, schwersten Prozeß, einer aktiven Hemmung des Lebens, die Hysterie führen kann. Es gibt Fälle von hysterischem Scheintod, die gleichfalls Arndt erwähnt, und es gibt echte, irreparable, komplette Hemmung des Lebens durch die hysterische Vorstellung, den Tod durch Autosuggestion! Scheintote durch Hysterie sind von anderen Autoren sicher beobachtet. Ich kenne sie nicht aus eigner Anschauung. Die Kranken liegen in blasser Starre, Puls nicht fühlbar, die Atmung durch Tage flach, so daß ein Federflaum vorm Mund nur eben leicht bewegt wird. Jedoch einen Fall von Tod durch Suggestion habe ich selbst erlebt.

Ein sehr vermögender Kaufmann, der sein Büro persönlich leitete, kam eines Tages zu mir und bat mich flehend, ihm den Arm abzunehmen, denn er habe sich mit der Feder in den Finger gestochen, und er wüßte, daß er nun an Blutvergiftung sterben müßte. Ich hätte gelacht, wenn nicht die angstverzerrten Züge des Mannes jeden Spott erstickt hätten. Er sei schon bei mehreren ersten Chirurgen, auch bei von Bergmann gewesen, sie alle hätten sich geweigert, ihn zu amputieren. Ich solle mich seiner erbarmen, und ihm den Oberarm, wo es schon überall zucke und muckere, abnehmen. Auch ich mußte natürlich ihn unter allen möglichen Trostversuchen nach Hause gehen lassen. Ich habe ihn an demselben Abend besucht. Keine Temperatursteigerung, keine Spur Schwellung oder Entzündung an der übrigens gereinigten, verbundenen und von mir sogar ausgesaugten kleinen Wunde. Aber ungeheure Aufregung. „Warum amputiert man nicht? Ich könnte gerettet werden!“

Am nächsten Morgen war der Mann eine Leiche. Mein Freund Langerhans hat die Obduktion gemacht. Keine Infektion. Keine Toxine im Blut. Überhaupt keine Todesursache. Meine Diagnose: Tod aus Hysterie.

Wie sollen wir diese Dinge erklären? Es ist ja die reine Metaphysik. Erlebnisse beinahe jenseits des physischen Geschehens, fast jenseits von Kausalität. Hier greift ja eine Vorstellung, also etwas durchaus Geistiges, eine Idee mit einer unverkennbaren Gespensterhand durch die Gefüge der Hemmungen in die Gewebe ein und schafft etwas, modelt, läßt Materie werden. Der Gedanke bricht in die Gehege der Gewebe gewaltsam ein, und schafft mit unmittelbarer Geisterhand ein Wirrwarr der Bildungen. Wir sehen hier beinahe in das Wunder der Welt, wir schauen dem Beweis ins Auge, daß tatsächlich die Idee plastisch sein kann, daß ein Nisus formativus am Spinnrad der Lebensteppiche wirkt, wir ahnen, daß Platos Glaube, im Anfang war die Idee, sie schuf den Stoff, daß Hans von Bülows „Im Anfang war der Rhythmus", daß das herrliche Bibelwort „Im Anfang war der Sinn (logos)" nur Variationen derselben Gewißheit sind, daß Gedanke Formen zum Leben wecken kann! Denn wir können noch zur Not verstehen, wie durch aktive Hemmungen von Wachstumsbedingungen, Gelenke, Glieder, Muskeln verkümmern, wie durch Hemmungsfortfall andere Teile, aus dem Gleichgewichtsverhältnis gebracht, positiv überwuchern; was wir aber nicht verstehen können, das ist, daß eben alle diese Dinge ausgelöst werden, kraft etwas rein Geistigen, der Idee, eines Hauches der Phantasie, die uns geradezu zwingen, diese Formen der Hysterie als eine Art Phantasiekrankheit zu erklären, wodurch mit einem Schlage klar wird, warum die Hysterie eine Krankheit der künstlerischen, affektiven, vornehmlich ein Phantasieleben führenden Geistnaturen ist! Es gibt auch noch andere Formen der erkrankten Phantasie, z. B. die der sexuellen Perversionen.

Die Liebe zum Gleichgeschlechtlichen scheint mir viel weniger verständlich durch die zweifelhafte Annahme abnormer anatomischer Struktur, als durch das Vorhandensein einer eigentümlichen Exzentrizität der Phantasie. Der Homosexuelle ist meist ein höchst sensitiver, meist sogar gutmütiger Phantasiemensch, der pervers wird, weil er zu denjenigen altruistischen Lustmenschen gehört, die mehr bedacht sind, genießen zu machen, als selbst zu genießen. Sich in die andere Ekstase und den Orgasmus hineinzufühlen, gilt ihnen mehr, als sie selbst real zu empfinden. Dafür ist der Gleichgeschlechtliche ein viel gegebeneres Objekt! Er oder sie setzt sich in Gedanken in den Wollustkreis des eigenen, nicht des fremden Geschlechts. Letzteres reizt den natürlichen Egoismus, ersteres den widernatürlichen Altruismus. Auch in der Kunst ist viel echte, und maskierte, vorgetäuschte Hysterie. So haben alle Sinne ihre Phantasieperversionen vom Sadismus des Schmerzes bis zur Parfümmanie und zum Schmutzfressen der Geisteskranken, einschließlich aller Verirrungen von Auge und Ohr in der hypermodernen Kunst. Das erfordert eine gesonderte Betrachtung, wir wollen uns hier beschränken auf das Wunder der Machtentfaltung der Phantasie im rein organischen Betriebe.

Wenn man annimmt, daß das Wachstum der Teile im Gleichgewicht erfolgt durch ein gegenseitiges, harmonisches Sich-in-Schrankenhalten

(Korrelation) seiner Elemente, so mag man begreifen, daß durch Hemmungen nervöser Natur einzelne Gewebskomponenten das Übergewicht bekommen und so sich überbilden (hypertrophieren). Bekanntlich ist ja der Krebs ein solches Überwuchern der Haut- und Schleimhaut-Zellsäume über das Maschennetz der sie in Reih und Glied haltenden Bindegewebsbündel. Immerhin ist das Kommando dieser Gewebsrevolution bei der Hysterie ein rein geistiges. Der Körper enthält wohl die Möglichkeiten zu solchen Überwucherungen, aber der Anstoß erfolgt aus dem Gebiet des rein Geistigen, Körperlosen. *Auch im Chaos waren alle Möglichkeiten, ein Geistiges schuf ihre Formen.* Wir können uns allenfalls vorstellen, seit den schönen Untersuchungen von *Hertwig* und *Roux*, denen es gelang, ein unbefruchtetes Ei (das des Seeigels) durch mechanische Reize zu befruchten, so daß es sich voll entwickelt ohne Besamung, wir können, meine ich, auf Grund dieser Studien vielleicht verstehen, daß eine hysterische Geschwulst (ein Tumor) sich bilden kann durch inneren Preßdruck auf die Zellen, wodurch sie zu keimen beginnen und Geschwülste bilden; was wir aber nicht verstehen können, das ist der Mechanismus, wie die Phantasie, diese Umschaltung der Sinne, diese rein geistige Kraft, ihre Faust in das Gewebe schieben kann und nun dasselbe zwingt, Stoff anzusetzen. Ist es nicht schon rätselhaft, daß unter dem Druck der Vorstellung und des Willens Gefäße sich öffnen und bluten, daß Nerven der Peripherie sich so eng aneinanderlegen auf Befehl einer Ahnung und Angst, daß schmerzhafte Kurzschlüsse entstehen? Die Phantasie öffnet hier völlig die Zugangskammern der Gewebe, sie regt die Überbildung der Teile an, sie befruchtet und schafft oder täuscht Geschwülste vor. Und dazu kommt noch eins, ein fast noch Wunderbareres! Woher weiß unsere hysterisch Geschwängerte als ein kindisches Mädchen alle die Symptome der Schwangerschaft? Und mit welchen Mitteln vollzieht sich das manifeste, so viele Ärzte täuschende Fakirkunststück der wachsenden Gebärmutter? Selbst, wenn wir annehmen, nach einer eigenen Theorie, durch hysterische Muskelsteifung und Hochbäumung der Faszien im Leibe bringe sie die täuschende Ähnlichkeit der befruchteten Gebärmutter zuwege, wenn wir ebenso sagen, ein aufgerollter Muskelkugelball täuscht die Blinddarmschwellung vor — bleibt immer noch die rein metaphysische Angelegenheit, woher weiß sie, wie die Gebärmutter rhythmisch wächst, falls sie befruchtet ist, woher weiß sie den ganzen Mechanismus der Menschwerdung im Leibe? Hat sie Medizin studiert und wenn ja — wer lehrte sie dieses Zauberkunststück, den Muskeln diese langsam wachsende Aufbäumung der Gebärmutter, diese den Kindesschädel imitierende Flächenverhärtung einzuzwingen! So etwas will doch geübt sein! Sie wußte aber gar nichts von Medizin, folglich hatte ihre Phantasie beinahe einen solchen hellseherischen Einblick in den Ablauf der Natur, den man wohl einem Genie, einem Leonardo da Vinci, einem Goethe, der die Idee der Pflanzen, die Natur der Steine, die Grundform des Lebens, den Roman des Lichtes sah, zuschreiben kann; diesen visionären Hellblick in den Ablauf der Natur kann aber ein 17jähriges Kind, ein angeschossener Bauernsohn, eine Hysterische nicht haben, die bei der Nachricht von der Lähmung ihrer Tante sofort dieselbe gleichseitige, drei Monate währende Lähmung mit allen Symptomen auf derselben Körperhälfte bekommt! Hier ist Transfert, hier ist Mediumismus, und ich kann mich nicht genug wundern, daß die Spiritisten an diesem Problem vorbeigegangen sind! Es ist freilich fruchtbarer, die gegebenen Wunder der Natur genau zu durchforschen, statt sich mit Knochen oder Kartoffeln aus dem Jenseits bewerfen zu lassen oder mit Tischrücken und Tafelbekritzeln die Geister der Toten zu bemühen. Um nur ein nicht hysterisches, sondern völlig normales Wunder für alle zu erwähnen — wie steht es mit dem befruchteten Ei-chen in der Gebärmutter, diesem mikroskopischen Keimtröpfchen, allein in dem unendlich großen Nest der Mutter, das ohne Nervenfädchen, ohne Gefäßzusammenhang sofort dem mütterlichen Organismus zurufen kann und befehlen: „Sonnen! stehet still im Tale Gideon!" Und sie stehen still.

Keine Abstoßung der Häute, keine Blutung erfolgt mehr, die Brüste schwellen, ihr Hof bräunt sich und bereitet sich vor gegen den Insult des Saugens, die Muskelzellen der Hohlkapseln vermehren sich ins unendliche, der Kelch, der das Wunder trägt, wächst und wächst — ist das nicht Transfert, Marconiplattenzauber und zwar eines Marconiplättchens, gegen welches die aus Menschenhand so groß sind wie die Insel Rügen?

Was ist Wissenschaft? Der Versuch, die Wunder der Welt glaubhaft zu machen! Aber um das zu können, muß man diese Wunder zunächst mutig anerkennen!

So ist mir denn diese Seite der Hysterie zu einem Erkenntnisblatte geworden, auf dem geschrieben steht: „Fast allmächtig ist die Idee!“ und aus dem ich mit Genugtuung die Bestätigung der alten indischen und philosophischen Gedanken lese, daß nichts entstanden sein kann, was nicht zuvor gedacht war, daß nichts in der sinnlichen Welt ist, was nicht vorher in der schöpferischen Vernunft war.

Wenn man einen blasphemischen Scherz machen wollte, könnte man sagen: „Danach könnte die Welt ein hysterischer Anfall Gottes sein!“ Aber um diesem Witze die Spitze abzubrechen, braucht man nur zu bedenken, wie wohlgeordnet, schönheitsstrahlend und zugleich tragödienhaft und katastrophal sie gestaltet ist, um einzusehen, daß hier vor diesen Problemen nur ernste Hingabe, Staunen und Geistigstillestehen am Platze ist.

DER KREISLAUF DES LEBENDIGEN UND DIE UNSTERBLICHKEIT

Wer je im Buche der Nacht die zitternden Zeilen vom Himmel abzulesen versucht hat und, immer wieder zurückkehrend unter das Zeltdach seiner Heimat, hinaustritt in den dunklen Saal der Schlafgenossen der Natur, allein, ein Mann allein vor ihr und nun hineinstaunt in die ewige Wiederkehr dieser gleichsam uns suchenden kleinen Augensterne der Ewigkeit — dem muß wohl schon die Frage gekommen sein, warum nicht alles auf Erden ebenso sternensicher, so festgefügt bleiben konnte, wie jener da oben aufflammende Reigen? Warum ward allen Erdgeborenen der Tod, diese definitive Hemmung aller unserer Lebensräder? Die Wesen alle, die um die nächtige Stunde da draußen im Gebüsch und Laub, auf Wiesen und in Betten die endliche Hemmung des Vergehens einzuüben haben durch die zeitliche des Schlafes, warum müssen sie alle die Straße gehen, die noch keiner ging zurück? Doch wie? Schlafen nicht auch Sterne für das naive Auge, wenn wir wachen, verlöschen sie nicht im Licht der Sonne und zünden sie nicht erst des Nachts, wenn wir schlafen gehen, ihre Wächterlaternen an? Und für den Wissenden — sterben nicht viel mehr Sterne im Weltenall täglich, stündlich, indem sie in feurige Gräber flammenjauchzend niederfahren, und vergeht doch kein Flämmchen, kein Stäubchen derer, die geglüht haben mit Feuerleibern, die wir sehen konnten, und derer, die wir nicht sahen, weil sie wie schwarze Rosse in der Arena um ihre Sonnen rasten? Ist nicht alles im Kosmischen ein wenig Schein, Täuschung? Die Erde steht nicht still, und es bedurfte einer gewaltigen „Menschenopfer unerhört" fordernden Revolution des naiven direkten Augenscheins bis zum mathematischen Kalkül des Kopernikus, bis sich der Stillstand der Sonne und der rasende Kreiselflug der Erde und der Planeten um sie herum mit radikal-genialer Umkehr des Augenfälligen dem widerstrebenden, gesunden, kosmisch genarrten Menschenverstande erweisen ließ und faßbar wurde. Merkwürdig, wie diesen kosmischen Dingen gegenüber der Gebildete gerade das Unsichtbarste, das durch nichts direkt Wahrnehmbare inbrünstig glaubt und doch Gefühlsgewißheiten, wie z. B. die der Existenz der Seele und der Unsterblichkeit heftig ablehnt, nur, weil nichts davon wahrzunehmen ist?! Aber selbst diese uns von der Wissenschaft so fest eingeprägte Idee des kopernikanischen Systems, welche den Bann gebrochen hat, daß die Erde ein Mittelpunkt der Welt sei, und damit Giordano Brunos noch heute berauschendes Weltgedicht vom Leben auf allen Sternen erschaffen ließ, auch diese Idee wird wohl nicht ewig leben, sich auch vielleicht als kosmischer Schein erweisen. Schon heute wissen wir, daß auch die Sonne nicht still steht, sondern in ständiger Spirale sich empordreht durch das Gefilde der Unendlichkeit und daß möglicherweise unsere berühmte Planetenellipse nur vorgetäuscht sein kann, indem die von der Sonne mit emporgewundenen Planeten von sich aus das Zentralfeuer so gestellt sehen, daß sie glauben müssen, in elliptischer Bahn um ihre Mutter zu kreisen. Die Sonne bewegt sich, sie steht nicht fest. Kosmischer Schein, Augentäuschung! Es ist ein genialer Witz des Geschickes, ein Hauptnarrenstück des Zufalles, dieses ständigen Spötters neben der Majestät der Gesetze, daß in diesem Punkte, der tatsächlichen Bewegung auch der Sonne, die stumpfsinnigen Richter Galileis durch die allerneuesten Forschungen recht bekommen haben. Wenn nun so ein Kobold zwischen Augenschein und Erkenntnis, zwischen Ahnung und Wissenschaft ständig in immer neuen Masken an uns vorüberzieht, entsteht da nicht die berechtigte Frage, ob es mit den Begriffen über unsere eigene Existenz, über unser Leben und Bewegen vor und nach dem Tode nicht ebenso bestellt sein kann, ob nicht auch hier vieles Schein und Täuschung ist und ob nicht Lebensformen denkbar sind gegen den naiven Augenschein von ungeahnter Tragweite für unser inneres Sehen? Wiederholen wir noch einmal die Frage am Eingang dieses Aufsatzes „Warum müssen die Kinder der Erde sterben??“ — so führt uns das eigentlich direkt zu einer kühnen zweiten Frage, welche einer unserer größten Naturforscher

A. Weismann den Mut gehabt hat aufzuwerfen: „Wie ist der Tod auf die Erde gekommen?“ Diese Frage ist berechtigt, weil uns ja das Gesetz von der Erhaltung der Energien lehrt, daß ausnahmslos innerhalb allen physischen Geschehens keine Energie, kein Tippelchen der Materie vergehen kann. Es müßte danach gerade unsere leibliche Substanz unvergänglich sein und sie soll es ja auch wohl selbst nach Ansicht unserer Materialisten sein, indem sie beim Zerfall sich in unverlierbare Grundstoffe auflöst, etwa so wie Quecksilber in die Luft verdampft und wie das rätselhafte Radium sich allmählich in Blei verwandelt. Wenn ferner alle Energien erhalten bleiben oder sich umsetzten, wo bleibt eigentlich die Königin aller Energieformen, die der Denkkraft und der Seele? Soll sie allein eine Ausnahme vom Äquivalenzgesetz bilden, wie man die Großtat des Heilbronner Arztes Robert Meyer, genannt hat? Aber das war nicht der Ausgangspunkt A. Weismanns; er kam direkt von der Beobachtung her, daß die einzelligen Organismen, welche sich durch Teilung vermehren, ganz sicher keinen Tod kennen. Es gibt hier keine Leichen. Die Mutterzelle schnürt sich ein, scheidet sich in zwei Hälften und plötzlich bei der Abstoßung voneinander gibt es zwar zwei, ganz gleiche Individuen bildende Töchter, aber keine Mutter mehr. Sie ist einfach nicht mehr da, ohne doch gestorben zu sein. Hier fehlt tatsächlich der Tod als

Mittler für eine neue Generation, weil es die Tochterzellen immer wieder so machen, das heißt sich durch Teilung in zwei neue vollwertige Individuen teilen. Mit scheinbar zwingendem Recht wirft daher Weismann die Frage auf, wie und an welcher Stelle des Aufstiegs der Organismen ist der Tod, ist die Leiche in die Welt gekommen, als eine zweckgemäße oder unzweckmäßige Einrichtung? Eine Fragestellung, aus der der Engländer Mitford den guten Titel zu einem schlechten Buch geschöpft hat: „Die üble Angewohnheit des Sterbens". Wir aber wollen hier der Frage näher treten, ob Weismanns Feststellung, daß Einzellige allein keinen Tod kennen, nicht auch eine jener kosmischen Täuschungen ist, denen eine naive Betrachtung so leicht unterliegt. Es gibt nämlich in dem aus lauter Einzelzellen zusammengesetzten, korallenstockartigen Gesamtorganismus der vielzelligen Lebewesen auch etwas sehr Wesentliches in jeder Zelle, bei der es im gewöhnlichen Lauf der Dinge auch keinen Tod und auch keine Leiche gibt. Das ist der Nukleinkern der Zelle, jene Konzentration des protoplasmatischen Dotters der Zelle, der wie eine Art Zentralorgan, wie ein Gehirn, eine Seele der Zelle, gleichsam wie das Gelbe im Ei als das Wesentliche der mikroskopischen kleinen Lebenseinheiten angeschaut werden muß. Auch hier gibt es zunächst während des Lebens des Organismus eine periodische, dauernde Vervielfältigung durch einfache Teilung von der Befruchtung an bis zum Hochbau des Leibes. Bei den nötigen Reparaturen, ferner Heilungen, Wiederersatzbildungen und Kompensationen findet genau dasselbe statt wie bei den Einzelindividuen bildenden Einzelligen; auch hier zahllose Neugeburten ohne Tod, einfache Auflösung der Mutter in zwei Töchter ohne Sterben. Und wenn nun das eintritt, was wir Gesamttod der Kolonien, der Zellstaatenbildungen, der Persönlichkeit, nennen und was im wesentlichen nur den Zerfall der geschlossenen Zellenrepublik in lauter anarchische Einzelwesen bedeutet, so bleiben auch diese letzten Lebenseinheiten der Zellen, die Nukleinkerne, unter allen Umständen am Leben, auch hier gibt es keinen Tod, sondern nur ein sporenartiges Verharren, Abwarten, Barbarossaschlafen, bis sie in einem wunderbaren Kreislauf des Lebens ihre kleinen unsterblichen Energien wieder durch Rhythmusübertragung zur Geltung bringen. Keine Verdauung, kein Ferment, keine nicht allzu ätzend wirkende Säure oder Lauge kann ihr fast kristallisiertes Leben vernichten. Nur das Feuer löst sie auf. Dann gibt es Aschenleichen, aber auch jene Einzelligen Weismanns müssen wohl im Feuer, im Kontakt mit Schwefelsäure oder Scheidewasser zu Leichen und Asche werden. Doch liegt das nicht im Plane der Natur. Als die Lebewesen entstanden, war das Feuer schon tief unter die Erdenkruste gebannt. Nur in Gewitter- und Vulkanausbrüchen zuckte noch die Erinnerung an die Feuerballnatur des Planeten hier und da um die Stirn und aus dem Leib der Erde. Im allgemeinen war das Eigenfeuer des Planeten tot, verschollen und nur der Strahl der Sonne gab lebenspendende Wärme. Der Flammentod der Zellen ist also das Unnatürlichste was es gibt, und wir werden sehen, wie wir dazu gelangen müssen, *die Feuerbestattung als einen der größten Irrtümer der Zivilisation zu verpönen.* Jetzt wollen wir dabei verharren, die Nukleinkerne vom Augenblick an ihres Herausspringens aus der Fesselung des lebendigen Individuums nach dem Tode desselben zu verfolgen. Zunächst sei bemerkt, daß alle diese Zellkerne die eigentlichen Träger der Persönlichkeit vom befruchtenden Ei her sind, sie bedeuten die letzten Ausläufer des mit dem Vorgang der Zeugung eingeleiteten Vererbungsprozesses, sie sind, wie wir sagen, die letzten schwingenden Rhythmen der einstigen Ryhthmusübertragung auf die ätherische Materie, welche eben den infektiösen Charakter der Zeugung ausmacht. Sie sind also gewissermaßen die kleinen Siegelbewahrer des Gedächtnisses des befruchteten Eies und der im Aufstieg des Lebens vererbten Steigerungen. Sie sind und bedeuten die Kontinuität des bis jetzt im Leibe des Verstorbenen Erreichten, sie sind die Infektionskoeffizienten der sogenannten gestorbenen Persönlichkeit. Jedes im Boden sich frei lösende Nukleinkernchen trägt und behält etwas von der seelischen und physischen Ichnatur des zerfallenden Gesamtleibes. Wohl mag das rohe Eiweiß der Zelle, der eigentliche Zelleib wie eine wenig organisierte Nährflüssigkeit aufgelöst werden in so und so viele Atome Stickstoff, Schwefel, Wasserstoff usw., der Kern bleibt leben und ist weder durch Bodensäfte noch durch (wegen seiner Winzigkeit) mechanische Akte zu zerstören. Wohl aber mag er durch Aufnahme in fremde Organismen seine Infektiösität, seine individuelle Kontaktwirkung entfalten, und hier beginnt jener Kreislauf des Lebendigen, von dem wir erzählen wollten. Es ist nämlich die gesamte Ernährung neben Heizung und Arbeitskraftübermittlerin, auch ein ständiger Akt der Zeugung. Alle Wesen, die sich untereinander verzehren, befruchten sich miteinander, und zwar nicht nur in den Generationsorganen allein, sondern auch in allen Zellen, soweit sie der Wiedererzeugung fähig sind. Dauernd erneut sich der Zellbestand eines Leibes. Dem Delphin regeneriert sich der Schwanz, der Eidechse das Bein, ein Regenwurm kann durchschnitten werden und wird durch Wiederersatz zu zwei neuen Würmern usw. usw. Bei jeder Wundheilung, jeder Entzündung entfaltet sich eine Armee von Wiederersatzzellen, Abkömmlingen von Blut und wieder erwachten Urzellen des Gewebes. Denn jede Heilung ist Reparatur durch Zellersatz. Woher stammen die Samenkörner zu dieser Regeneration, welche der Urzeugung auf das Haar gleicht, so daß man sagen kann, die Zeugung (Generation) ist nur ein Spezialfall des Neuersatzes (Regeneration), die Wiedererzeugung von Zellen hat die Möglichkeit der Zeugung von Individuen als Sonderfall verbreitet! Die Grausamkeit der Lebensvernichtung zwecks der Ernährung bedeutet einen Versuch eines dauernden Kartenmischens erworbener Fähigkeiten der Individuen untereinander. Vom gleichsam ewigen Nuklein der einen Tierspezies wird dauernd in den Verdauungskanälen des anderen Saatkorn um Saatkorn durch Transport mittels weißer Blutkörperchen den geeigneten Geweben zugeführt, und ihre Befruchtung besorgt das Geschäft der Neubildung. Diese millionenfach den verdauenden Leibern übermittelten Nukleine aller Lebewesen, die ihre Lebenskristalle austauschen, sind gleichsam die Träger erworbener Fähigkeiten, die sie im rhythmischen Kontakt auf den Boden ihres neuen Wirkungsfeldes, d. h. anderen Zellen, auch denen des Gehirns, weitergeben. Jedes Nukleinkernchen, selbst das der Knochen, wird ausgeschmolzen aus dem Zellbrei des zerfallenden Organismus, gelangt durch Bakterien, Weichtiere, Würmer, Austern, Fische, Vögel und Säuger in den Kreislauf des Lebens, um schließlich beim Tode seines letzten Wirtes mit neuen Fähigkeiten rhythmisch von neuem diese Bahn der Wiederkehr zu behaupten.

Es ist für mich eine ausgemachte Sache, daß

auch Pflanzen, nicht nur die fleischfressenden Droseraceen vom Samennuklein organischer Substanzen sich erhalten. Wenn man sagt, sie entziehen dem Boden den Stickstoff und leben davon, so kann das doch wohl kaum richtig sein, denn, wenn ein Boden nur mit künstlichem (also lebenskernfreiem) Dünger beschickt wird, so leidet die Saat, wie jeder Landmann weiß. Im Boden sind Millionen von Nukleinkernen der Bakterien und von verdautem Zellmaterial, warum soll es nicht möglich sein, daß auch Pflanzen Bakterien fressen aus Luft und Wasser wie aus dem Boden. Die Saugkraft der Pflanzen ist nach van t' Hoff enorm, Lücken zum Eindringen freier Nukleinkerne sind reichlich vorhanden, warum sollte nicht ihre organisierte Nahrung genau sich so vollziehen wie bei anderen Lebewesen? So erklärt sich das Wunder der angeblich im Wasser allein von Salzen lebenden Pflanze; im Wasser sind zahllose Bakterien und vielleicht sterben solche Pflanzen dennoch in keimfrei gemachten Wassern und in völlig sterilisierter Luft, wie die Hühner, die ebenfalls in gänzlich bakterienfreien Kästen, bakterienlos ernährt und unter sterilisierter Atmungsluft gesetzt, ihr Leben lassen müssen (Liebreich). Denn auch die Atmosphäre wimmelt von befreiten Nukleinkernen und Saatkörnern des Lebens. Die Pflanze nährt sich von Nukleinen, erhält sich und wächst von ihnen befruchtet, die Insekten fressen die Pflanzen, die Vögel fressen die Insekten, Tier,

Mensch verzehren genießbare Tiere und uns fressen wieder die Bakterien. Daß die letzten auf einer Gelatinekultur wachsen und Kulturen bilden, ist kein Widerspruch, denn auch Gelatine und Agar-Agar (Tierleim und Pflanzenleim) stammt aus Lebendigem, und in ihnen mögen hitzebeständige Sporen (Nukleine) enthalten sein.

Ist das kein Kreislauf des Lebendigen? Ist das aber nicht auch ein vollständiges Bild des kosmischen Geschehens? Wenn dort die ewig kreisenden Sterne zu Tausenden in die Sonnen stürzen, können sie da nicht Zeugungen, Geburten von Planeten, Neubildungen von organisierten Nebeln, neue Kräfte, neues Leben zeugen, wie die winzigen Nukleinkernchen der Zellen? Denn auch Sterne nähren und befruchten sich mit Sternen, sie fressen sich, zerstören sich um Arbeit und Wärme willen, und um sich zu befruchten, und auch hier wird der menschlich furchtbare Gedanke: das Leben nur durch Vernichtung bestehen zu lassen, gemildert durch die grandiosen Folgen dieses Zerfleischungsvorganges, das heißt durch die Garantie des Aufstiegs, des Sternenfluges nicht minder als der menschlichen Gedanken. Es gibt also einen Kreislauf des Lebendigen, eine Unsterblichkeit selbst der körperlichen Organisation. Und hier stecken die Gründe, weshalb wir den Bestattungsmodus durch Feuer für einen Akt des menschlichen Kulturfürwitzes erklären, weil er unweise eingreift in diesen geschilderten Kreislauf des Lebendigen und mit plumpen unwissenden Händen den planvollen Aufbau und den Aufstieg der Lebewesen zu immer höheren Leistungen untereinander durchkreuzt. Es ist zum mindesten auffallend, daß Völker mit Leichenverbrennung oder Sterilisierung (Ägyptens Mumien) als degeneriert gelten müssen, während Düngung der Erde durch Väterleichen wenigstens noch niemals den Aufstieg der Nationen gehindert hat. Ganz national kann nur ein Volk sein, das etwa, wie die Chinesen, dauernd in diesem Kreislauf der heimatgeborenen Produkte, die das Gleichmaß der Väterfähigkeiten in ihren Kernen in sich tragen, zu leben entschlossen bleibt. Dann bildet sich jene gemeinsame „Logik" der Empfindungen, Herzensansichten und Ganglienfunktionen aus, von der Typus, Gesichtsfarbe, Schädelbildung, Sprache, Rasse, Nation — alles erst sekundäre Folge ist. Nur durch autochthone Heimatsnahrung bildet sich die nationale Kultur und alles Internationale kürzt die Persistenz, dies historische „Auf-der-Höhe-bleiben" der Nationen durch Überfruchtung mit allzu fremden Nahrungsrhythmen mit oft rapider Sicherheit.

Ich scheue mich nicht auszusprechen, daß der viel betastete Begriff der Nationen in letztem Sinne eine Frage der gleichen Nahrungsbefruchtung sein kann, wofür die Konstanz der jüdischen Rasse mit ihren strengen rituellen Ernährungsvorschriften ein treffliches Beispiel ist. So erhält durch den Kreislauf des Lebendigen und durch die Unsterblichkeit des individuellen Nukleins der Besten, der Aufstieg der belebten Materie eine Art Garantie.

Wie aber ist es nun um die Unsterblichkeit meiner Seele bestellt? Ist sie identisch mit der der kreisenden letzten Einheiten unseres Körpers oder ist sie noch etwas anderes?

Wenn jemand als Materialist der Meinung ist, daß Seele ein Produkt der Nerventätigkeit ist, eine Art spirituellen Destillates unseres Gehirnapparates, so muß er die geistige Unsterblichkeit natürlich leugnen. Aber unterliegt er nicht auch vielleicht ganz naiv jenem trügenden Schein, der uns im Kosmischen so leicht die Sehkraft mindert?

Ist die Voraussetzung nicht eine völlig unhaltbare? Wenn das Gehirn eine Seele ausdampft, so muß, wie schon erwähnt, doch dies Gehirn vorher gebildet sein zu der Fähigkeit, geistige Bewußtseinszustände zu produzieren. Es muß also schon vom ersten Beginn der Organisation an, ja eigentlich schon im feurigen Nebelball, die vorbedachte oder eingerichtete Möglichkeit zum einstigen Erscheinen der Vernunft auf Erden gelegen haben. Es schwebte die Idee zu allen Formen und ihren Fähigkeiten über den Urnebeln, „wie der Geist Gottes über den Wassern“. Kann das einfache Ungefähr, eine blinde Kombination von Mosaiksteinchen aller Denkbarkeiten, eine so kühne Prophetie des Kommenden, eines unausweichbar gesetzmäßig Werdenmüssenden in sich, aus sich und durch sich hervorzaubern? Das ist ja die Übersinnlichkeit, die Unverstehbarkeit, Metaphysik in Potenz! Dann hat die Narretei des Zufalls zugleich den Schöpferernst des zwingend Gesetzmäßigen verbunden mit dem wunderbaren Spiel von Formenschönheit und Millionen Versuchen, das Zweckmäßigste zu behalten, wovon uns jedes Aquarium ein für allemal überzeugen kann. Beim Anblick eines so staunenwerten Spieles der Lebensformen, bei Weichtieren, Fischen, Vögeln, Insekten usw. ist es mir immer so, als wenn ein Riesenphantast, ein froher Bastler und ein grandioser Humorist sich den Vorrang streitig machten. Wie konsequent muß hier wählende Gesetzmäßigkeit selbst in der Anschauung des krassesten Materialisten am Werke gewesen sein? Aber es muß dieser Betrachtungsweise unmöglich sein, auch nur einen einzigen Weg von Urschleim bis zur Quelle einmal durch Zufall konsequent durchzudenken. Dieser Weg müßte mit Chausseesteinen und Meilenzeichen von Wundern und Märchen gespickt sein. „Alles hat sich geschaffen“ zu sagen, statt zuzugeben, „es ist erschaffen“ ist doch ein eigensinniges Spiel mit Worten; denn es ist ja beides gleich unbegreifbar! Und wenn der Materialist das Wunder der Seele an das Ende setzen muß, warum denn nicht, wie wir, gleich an den Beginn?

Buchstäblich spannt der Materialist das Pferd

hinten am Wagen an, den er doch vorwärts bewegen will. Gut, nehmen wir an, die Theorie von dieser Erstgeburt der schöpferischen Idee sei eine Hypothese, eine Hilfskonstruktion, eine reine Fiktion, was hat der Welt zur Erkenntnis mehr genutzt: der Aufbau eines vielleicht später fallenden Gedankengerüstes, um überhaupt in die Höhe bauen zu können, oder, eine dogmatische Bestimmung mit dem trügerischen Schluß: da ich die Idee nicht sehe, ist sie nicht da!

Wir sehen auch den rasenden Lauf der Gestirne nicht, und doch ist er da. Folglich braucht auch gegen den Augenschein im Augenblick des Todes die Seele nicht mitzusterben, sie kann doch da bleiben und, indem sie den zu ihrem Werke unbrauchbar gewordenen Leib verläßt, sich höhere organische Throne und Karossen suchen, als Menschenherz und Menschengeist sie bilden. Wer die Idee als das erste beim Belebtwerden einer Monade, als den Auftakt zu einer Symphonie der Möglichkeiten bis zu dem Bewußtsein eines Christus annimmt (und die Entwicklungslehre bestimmt ja, daß ein Aufstieg von der Monade bis zu dem Menschen stattfand, also doch wohl auch bis zu jedem Bewußtsein, also muß auch ich in irgendeiner Monade meinen Ursprung haben, also muß auch in jeder Monade von heute die Idee zu einem neuen Menschenaufstieg liegen) — wer so denkt, der kann sich auch leicht klarmachen, daß dieser ideale Webstuhl am Schleier unseres Werdens nicht stillsteht, weil ich sterbe. Wie, sollte diese Millionen von Jahren währende Vorbereitung nur deshalb sein, damit ich einige Jahrzehnte lebe, liebe, leide? Das wäre das so ziemlich Unökonomischste in der Natur, ein Irrweg, wie er sich paradoxer nicht ausdenken läßt. Wenn man ferner die Zahl derer, die in einem gegebenen Augenblicke leben, mit der Zahl derer vergleicht, die schon vor diesem Augenblick gestorben sind oder die noch nach ihm sterben werden, so ist das Leben eine 2, eine 3, eine 5, und die Zahl des Todes ist Milliarden über Milliarden. Wenn nicht hier wieder ein Wahnwitz der berühmten Ökonomie der Natur vorliegen soll, so steckt das Geheimnis eben vor oder hinter unserer Erdenexistenz, die letzten Rätsel enthält also nicht das Leben, sondern der Tod! Leben kann ein Sonntagsausgehtag der Magd Seele aus ihrem Dienst bei der Herrschaft des Todes sein, ein Durchgang nur, ein Übergang, eine Studie, eine Übung. Alles ist eine Vorbereitung zu dem folgenden Werk, das uns noch bevorsteht. Da entsteht die triviale Frage: „des Ich und Du, als Herr Lehmann und Frau Schultze?“ Aber kann nicht der ganze Ichbegriff wieder so ein kosmischer Schein sein, ein Kniff der Natur, nur für ihre Zwecke, eine Lockspeise des hellsten Persönlichkeitsgefühls hinzuwerfen, während weder Baum noch Tier einen Namen oder ein bewußtes Ich trägt, seiner auch nicht bedürfen oder in sich noch nicht entwickelt haben.

Uns alle kann ein geistig Band durchschweben, eine Art uns ganz und gar verkettenden Einheitsstromes (Geist der Zeit, Epochengeist, Allgemeingefühl, Menschheitsidee), das uns alle, wie in Momenten höchster Gefahr der Nation, zu einem Walde, zu einem Heere von Wächtern des Heimattales und aller Erden- und Himmelsgüter stempelt, zu einer Art geistiger Verschlingung, von der der Inder sagt: Du bist ich und ich bin du! Läßt mich die Königin Phantasie durch die Kunst in Geschichten und Tagesberichten nicht alles mit erleben, was anderen geschieht? Bin ich nicht, den ich schaue auf der Bühne, war ich beim Lesen der Geschichte Napoleons, als seine Adler sanken bei Waterloo, nicht er selbst, zucke ich nicht auf, wenn eine Verbrechertat enthüllt wird oder man einen Mörder richtet? Erst, wenn wir den Zweck der Menschheit, das Ziel schauen können im überirdischen Lichte, werden wir wissen, ob die Persönlichkeit für sich ewig lebt oder nur als Teil des Ganzen. In beiden Fällen schöpfen wir aus dieser Erkenntnis die Verpflichtung, eben weil wir an Aufstieg und Unsterblichkeit glauben, der Idee des Ganzen im Spiel des Guten und Bösen nach unseren Kräften zu dienen. Die Menschen, welche ohne den Glauben an ein ewiges Leben leben, haben überhaupt kein Dasein, sondern nur ein Hiersein. Wieviel würde die Menschheit gewinnen, wenn sie so lebte, als gäbe es eine Vorbereitung auf ein Jenseits. Die Unsterblichkeit, wenn es sie nicht gäbe, müßte aus psychologischen Gründen als ein einzig mögliches Lebensregulativ besonders erfunden werden. Erst sie gibt Würde und jenen Zauber, der um alle Genies ausgegossen ist. Denn wahrlich, wir, die Unsterblichkeitsgläubigen finden uns historisch in guter Gesellschaft: es hat keinen epochalen Menschen gegeben, der nicht den Glauben an Allmacht und Unsterblichkeit besessen hätte. Sollten nur diese ganz Großen unsterblich sein oder sollte die gefühlte Unsterblichkeit den Menschen erst groß und ganz machen?

Nein! Im Wahnsinnigen, im Idioten, im Verbrecher selbst kann und muß eine Seele stecken und unsterblich sein. Nur der Apparat war hier noch unvollkommen, zertrümmert oder falsch gestimmt, so daß sie ihn nicht meistern konnte.

Ich höre jemand sagen, sind denn auch die Tiere unsterblich? Ja, warum nicht? Platz hat die Ewigkeit für alle, und wer weiß es denn gewiß, ob es nicht gerade die Seelen Verworfener, Unbrauchbarer, Unvorbereiteter sind, die in dem Tier den ganzen Aufstieg zur ewigkeitschauenden Seele nach alter indischer Anschauung noch einmal und immer wieder zu machen haben.

Haben nicht Tiere eine Art seelischer Medaille, von der aus sie sich ausnehmen wie verzauberte Menschen? Einen Zug des Schuldbewußtseins, des Kummers, daß sie nicht sagen können, was sie leiden?

Ich meine doch: ich kann einem Tier nicht ohne Rührung ins Auge sehen, es ist da etwas, was mich warnt!

Wie dem auch sei, ohne den aufzeigbaren Kreislauf und die Unsterblichkeit des Lebendigen und ohne die daraus erschließbare seelische Unsterblichkeit bleibt dieses Leben ein phantastisches Chaos, die Erde ein unbegreifbares Riesengrab und unser Geborenwerden in dieser selben Wiege ein Verbrechen, auf das Todesstrafe gesetzt ist. Verstanden, in höchstem Menschheitsanschauen sinnvoll, kann dies alles nur genannt werden im Lichte von einer endlosen Evolution des Nichts zur Materie, der Materie zum Geiste, des Geistes zum seelischen Ich und der Unsterblichkeit aller dieser vier großen Vorhöfe der Ewigkeit.

Buchdruckerei Julius Klinkhardt in Leipzig.

www.ingramcontent.com/pod-product-compliance
Lightning Source LLC
Chambersburg PA
CBHW060807310726
48980CB00002B/270